生成式人工智能赋能古诗词教学的创新实践研究

秦惠娟◎著

九州出版社
JIUZHOUPRESS

图书在版编目（CIP）数据

生成式人工智能赋能古诗词教学的创新实践研究 / 秦惠娟著. -- 北京 : 九州出版社, 2025. 2. -- ISBN 978-7-5225-3649-1

Ⅰ. I207.21

中国国家版本馆CIP数据核字第2025Q9X957号

生成式人工智能赋能古诗词教学的创新实践研究

作　　者	秦惠娟　著
责任编辑	姬登杰
出版发行	九州出版社
地　　址	北京市西城区阜外大街甲35号（100037）
发行电话	（010）68992190/3/5/6
网　　址	www.jiuzhoupress.com
印　　刷	河北赛文印刷有限公司
开　　本	710毫米×1000毫米　16开
印　　张	13.75
字　　数	206千字
版　　次	2025年2月第1版
印　　次	2025年2月第1次印刷
书　　号	ISBN 978-7-5225-3649-1
定　　价	68.00元

中国成人教育协会“十四五”成人继续教育科研规划课题“数智赋能老年教育资源供给机制研究”（编号：2023-276Y）

河北开放大学2024年科学研究项目“智能机器人助力老年教育实践探究”（编号：ZD202403）

序　言

中国是“诗的国度”。古典诗词，蓄积着中国人的智慧、品格、襟怀和修养，凝聚着中华文化的理念、志趣、气度和神韵。可以说，在浩瀚的中华文化宝库中，古诗词犹如一颗颗璀璨的明珠，历经千百年岁月的洗礼与沉淀，依然熠熠生辉，闪耀着民族智慧与情感的光芒。它们不仅是历史的见证者，更是文化的传承者，以其独特的艺术魅力跨越时空，连接着古今，沟通着心灵，成为每个中国人血液里流淌的“文化基因”。

即使在日新月异的现代社会中，古诗词教育也依然具有其独特而深远的意义和价值。它不仅是一种文化传承的方式，让年轻一代深入了解并热爱自己民族的悠久历史与文化精髓，更是一种审美教育和情感教育的有效手段。学习和欣赏古诗词，学生们能够感受到古人对美的追求和对生活的感悟，这种跨越时空的情感共鸣，有助于培养学生的审美情趣和人文素养。古诗词中的智慧与哲理，对于引导学生形成正确的人生观、价值观和世界观具有积极作用。如“路漫漫其修远兮，吾将上下而求索”的坚韧不拔，“先天下之忧而忧，后天下之乐而乐”的家国情怀，都激励着学生勇于担当、积极向上。同时，古诗词的精练语言和丰富意象，能够锻炼学生的语言表达能力和想象力，使他们在日常学习和生活中更加善于观察和思考。在全球化的背景下，古诗词教育还有助于弘扬民族文化，提升国家文化软实力。学习古诗词，学生们能够更好地理解和认同自己的民族文化，增强民族自豪感和归属感，为构建人类命运共同体贡献中国智慧和中国方案。可以说，古诗词教育不仅是个人成长的需要，也是国家文化发展和国际交流的重要支撑。

通过古诗词教育，学生不仅能获得知识和技能，而且能拥有一种精神、一种立场、一种态度、一种境界、一种不懈的追求，有利于形成正确的世界观、人生观和价值观。然而，面对当代社会的挑战，古诗词教育面临着内容与时代脱节、教学方法局限、教育生态异化等种种问题。如传统的古诗词教学模式往往侧重于知识的传授和技能的训练，容易忽视对学生美感教育和人文精神的培养。这种教学模式往往导致学生虽然能够背诵大量的古诗词，但却难以真正领略其艺术魅力，也不能助力形成正确的三观。因此，改革古诗词教学模式，注重对学生美感教育和人文精神的培养，提高学生的审美情趣和人文素养，已成为当务之急。

正是在这样的背景下，生成式人工智能（AIGC）技术的出现，为古诗词教学带来了新的曙光。在人工智能这一新时代科技浪潮的推动下，古诗词教育教学正迎来一场深刻的智能化转型。以创新为驱动，以技术为辅助，融合现代科技与传统文化精髓，全方位重塑古诗词教育教学的理念、模式与方法等，古诗词教育将释放更多的文化与教育潜能，创造全新的教学场景与互动方式，从思维方式到学习能力，都将在智能化的驱动下焕发新生。

本书深入剖析了古诗词与人工智能技术的交融发展历程。这一历程始于自然语言处理技术在古诗词分析领域的初步涉足，随后见证了深度学习技术在古诗词自动生成与赏析领域取得的显著成果，最终延展至AIGC技术在古诗词学习与创作领域的广泛应用。这一系列进展全方位、多维度地展现了人工智能为古诗词教育领域带来的深刻变革。

同时，本书聚焦于人工智能辅助下的古诗词教育教学方式的革新与实践。围绕核心素养教育目标，本书对古诗词教学模式进行了多元化的探索与尝试，着重介绍了五种教学模式：情境式教学、互动探究式教学、BOPPPS混合模式教学、EDIPT模型教学以及多角色对话式教学。这些模式不仅丰富了古诗词教学的手段，还深入探讨了如何借助AI技术优化教学流程、提升教学质量，以及通过人机对话互动鉴赏的方式，激发学生的创意思维与创造能力。

此外，本书还对国内外AIGC大模型进行了综合评测分析，选定了文心一言大模型作为古诗词教学的赋能工具，并对该模型进行了包括主观、客观多维度在内的古诗词教学适应性评测。本书深入探究了古诗词教学中教育提示词的使用与设计，掌握了与大模型进行有效沟通的关键手段。在此基础上，本书借助这一手段，在角色扮演、古诗词赏析、诗词创作与评改等多个场景中进行了古诗词教学实践的尝试与研究。最后，还通过对教育智能体的深入研究与应用，为教育工作者提供了新的教学工具与思路，进一步拓展了人工智能技术在人文教育领域的应用边界与更多可能性。

当然，生成式人工智能在古诗词教学中的应用也需辩证看待。生成式人工智能的介入，是否会让诗词创作变得更加“工业化”，还是能够激发更多前所未有的艺术风格与表现形式？如何确保AI生成赏析的准确性和深刻度？如何平衡机器分析与人类感受之间的差异？它如何平衡传统与创新，如何在尊重学生个体差异的同时，推动这一古老艺术形式在年轻一代心中生根发芽，绽放出更加绚烂多彩的花朵、走向更加广阔的未来？如何避免技术滥用对传统诗词文化造成冲击？这些问题都需要我们进行深入的思考和探索。因此，本研究旨在全面探讨生成式人工智能如何赋能古诗词教学，分析其技术原理、应用实践及潜在影响，以期能够揭示出在古诗词教学与人工智能的交融中，如何共同绘制出一幅幅既古老又现代、既传统又前卫的文学与教育画卷。

因此，本书的研究不仅具有理论价值，更具有实践意义，它为我们提供了一条探索古诗词教育现代化的新路径。我们期待，通过生成式人工智能技术的赋能，古诗词教学能够焕发出新的生机与活力，让更多的学生能够在科技的律动中，聆听那来自古老东方的悠扬旋律，感受那份深邃而炽热的文化情怀。同时，我们也希望，这一本小书的探索与实践，能够为文学领域的智能化发展探索出一条新的道路，为中华文化的传承与发展贡献出我们的智慧与力量。

目　录

应用篇

基础篇

第一章　古代诗词教育的深远意义与当代挑战

闻一多曾说："诗人对诗的贡献是次要问题，重要的是使人精神有所寄托。"古典诗词之所以能传承千载、经久不衰，正因为它寄托着中国人的精神追求，承载着中国人的诗情与诗心。深入挖掘古代诗词教育的深远影响，同时直面当代教育环境中的种种挑战，探索诗词教育在新时代的传承与创新之路，使这份宝贵的文化遗产焕发新的生机是我们面临的重大课题。

第一节　古代诗词教育的深远意义

古代诗词，作为中华文化的璀璨瑰宝，不仅承载着丰富的历史信息和深厚的文化底蕴，更是对学生进行全面素质培养的重要教育资源。通过古代诗词教育，我们不仅能够传承和弘扬传统文化，更能够引领学生领略古人的智慧与情感，培养学生的文化素养和道德品质，塑造他们的社会责任感和公民意识，提升他们的审美能力和文化素养。

一、审美教育的独特价值

审美教育，作为塑造个体全面发展不可或缺的一环，其核心在于培育个体的审美情趣与艺术鉴赏力，进而丰富其情感世界与精神生活。古代诗词，作为中华文化瑰宝，以其精练的语言、独特的韵律和深邃的意境，为审美教育提供了无与伦比的素材与灵感源泉。通过学习古代诗词，学生不仅能够领略中华文化的独特魅力，更能够在此过程中培养对美的感知和鉴赏能力，进而提升审美情趣。

首先，古代诗词的韵律之美是审美教育中培育节奏感知与音乐性鉴赏的典范。以唐诗宋词为例，其严谨的格律、巧妙的对仗与和谐的押韵，构成了诗歌音乐性的基石。学生在学习和吟诵这些诗词时，不仅能感受到语言的韵律之美，还能在抑扬顿挫中体会到情感的起伏与变化。如脍炙人口的李白《静夜思》中“床前明月光，疑是地上霜”、王维《山居秋暝》中“空山新雨后，天气晚来秋”等的平仄对应和押韵，使得诗歌在朗读时流畅自然，易于记忆。学生在吟诵柳永的《雨霖铃》时，“寒蝉凄切，对长亭晚，骤雨初歇”的句式变化与押韵规律，让学生在朗读中感受到诗歌的韵律之美，体会情感的细腻与哀婉，培养出对诗歌节奏的敏锐感知与深刻鉴赏。

其次，古代诗词的意境之美也是审美教育中丰富个体情感与精神世界的宝库。古代诗人以笔墨为媒，将自然景物、人生哲理与情感体验融为一体，创造出超越时空的意境世界。这些诗词所营造的意境深远、含蓄，能够引发读者的无限遐想。学生在学习和解读这些诗词的过程中，不仅能够领略到诗人笔下的风景与情感，更能在心灵深处与之产生共鸣，丰富自己的情感体验与精神追求。例如，苏轼的《念奴娇·赤壁怀古》中，“大江东去，浪淘尽，千古风流人物”的壮阔意境，不仅让学生感受到历史的沧桑与英雄的豪迈，更激发了他们对人生、历史与宇宙的深刻思考。辛弃疾《青玉案·元夕》中“众里寻他千百度，蓦然回首，那人却在，灯火阑珊处”的描绘，不仅让学生领略到词中描绘的元宵夜盛景与浪漫情愫，更在心灵深处激发了对爱情、人生与命运的深刻思考，丰富了自身的情感体验与精神追求。

学习古代诗词，学生可以培养对美的感知和鉴赏能力。一方面，学生在学习和欣赏古代诗词的过程中，会逐渐形成对美的独特认识和感知方式。他们能够从不同的角度和层面去欣赏和理解诗词的美，丰富自己的审美体验。另一方面，学生在学习和创作诗词的过程中，也能够提升自己的鉴赏能力。他们能够通过对比和分析不同诗人的作品，发现其中的优劣之处，提升自己的审美水平。在情感的熏陶与精神的滋养中，学生的审美情趣与艺术修养也会逐渐提升。审美情趣是指个体在审美活动中所表现出的偏好和倾向。这种审美情趣的提升，不仅体现在对诗词本身美的欣赏上，更体现在学生将诗词中的美学元素融入日常生活与艺术创作中，形成独特的审美风格与创造力。因此，古代诗词在审美教育中的独特价值不容忽视，它不仅是文化传承的载体，更是培育学生审美情趣与艺术鉴赏力、丰富个体情感与精神世界的重要途径。同时，古代诗词中所蕴含的中华文化的精髓和价值观念，也会潜移默化地影响学生的审美情趣，使他们在审美活动中更加注重文化内涵和精神价值。

二、文化教育的深厚底蕴

文化教育，作为民族文化薪火相传的桥梁，对于培育学生的文化素养与民族精神具有不可估量的价值。古代诗词，作为中华文化宝库中的璀璨明珠，不仅以其超凡的艺术魅力赢得了历代文人墨客的青睐，更以其深厚的历史文化底蕴为后世学子提供了无尽的知识源泉。通过深入研读古代诗词，学生得以窥见古代社会的历史脉络、文化景观与人文精髓，加深对传统文化的认同与自豪。

首先，古代诗词是洞察古代社会历史变迁的明镜。每一行诗句，都镌刻着诗人所处时代的烙印与社会的风貌。例如，杜甫的《春望》一诗，通过对战乱后荒凉景象的描绘，勾勒出唐朝由盛转衰的沧桑巨变。学生在品味这首诗时，不仅能够领略到诗人高超的艺术技巧，更能透过字里行间感受到那个时代的风云变幻与社会动荡。李白的《将进酒》，则如一幅盛唐的绚丽画卷，洋溢着时代的繁荣与民族的自信，引领学生们穿越时空，领略那个辉煌时代的风采。

其次，古代诗词是展现古代文化风貌的万花筒。古代诗词中蕴含着丰富的文化内涵，包括哲学智慧、道德伦理和价值观念等。孟浩然的《春晓》，通过对春天清晨的细腻描绘，传达了道家思想中追求自然、崇尚简朴的哲学理念。学生在吟诵这首诗时，不仅能沉醉于自然之美，更能体悟到古人对生活的独到见解与追求。此外，古代诗词中还蕴含着丰富的礼仪文化和节日习俗，如辛弃疾《青玉案·元夕》生动描绘了宋代元宵节（又称上元节）的繁华景象，展现了当时社会的节日风俗与文化氛围。词中的“东风夜放花千树”“宝马雕车香满路”等句，不仅描绘了节日夜晚的灯火辉煌、热闹非凡，也反映了宋代城市的繁荣与市民生活的富足。学习这首词，学生能够深入了解宋代社会的文化风貌与节日习俗，增强对传统文化的认知与理解。

最后，古代诗词是传递古代人文精神的纽带。古代诗词中蕴含着诗人对人生哲理、爱情友情等主题的深刻思索，彰显了古人的人文情怀与精神追求。李清照的《如梦令》一词，以其细腻的情感和独特的艺术风格，展现了古代女性的柔情与坚韧。学生在学习这首词时，不仅能够感受到李清照的情感世界，更能够体会到古代女性对自由与爱情的向往与执着。苏轼的《水调歌头·明月几时有》，则表达了对人生和宇宙的深刻追问，展现了古人对生命意义的探索与追求。

深入研读古代诗词，学生们不仅得以领略古代社会的历史风貌、文化景观与人文精神，更能在这一过程中深刻感受到中华文化的博大精深与独特魅力。这种学习与体验的过程，不仅能够有效提升学生的文化素养与审美能力，更能激发他们对传统文化的热爱与自豪。因此，我们应高度重视古代诗词在文化教育中的重要作用与价值，让其在现代教育体系中绽放出更加璀璨的光芒。

三、人文教育的滋养作用

人文教育，作为教育体系中的核心组成部分，旨在培养学生的人文精神、人文关怀以及情感世界的丰富性。古代诗词，是中华文化的瑰宝，其中蕴含着丰富的人文精神，如爱国情感、友情亲情、人生哲理等。通过学习古代诗词，学生能够深入感受古人的情感世界，理解人生的意义和价值，进而培养自己的人生态度和人文精神。

首先，古代诗词中蕴含的爱国情感是学生人文教育中的重要内容。在古代诗词中，无数诗人用笔墨书写了对国家的热爱与忠诚。例如，文天祥的《过零丁洋》中，“人生自古谁无死，留取丹心照汗青”一句，表达了对国家命运的深切忧虑和对民族尊严的坚定维护。陆游的《示儿》是陆游临终前写给儿子的遗嘱，“死去元知万事空，但悲不见九州同”表达了他对家国不幸的哀痛之情，以及对国家统一的殷切期望。学生在学习这样的诗词时，不仅能够深刻感受到诗人对国家命运的关切和担忧，明白个人的命运与国家的兴衰紧密相连，更能够激发自己的爱国情感，培养对国家和民族的责任感与使命感，将个人的理想追求融入国家发展的大潮之中。

其次，古代诗词中的友情亲情也是人文教育的重要方面。在古代社会，友情和亲情是人们生活中不可或缺的情感纽带。古代诗人们通过诗词表达了对朋友和亲人的深厚情感。如李白的《送友人》中的“青山横北郭，白水绕东城。此地一为别，孤蓬万里征”，描绘了诗人与友人离别时的场景，表达了深深的离别之情。杜甫的《月夜忆舍弟》中“戍鼓断人行，边秋一雁声。露从今夜白，月是故乡明”，描述了诗人对远方亲人的思念之情。学生在学习这些诗词时，能够体会到古人对亲情友情的珍贵和离别的不舍，进而培养自己的情感世界，增强对人际关系的理解和处理能力。

再次，古代诗词中还蕴含着丰富的人生哲理。这些哲理不仅是对人生的深刻思考，更是对人性、道德等方面的探讨，对于引导学生形成正确的人生观和价值观具有重要意义。如王之涣的《登鹳雀楼》中“欲穷千里目，更上一层楼”，表达了对人生不断追求和进取的哲理。苏轼的《题西林壁》“不识庐山真面目，只缘身在此山中”，以庐山为喻，让人领悟到人生中的多样性和复杂性，告诉人们要学会全面客观地认识事物的真相，要学会以开放的心态面对生活中的挑战和变化。学生在学习和领悟这些诗词时，能够从中汲取智慧，理解人生的意义和价值，培养积极向上的人生态度和精神风貌。

最后，古代诗词中的自然描写和意境营造，也滋养着学生的情感世界。王维的《山居秋暝》以“空山新雨后，天气晚来秋。明月松间照，清泉石上流”描绘了一幅清新优美的山林秋景图画，展现了大自然的宁静与和谐之美。学生在阅读这些诗词时，能够感受到大自然的鬼斧神工与生命韵律的和谐共生，培养起对自然的敬畏之心与热爱之情，学会在繁忙的生活中寻找内心的宁静与平和。

学习古代诗词，学生不仅能够深入了解这些人文精神的具体内涵，更能够在实践中将这些精神内化于心、外化于行。他们会在日常生活中更加注重人文关怀，关心他人、尊重他人；在面对困难和挑战时，他们会以古代诗词中的精神为指引，坚韧不拔、勇往直前；在人际交往中，他们会以诗词中的情感为纽带，建立和谐、真挚的人际关系。因此，在人文教育中，我们应充分重视古代诗词的作用和价值，让学生在诗词的熏陶下茁壮成长。

四、思政教育的融合实践

经典古诗词，作为中华民族文化的瑰宝，以其精湛的艺术形式和深邃的思想内涵，滋养着学生的心灵，更在强化爱国主义与民族精神教育、提升社会责任感和时代使命感方面发挥着不可估量的作用。这些跨越时空、传颂千古的佳作，超越了语言的界限，承载着厚重的人文历史，蕴含着对生命、自然与国家、社会的深刻思考，是在潜移默化中陶冶道德情操、塑造健全人格、激发爱国情怀的重要教育资源。

经典古诗词的思政教育价值主要体现在三个方面：爱国主义教育价值、理想信念教育价值以及思想品德教育价值。

首先，经典古诗词是爱国主义教育的生动教材。它们以诗意的语言记录了中华民族的历史变迁，展现了无数先辈的爱国情怀和民族气节。如杜甫的《春望》，以其沉郁顿挫的笔触描绘了国家战乱时期的景象，流露出对国家命运的深切忧虑和对民族复兴的渴望，激励学生铭记历史，珍惜和平，增强对祖国的热爱与忠诚。学习这些诗词，学生不仅能够感受到诗人对祖国的深情厚谊，感受到中华民族在历史长河中的英勇抗争和不屈精神，深入了解中华民族的历史和文化传统，更能被其中蕴含的爱国情感所感染，激发起强烈的民族自豪感和责任感，更加自觉地肩负起时代赋予的使命。

其次，经典古诗词是理想信念教育的宝贵财富。古诗词记录着诗人的亲身经历和深刻感悟，蕴含着古代先贤们的崇高理想和坚定信念。这些精神力量能够激励学生树立正确的人生观和价值观、面对困难和挑战时能够勇往直前追求自己的理想和信念。李白的《行路难》以其豪迈的气概，展现了面对人生困境时的坚韧不拔和勇往直前的决心；陶渊明的《归园田居》则以其淡泊名利、归隐自然的情怀，引导学生思考人生的真谛和价值。这些诗词以其深邃的思想内涵，激励学生树立远大理想，坚定信念，勇于追梦，为实现个人价值和社会进步贡献自己的力量。

最后，经典古诗词还是思想品德教育的重要载体。古诗词通过描绘自然景色、人物形象和社会现象等自然之美、人性之善，传递着诚信、友善、勤劳等中华民族的传统美德和人类的美好情感。如孟郊的《游子吟》一诗，以其朴素自然的语言表达了母爱的伟大和无私，学生在学习这首诗时，能够深刻感受到母爱的温暖和伟大，学会感恩和回报。杜甫《茅屋为秋风所破歌》中的“安得广厦千万间，大庇天下寒士俱欢颜，风雨不动安如山”，展现了杜甫忧国忧民的博大胸怀，表达了对社会底层人民的深切关怀。通过学习，学生可以感受到杜甫的社会责任感，激发关注民生、服务社会的热情。这些诗词以其独特的艺术魅力，影响着学生的道德观念和行为习惯，助力他们成长为具有高尚品德和良好素养的新时代青年。

综上所述，经典古诗词在思政教育中的价值不可小觑。它们不仅是文化传承的桥梁，更是塑造学生健全人格、激发爱国情怀、提升社会责任感和时代使命感的重要工具。因此，我们应当深入挖掘经典古诗词中的思政教育资源，将其有机融入教育教学实践中，通过诵读、品鉴、创作等多种形式，让学生在诗词的海洋中汲取精神力量，成长为有理想、有本领、有担当的新时代接班人。

第二节　古代诗词教育的现状概览

古诗词，犹如璀璨星辰，镶嵌于中华文明的浩渺苍穹之中，自古便是滋养民族精神的甘泉。学前阶段和幼儿园教育中，古诗词以其独特的韵律和意境，成为亲子共读的温馨纽带，孩子们在父母轻声细语的诵读中，悄然开启了对美的认知。中小学语文课堂上，孩子们在老师的引领下，品味着诗词的深邃与美妙，感受着诗人的情感与智慧。诵读活动、诗词朗诵比赛、创作比赛，这些丰富多彩的形式，让孩子们在轻松愉快的氛围中，与古诗词亲密接触，激发出无尽的创意与热情。古代诗词教育更是如春风化雨，润物无声。然而，随着教育层次的提升，古代诗词教育的普及与深化却呈现出参差不齐的态势，古代诗词教育的普及与深化面临挑战。

一、学前教育阶段的启蒙与融入

蒙以养正。幼儿教育时期，是一个人品行、个性养成的关键时期。将中国传统文化中精华的部分融入幼儿教育之中，将为幼儿一生的成长奠定良好的基础，也有利于中国传统文化的传承与发扬。这是一个文化传承与儿童教育发展交汇融合的重要课题。

家庭教育是古诗词教育的第一课堂。在学前阶段，家长与孩子之间的诗词互动，往往从最简单的童谣、儿歌开始启航、过渡。所学诗词一般都短小精悍、朗朗上口，既能够锻炼孩子的语言表达能力，又能够培养他们的语言敏感性和审美情趣。家长们在日常生活中，会利用各种机会与孩子一起诵读诗词，如睡前故事、户外游玩时，或是简单的家庭聚餐时刻。通过亲子共读这样一种非正式的学习方式，古诗词的阅读与背诵不仅成为一种寓教于乐的教育方式，更是亲子情感交流的纽带。自然、亲切而效果显著，成为诗词教育温馨的起点。

所谓熟读唐诗三百首，不会作诗也会吟。幼儿园作为正式教育的起点，开始将诗词教育纳入教学计划、融入日常教学活动中。通过诗词朗诵、诗词创作、诗词绘画等多种活动形式，让孩子们在亲身参与中感受到诗词的魅力。幼儿园还会结合节日与季节的变迁等选取相应的诗词进行丰富多彩的教学活动，如春节时诵读《元日》、中秋节时朗诵《静夜思》等，让孩子们在与生活的紧密联系中了解传统节日节序的同时，也能够领略到那份跨越千年的节日节序内涵与文化韵味，引领他们走进传统文化的殿堂。

然而，在这片充满诗意的教育画卷中，也不乏一些令人忧虑的问题。随着教育竞争的日益激烈，学前教育逐渐呈现出一种功利化、应试化的倾向，“教育抢跑”“小学化”势态严峻。家长们急于看到孩子背诵诗词的数量，老师们也以此作为教学效果的衡量标准，却违背了儿童成长规律，忽视幼儿教育的本质——激发孩子的兴趣，培养他们的审美与创造力。这种倾向不仅让孩子不自觉地将诗词学习与背诵、默写等同起来，对古诗词学习逐渐产生抵触情绪，更让原本充满乐趣的学习过程变得枯燥无味，失去了古诗词教育应有的温度与深度。更为关键的是，当前许多幼儿园的古诗词教育缺乏科学系统的规划和设计。教学内容的选择往往随意，教学方法也相对单一，难以形成连贯的知识体系和文化熏陶氛围，甚至沦为彰显教学质量的点缀。孩子们在这样的教育环境中，虽然能够接触到一些古诗词，却难以深入领会其背后的文化意蕴，更无法形成对传统文化的深刻认同与热爱。

面对这些挑战，我们需要重新审视古诗词教育在学前教育中的角色与定位。首先，我们应回归教育的本质，强调兴趣激发与审美培养。古诗词教育不应仅仅停留在背诵与默写的层面，而应通过游戏化、情境化的教学方式，让孩子们在轻松愉快的氛围中感受诗词的韵律美、意境美，真正爱上古诗词。同时，构建系统化的教学体系也至关重要。教育部门和幼儿园应携手合作，开发适合幼儿年龄特点的古诗词教材，形成由浅入深、循序渐进的教学体系。在教学活动中，应注重多样化与互动性，结合孩子的兴趣与能力，设计丰富多彩的诗词学习活动，让孩子们在参与中体验、在体验中成长。此外，家园共育也是不可忽视的一环。家长与幼儿园应形成教育合力，共同营造古诗词学习的良好环境。家长们应树立正确的教育观念，与教师一起，根据孩子的实际情况，选择适宜的学习材料和方法，共同促进孩子的全面发展。最后，强调文化体验与实践同样重要。通过组织文化体验活动，如参观博物馆、参与传统节日庆典等，让孩子们亲身体验古诗词背后的文化意蕴，感受那份跨越时空的文化共鸣。这样的体验不仅能够增强孩子们的文化认同感与自豪感，更能够让古诗词成为他们生命中不可或缺的一部分，滋养着他们的心灵，引领他们走向更加宽广的文化世界。

二、基础教育阶段的深化与拓展

在基础教育阶段，古代诗词教育得到了广泛的推广和普及，不仅是教育体制对传统文化传承与发扬的积极响应，更是对孩子们全面素养培育的重要一环。中小学语文课程，作为学生们接触和学习古代诗词的主要渠道，承担着引领学生们走进诗词世界、感受诗词魅力的重任。

教材中收录的古代诗词作品，是千百年来中华文化的瑰宝，它们以精练的语言、深邃的意境、真挚的情感，展示了古人的智慧与情感世界。通过课堂教学，教师注重挖掘古诗词的文化内涵，将其与现实生活相结合，使学生深刻感受传统文化魅力。学生们得以深入了解中华民族的历史文化、哲学思想、道德观念等，增强了他们的文化自信和民族自豪感。学生在欣赏诗词的过程中也感受到美的熏陶和感染，他们的审美能力和审美素养明显提升。中小学古诗词教学方法不断创新，呈现出多样化的趋势。传统的讲授法和背诵法逐渐被更加丰富、互动的教学方式所取代。情境教学、合作学习等现代教学法的广泛应用，极大地提高了学生的学习兴趣和参与度。

此外，随着科技的进步和互联网的普及，中小学古诗词教学资源得到了极大的丰富。教师们不再局限于教材，而是积极开发和利用各种教学资源，如多媒体资料、网络资源、文化背景资料等，为学生提供了更加广阔的学习视野和丰富的知识体验。这些资源的引入不仅拓宽了学生的学习内容，还提高了他们的信息获取和处理能力。中小学古诗词教学在培养学生综合素养方面取得了显著成效。通过古诗词的学习，学生们的语言表达能力、审美能力、文化素养等得到了全面提升。他们不仅学会了如何欣赏和理解古诗词，还能够在日常生活中运用所学知识，提高自己的综合素质。这些成就为古诗词教学的进一步发展和学生全面成长奠定了坚实基础。

当然，我们也应该清醒地认识到，古代诗词教育在拓展和深化过程中还面临着一些挑战和问题。从教学内容层面来看，一个显著的问题是文化内涵的挖掘不足。许多教师在教授古诗词时，往往仅停留在对字面意思的解读上，缺乏对诗词背后文化背景的深入剖析与展示，使得教学内容显得单一且缺乏深度。这种教学方式导致学生难以全面领略古诗词的魅力和深厚的文化底蕴，进而影响他们对中华优秀传统文化的认同感和自豪感。教学方法层面的问题同样不容忽视。许多教师仍受限于传统的教学模式，缺乏创新和突破。如讲授法和背诵法，虽然在一定程度上有助于知识的传递，但往往忽视了学生的主体性和创造性。尤其中学阶段，教师往往过于注重诗词的背诵和应试技巧的训练，而忽视了对诗词意境和情感的深入解读。这种填鸭式的教学方式不仅难以激发学生的学习兴趣，还可能导致他们对古诗词学习产生厌倦情绪。学生对古诗词的认识停留在背诵和理解字面意思的层面上，缺乏对古诗词意境和深刻含义的探究欲望。教学资源的匮乏也是制约古诗词教学质量的重要因素。教师在古诗词教学中缺乏丰富的教学资源，如多媒体资料、文化背景资料等，限制了教学的广度和深度。在评价机制方面，评价标准过于单一，主要侧重于学生的背诵和默写能力，而忽视了对学生理解、鉴赏和创造能力的评价。这种评价方式难以全面反映学生的真实水平和潜力，也可能误导学生的学习方向。同时，评价过程缺乏足够的关注，许多教师只注重最终的学习成果，而忽视了学生在学习过程中的表现和进步。

针对这些问题，我们需要采取积极的措施加以解决。首先，要加强对学生们的引导和教育，让他们认识到古代诗词的价值和意义。可以通过举办讲座、开展主题活动等方式，向学生们介绍古代诗词的历史背景、文化内涵和艺术特色，激发他们的学习兴趣和主体性。其次，要鼓励教师们创新教学方法和手段，提高古代诗词教学的广度和深度。还可以利用现代技术手段，制作精美的课件和动画，让学生们更加直观地了解诗词的创作背景和过程。最后，还需要完善评价机制，注重对学生学习过程的全面评价。学校也应该加大对古代诗词教育的投入力度，为师生提供更好的教学资源和条件。

三、高等教育阶段的研究与传承

近年来国学在高校内的全面复兴，为古诗词教学在我国大学语文教育体系中的壮大创造了积极条件，也因其独特的人文特性、鲜明的教育效用，而被放在了优先考量的语文教育教学变革前沿，展现出古诗词教学的应用化、创新化、多元化的变革局面，也因其特有的实践启思而引发了大学受教群体对于诗词文化传承、更新的集体思考。

一些高校对古代诗词教育给予了足够的重视，纷纷开设了诸如诗词鉴赏、唐宋词研究、苏轼研究等具有较强的方向性和专业性的相关课程。而且类似的课程设置还呈现出逐步在向理科院校、专业扩散的趋势，不再局限于文科类院校及其专业①。与初高中的古诗词相比，在配课数量、受重视程度等方面有了明显的提高与改善，难度也大大增强。在授课过程中，教师更加关注大学生的独特情感经验与知识构建，在讲授诗词的基本知识与技巧基础上，深入挖掘诗词背后的历史背景、艺术特色以及文化内涵，更突出揭示作品在现代语境下的意义和价值。通过系统的学习，学生们能够逐步领略到古代诗词的韵律之美、意境之深以及情感之真。这种全面的学习体验不仅丰富了学生们的精神世界，更提升了他们的审美能力和文化素养。

然而，并非所有高校都对古代诗词教育给予了足够的重视。在一些高校中，相关课程设置较少或缺乏系统性，甚至有的高校完全忽视了这一领域的教育。这种现象的存在，一方面是由于部分高校过于注重专业知识的传授和实用技能的培养，而忽视了对学生人文素养和审美能力的培养；另一方面，高校的古诗词教育往往更加注重学术性和研究性，导致教学内容过于深奥，忽视了诗词的普及性和欣赏性。部分高校教师在授课时，过于强调诗词的文学理论、历史背景及批评方法，使得课程内容变得晦涩难懂，难以引起学生的兴趣和共鸣，不能真正领略到古代诗词的魅力和价值，更无法将其内化为自己的文化素养和审美能力。长此以往，不仅会导致学生们对传统文化的疏离感加深，更会影响到中华优秀传统文化的传承与发展。

面对这一现状，有必要采取系列措施来加强高等教育阶段的古代诗词教育。首先，高校应重新审视人才培养的目标和定位，将古代诗词教育纳入人才培养体系之中，给予足够的重视和支持。其次，高校应加大投入力度，加强师资队伍建设，引进和培养一批具有深厚古代文学功底和丰富教学经验的教师。应积极开发优质教学资源，丰富教学手段和方法，提高古代诗词课程的教学质量和效果。此外，还应鼓励学生积极参与古代诗词的学习和实践。通过举办诗词朗诵、创作比赛等活动，激发学生们对古代诗词的兴趣和热爱；通过引导学生们深入阅读和鉴赏经典诗词作品，培养他们的审美能力和文化素养。同时，高校还应加强与社会各界的合作与交流，共同推动古代诗词教育的普及与深化。

① 姜志云：《文化自信索求下大学语文古诗词教学的路径重构》，《科教文汇》2024年第19期，第120—123页。

四、社会层面的普及与传播

在当今社会，随着科技的飞速发展和信息时代的到来，古诗词教育面临着前所未有的机遇与挑战。社会层面对古诗词教育的重视程度、推广方式以及教育效果，直接影响着传统文化的传承与发展。

（一）影视媒体引领下的视觉盛宴与情感共鸣

近年来，越来越多的电视节目开始关注古诗词的传播与教育。例如，央视的《中国诗词大会》《经典咏流传》《中华好诗词》等节目，以其独特的形式和深厚的文化底蕴，吸引了众多观众的关注。节目通过选手间的诗词竞技、专家的精彩点评以及现场观众的互动参与，不仅展示了古诗词的韵味与魅力，更激发了大众对古诗词的热爱和学习兴趣。这类电视节目在古诗词教育中发挥了重要的导向和引领作用。首先，它们通过生动的画面和富有感染力的语言，将古诗词中蕴含的哲理、情感与意境传递给观众，使观众在欣赏中感受到古诗词的美妙与深远。其次，节目中的诗词竞技环节，让观众在紧张刺激的比赛中领略到古诗词的博大精深，进一步激发了他们的学习热情。最后，节目还通过邀请专家学者进行点评与解读，帮助观众深入理解古诗词的内涵与价值，提升了他们的文化素养和审美能力。“只要诗在、书在，长安就会在。”电影《长安三万里》的热映激起又一轮的诗词热，使国人的诗词“基因”再度觉醒。

（二）社区活动普及中的实践互动与深度体验

社区作为社会的基本单元，是推广古诗词教育的重要阵地。在社区层面，各种形式的古诗词活动如火如荼地开展，如诗词朗诵会、诗词创作比赛、诗词文化讲座等。这些活动不仅丰富了社区居民的文化生活，更在潜移默化中提升了他们对古诗词的认知与理解。社区活动在古诗词教育中的普及作用主要体现在以下几个方面：一是通过诗词朗诵会等形式，让居民亲身感受古诗词的韵律之美和意境之深，增强了对古诗词的感性认识；二是通过诗词创作比赛，鼓励居民尝试用古诗词表达自己的情感与思想，提升创作能力和表达能力；三是通过诗词文化讲座，邀请专家学者为居民普及古诗词知识，解答他们在学习中的疑问，提高其学习效率和兴趣。

（三）社交平台传播中的网络化社群构建与知识共享

在信息化时代，抖音等短视频社交平台以其独特的传播方式和广泛的用户基础，成为推广古诗词教育的新阵地。许多诗词爱好者、文化机构和教育工作者纷纷入驻抖音，通过短视频的形式向大众普及古诗词知识，分享学习心得和创作体验。如《中国诗词大会》节目的官方抖音账号，不仅分享了节目中的精彩片段和选手风采，还定期发布古诗词相关知识和解读。通过互动和竞赛的形式，激发了观众对古诗词的兴趣和热情。抖音平台在古诗词教育中的创新推广主要体现在以下几个方面：一是通过短视频的形式，将古诗词与音乐、画面等元素相结合，创造出独具特色的视听盛宴，吸引了大量年轻用户的关注；二是利用抖音的互动功能，开展线上诗词接力、挑战等活动，让用户在参与中感受到古诗词的乐趣与魅力；三是邀请知名文化人、诗人等进行直播分享，为用户带来更加深入、系统的古诗词学习体验。

总之，社会层面对古诗词教育的重视与推广是传承与发展传统文化的重要途径。电视媒体、社区活动、社交平台等多种形式的创新与探索，能够更好地发挥古诗词在提升国民素质、促进社会和谐方面的积极作用。同时，我们也应认识到古诗词教育的长期性和复杂性，需要持之以恒地加以推进和完善，确保其在新的时代背景下焕发出更加绚丽的光彩。

第三节　古代诗词教育的当代挑战

古诗词是中华传统文化的绚丽瑰宝，是中华民族精神的凝练和传承。当我们走进现代的课堂，却发现古代诗词的教育正面临着前所未有的挑战。古代诗词的语言深邃、意境悠远，但与现代快节奏生活似乎渐行渐远。学生们在学习的过程中，往往难以跨越时空的鸿沟，真正领略到诗词之美。而传统教学方法重灌输轻体验的僵化模式，又使得教学过程变得枯燥乏味，缺乏吸引力。现代教学技术的广泛应用并未能充分改变这一现状，技术的力量在古代诗词教育中尚未得到充分发挥。问题到底出在哪里？

一、内容与时代的脱节

内容与时代的脱节是古代诗词教育存在的问题之一，具体体现在古代诗词的语言、意境与现代生活的巨大差异上。这些差异导致学生难以深入理解古代诗词的内涵与价值，阻碍了古代诗词教育的有效进行。

首先，古代诗词的语言与现代汉语存在显著的差异。古代诗词的语言精练而含蓄，常常运用典故、比喻、象征等修辞手法，使得诗词的意境深远而丰富。然而，现代学生缺乏相应的文化背景和语言知识，往往难以准确理解这些修辞手法所蕴含的意义。如苏轼《卜算子·黄州定慧院寓居作》中，“缺月挂疏桐”描绘了一个清冷孤寂的夜晚景象，而“缥缈孤鸿影”则象征着词人的孤独与落寞。孤鸿（大雁）在中国传统文化中常常被视为孤独、漂泊的象征，词人通过这一意象，将自己的孤独心境与自然环境融为一体，营造出一种凄清哀婉的氛围。不熟悉这种象征手法的学生可能只是看到了词中描绘的自然景象和动物形象，而无法深刻理解这些意象背后所蕴含的情感和象征意义。他们可能会觉得这只是一些简单的景物描写，而无法体会到词人想要表达的孤独与落寞之情。这种语言的隔阂使得学生难以深入领会诗词的深层含义，影响了他们对古代诗词的兴趣和理解。

其次，古代诗词的意境与现代生活也存在较大的差异。古代诗词所描绘的往往是古代社会的风土人情、自然景观以及诗人的情感世界，与现代社会的生活方式和价值观念有着天壤之别。因此，学生在理解古代诗词时，往往难以将其与现实生活相联系，也难以产生共鸣。比如，李白的小诗《静夜思》描绘了诗人在寂静的夜晚，看到月光洒在床前，误以为是地上的霜。他抬头望着明亮的月亮，不由得低头思念起远方的故乡。诗的意境充满了对故乡的深深眷恋和无尽的思念之情，反映了古代社会中人们离乡背井、漂泊在外的普遍情感。在现代社会，由于交通和通信的发达，人们可以较为方便地回家或者与家人保持联系。因此，对于现代人来说，那种因交通不便、信息闭塞而产生的深切思乡之情已经大大减弱。同时，现代社会的快节奏生活和多元化的娱乐方式也使得人们很难再有那种静下心来凝视月光、思念故乡的心境。这种意境的脱节使得学生难以深入感受古代诗词的美妙与深邃，影响了他们对古代诗词的欣赏与理解。

此外，古代诗词所体现的价值观念也与现代社会有所不同。古代诗词中往往强调忠孝节义、家国情怀等传统美德，而这些在现代社会中可能已经不再占据主导地位。因此，学生在理解古代诗词时，可能会对其中的价值观念产生困惑或质疑，从而影响他们对诗词的整体理解和评价。借助"路漫漫其修远兮，吾将上下而求索"，屈原表达了自己对真理和理想的执着追求，即使道路漫长且艰难，也要勇往直前，不断探索。这种观念在古代社会中被视为高尚的人生追求。在现代社会，虽然探索和追求仍然被看作是重要的，但人们更加注重现实的利益和个人的满足。对于屈原这种"上下求索"的精神，现代学生可能会产生质疑：为何要为了一个可能无法实现的理想而付出如此巨大的努力？为何不能选择一条更加轻松和安逸的道路？这种对理想与现实之间的权衡，同样可能会让学生感到困惑或不解。这种价值观念的差异也增加了学生理解古代诗词的难度。

二、教学方法的局限

在传统的教学模式下，我们往往能够看到一幅幅陈旧的画面：在"应试教育"的指挥棒下，教师手持教材，滔滔不绝地讲解着诗词的字句与意境；学生则埋头苦记，试图将这些古老的智慧刻印在脑海中。然而，这种传统的教学方法，却因其模式单一僵化与缺乏创新性，既无视学生个性特征，又无视古典诗词教学的审美功能，反而进一步削弱了古诗词教育的趣味性和吸引力，更难以引起学生的共鸣与兴趣。教学方法上的局限，犹如一道无形的桎梏，深深束缚着古代诗词教育的创新与发展。

传统教学方法的单一固化，是其局限性的首要表现。在古代诗词的教学中，教师往往采用一种固定的模式，一概施以"解题—作者简介—翻译—主题情感分析—艺术手法分析—总结—背诵默写"之类的套路。[①] 这种机械甚

① 蔡婷：《高中语文古典诗词对话教学研究》，福建师范大学硕士毕业论文，2019。

至僵化的教学流程，虽然能够确保学生掌握基本的诗词知识，却忽略了诗词作为文学艺术的本质——情感与意境的表达。以李白的《静夜思》为例，这首诗以其简洁明快的语言和深沉的思乡之情，成为脍炙人口的佳作。然而，在传统的教学方法下，教师只是简单地解释诗中字词，串讲诗意，然后总结出诗人思乡的主题。学生虽然能够记住这些基本内容，却无法真正感受到诗中那份深沉的思乡之情。他们无法想象出诗人在寂静的夜晚，望着明月思念故乡的情景，更无法体会到诗人内心深处的情感波动。这种固化甚至僵化的教学方法，使得学生只能停留在表面的理解上，无法真正领略到诗词的美妙与深邃。

传统教学方法还缺乏足够的创新性。教师习惯于按照自己的经验和理解来解读诗词，而学生则被动地接受这些解读，缺乏自主思考与探索的空间。如杜甫的《春望》，以其细腻入微的描写和深沉的忧国忧民之情，成为古代诗词中的经典之作。在传统的教学方法下，教师只是按照自己的理解来解读这首诗，将其中蕴含的情感与意境强加给学生。学生缺乏自主思考和探索的机会，只能被动地接受这些解读。这种缺乏创新性的教学方法，不仅限制了学生的想象力与创造力，也使得他们对诗词的理解变得僵化与呆板。他们无法根据自己的生活经验和审美趣味来感受和理解诗词，更无法领略到诗词的多样性与丰富性。

同时，现代教学技术在古代诗词教育中的应用也显得不够广泛与深入。尽管我们身处一个信息化、数字化的时代，但很多古代诗词课堂仍然停留在黑板、粉笔和纸质教材的传统模式上。这种教学方式不仅限制了教学内容的丰富性与多样性，也难以激发学生的学习兴趣与积极性。以王之涣的《登鹳雀楼》为例，这首诗以其壮丽的景象和豪迈的气势，成为古代诗词中的名篇。然而，如果教师只是口头讲解和黑板板书来呈现这首诗的内容，学生无法直观地感受到诗中描绘的壮丽景象和豪迈气势，更无法深入理解诗人的情感和意境。如果能够利用现代教学技术，如通过动画、音效、视频等手段来还原诗词中的场景和氛围，让学生身临其境地感受诗词的美妙，学生就能够更加直观地感受到诗中的景象和气势，更加深入地理解诗人的情感和意境。

三、教育生态的异化

教育生态作为一个复杂的社会构造，其内部诸多因素相互作用，共同影响着教育内容的选择与实施。在古代诗词教育领域，教育生态环境及运行机制的制约在一定程度上导致了社会对这一宝贵文化遗产的重视程度不够。这是一个深刻而复杂的问题，姑且从教育理念、教育资源、考试评价体系等方面进行分析阐述。

随着时代的不断进步与变迁，教育理念与目标正经历着深刻的转变。传统教育侧重于文化的传承与积淀，而现代教育则更加注重实用性与功利性，强调与实际生活和经济发展紧密相连的知识技能。在这一背景下，科学、技术、工程、数学等学科被赋予了前所未有的重要性，被视为驱动社会前行和经济繁荣的核心力量。相较之下，古代诗词等人文学科的教育价值似乎逐渐被边缘化，常被归入“非核心”或“选修”范畴，这直接导致社会各界对古代诗词教育的关注和认可显著降低。这种教育理念的异化，不仅导致学生对古诗词的兴趣和热情减弱，更使得古诗词教育在培养学生审美能力、情感表达和文化认同方面的作用被忽视。学生更多地被引导去追求短期可见的成绩和技能，而忽视了长远的人文素养积累和精神世界的丰富。

教育资源的合理分配是实现教育公平与质量提升的关键。然而，在实际操作中，师资配备、教材研发、教学设施等宝贵资源，往往优先流向那些被视为“主流”或“核心”的学科领域。在这一资源分配格局下，古代诗词教育因不属于基础教育阶段的必修范畴，而常常遭遇资源匮乏的困境。即便是在高等教育阶段，高校虽然普遍会开设古代诗词方面的通识课程，但由于缺乏足够的资源支持和学生的重视，这些课程往往流于形式，难以达到预期的教学效果。学生缺乏选修学习的动力和压力，教师也缺乏教学创新的积极性和条件，古诗词教育因此陷入了一种恶性循环。

古诗词教育本应是一种富有创造性和个性化的学习活动，但应试教育的考试评价体系却将其变成了一种机械化、功利化的应试训练。高考等标准化考试在古诗词考查方面，往往侧重于对文学作品形象、语言、表达技巧以及思想内容和作者的观点态度的评价。虽说诗词鉴赏题是主观题，但答案却是已定的，阅卷教师从学生的答案中找得分点来给分数，这些得分点又大多是一些古典诗词评论术语。[①] 也就是说，答案具有一定的标准化和模式化倾向。这导致教师在教学过程中不得不将重点放在这些考点上，而忽视了古诗词的丰富内涵和文化底蕴。学生为取得好成绩，也往往采取死记硬背、套用模板等应试策略，而非真正去理解和感悟古诗词的美感和意境。学生可能掌握了应对考试的技巧，但并未真正领略到古诗词的魅力和价值。

面对教育生态的异化对古诗词教育带来的挑战，我们需要采取积极有效的应对策略。首先需要的是全社会对古代诗词文化价值的深刻认识和尊重，需要从上而下调整教育理念，强调人文教育与科学教育的并重和结合，将古诗词等人文学科内容纳入基础教育的核心课程，提升学生的文化素养和审美能力。改革高考等标准化考试中的古诗词考查方式，减少标准化和模式化的答案要求，引入开放性、探究性的古诗词考试题目，鼓励学生发表个人见解和创意解读。加大对古代诗词教育的投入，优化教育资源分配，鼓励优秀教师从事古代诗词教学和研究。利用现代技术手段，开发高质量的古代诗词教材和教学资源，拓宽教学渠道和方式，为古代诗词教学提供适宜的学习环境和条件。

第四节　古诗词教育该去向何方

今天的我们传承中国古代诗词，目的不仅仅是熟读成诵，更重要的是涵养身心、敦品励行。面对前述的这些问题，我们不得不深思：到底我们需要开展怎样的教育教学，才能让古代诗词在现代教育体系中焕发出新的生命力？才能让学生们可以跨越时空与古人心灵对话？才能让今天的人们把古老又经典的诗词和鲜活又复杂的当下生活创造性地结合起来，让古代诗词在当代充满活力，并进一步涵养民族精神、增强文化自信？

---

① 秦红梅：《〈唐诗宋词选读〉对话教学策略探究》，苏州大学硕士毕业论文，2011。

一、营造良好的教育环境

在古代诗词教育的道路上，营造良好的教育环境至关重要。一个优秀的教育环境不仅能够激发学生的学习热情，还能够为教师提供施展才华的舞台，更能够为古代诗词的传承与发展提供坚实的土壤。为此，需要从多方面着手，加大社会对古代诗词教育的宣传力度，制定相关政策，支持古代诗词教育的发展，共同营造出一个充满生机与活力的教育环境。

首先，加大社会对古代诗词教育的宣传力度是营造良好教育环境的关键一环。在信息化时代，我们可以通过各种媒体渠道，如电视、广播、报纸、网络等，广泛宣传古代诗词的魅力与价值。例如，可以制作一系列关于古代诗词的纪录片或综艺节目，通过生动的画面和深入浅出的讲解，让更多人了解古代诗词的渊源、内涵和艺术特色。像《中国诗词大会》《经典咏流传》《中华好诗词》等文化节目，就一次次地燃起社会品味诗词经典的热情。同时，还可以邀请知名诗人、学者做专题讲座或对其进行访谈，分享他们的研究成果和心得体验，激发公众对古代诗词的兴趣和关注。如《中华读书报》2003 年 12 月 3 日发表叶嘉莹访谈录《古典诗词是支持我一生的力量》；2020 年《掬水月在手》则是以文学纪录电影的形式记述叶嘉莹的诗词人生，观看者众多，并获得中国电影金鸡奖最佳纪录 / 科教片奖。除了媒体宣传外，还可以举办各种形式的诗词活动来扩大古代诗词教育的影响力。比如，可以组织诗词朗诵比赛、创作大赛、研讨会、研学活动等，吸引更多的学生和教师参与其中，让他们在亲身实践中感受古代诗词的韵味和魅力。如北京恭王府海棠雅集已举办了十三届，不但开通网络直播，还走出京津冀，让更多人得以观赏。浙江省文旅部门以“浙东唐诗之路”为名片发展诗词游学，让诗词与地理、历史、旅游、文创等相互激发、相互融合，也让诗词文化更直观可感，更接地气。在宣传的过程中，还需要注重针对不同年龄段和文化层次的受众制定不同的宣传策略。对于青少年学生，可以通过校园广播、班级墙报等方式进行日常宣传；对于成年人，则可以通过社交媒体、公众号等渠道进行精准推送。多样化的宣传手段，可以更好地满足不同受众的需求，让古代诗词教育深入人心。

其次，制定相关政策是支持古代诗词教育发展的重要保障。政府可以出台一系列优惠政策，鼓励学校和社会机构开展古代诗词教育活动。例如，可以设立专项资金用于支持诗词教育项目的开展，为学校和机构提供必要的经费保障；同时，还可以对在诗词教育领域取得突出成绩的学校和教师给予表彰和奖励，激励他们继续为古代诗词教育贡献力量。此外，还可以制定相关政策，将古代诗词教育纳入国民教育体系之中。例如，可以在中小学课程设置中增加古代诗词的内容比重，让学生在学习过程中深入了解古代诗词的精髓。还应建立健全的教师评价机制，激发教师自我提升的内在动力。灵活多样的政策手段能够为古代诗词教育的发展提供有力的政策支持，营造出更加良好的教育环境。

当然，在营造良好的教育环境过程中，我们还需要注意以下几点：一是要注重传承与创新相结合，既要尊重古代诗词的传统精髓，又要结合时代特点进行创新发展；二是要注重普及与提高相结合，既要让更多人了解和学习古代诗词，又要注重培养专业人才，推动古代诗词研究向纵深发展；三是要注重理论与实践相结合，既要注重理论研究和知识传授，又要加强实践教学和活动开展，让学生在亲身实践中感受古代诗词的魅力。总之，营造良好的教育环境是促进古代诗词教育蓬勃发展的关键所在。需通过增强宣传推广力度、出台一系列扶持政策等举措，悉心培育一个诗词韵味浓厚的社会教育氛围，使得更多人能够了解、喜爱古代诗词，主动承担起传承与弘扬古代诗词文化的使命，让古代诗词教育在新时代的浪潮中重焕光彩，展现出别样的生机与蓬勃活力。

二、加强与时代生活的联系

中国是诗的国度。凡中国人，不论身处何方何地，从事什么工作职业，过着怎样的生活，几乎都能诵“春眠不觉晓”，会唱“明月几时有，把酒问青天”。然而，古诗词与时代现实之间的疏离感也是不争的事实。由于时代变迁和社会进步，古诗词中的许多场景、事物和观念与现代生活产生了较大的差异，这也是制约古诗词教育发展的重要因素。加强古诗词教育与时代生活的联系，挖掘古代诗词与现实生活的共通之处，寻找两者之间的契合点，实现古代诗词在当今时代的创造性转化、创新性发展显得尤为重要。

首先，可以从古诗词中挖掘出现实生活中的美好情感。古诗词中不乏描写亲情、友情、爱情等人类共同情感的诗篇。这些诗篇虽然产生于古代，但其所表达的情感却是永恒不变的。如王勃的《送杜少府之任蜀州》中的“海内存知己，天涯若比邻”，这句诗表达了诗人对友情的深刻理解：真正的友谊不受地域限制，即使相隔万里，也能感受到彼此的关怀和温暖。这种情感在我们今天的现实生活中同样具有普遍性和持久性，它提醒我们珍惜身边的朋友，无论身处何地，都应保持真挚的友谊。古诗词中的美好情感与现实生活紧密相连，不仅丰富了我们的情感体验，更为我们提供了精神上的滋养和指引。

其次，可以从古诗词中挖掘出现实生活中的智慧启示。古诗词中蕴含着丰富的哲理和智慧，这些哲理和智慧对于现代人的生活同样具有指导意义，为我们提供了宝贵的生活哲学和行为指南。如苏轼的《浣溪沙·游蕲水清泉寺》中，“谁道人生无再少？门前流水尚能西”表达了对时光流逝的感慨和对把握当下的呼吁。它告诉我们，人生没有重来的机会，每一刻都值得我们珍惜和把握。这种对时间的敬畏和珍惜，是我们在现实生活中应当秉持的生活态度，有助于我们更加高效地利用时间，实现自我价值。分析这些诗篇中的哲理和智慧，不仅有助于学生更好地理解古诗词的内涵和价值，更能引导他们将这些智慧启示应用到实际生活中去，更能激发他们对生活的热爱和对人生的思考，培养出更加全面、智慧的人才。

此外，还可以通过实践活动、情景模拟等方式，让学生亲身体验古诗词的魅力。如王维的《山居秋暝》描绘了一幅宁静优美的山林秋景图，表达了诗人对自然美景的热爱和对闲适生活的向往。为让学生亲身体验这首诗的意境，教师可以组织学生进行一次户外探险活动，选择一处风景秀丽的山林作为实践基地。在探险过程中，引导学生观察自然景色，感受大自然的宁静与和谐；同时，鼓励他们用诗词的形式记录下自己的所见所感，与王维的《山居秋暝》进行对比和赏析。这样的实践活动，不仅能让学生亲近自然、感悟生活，还能提升他们的诗词鉴赏能力和创作能力。教师还可以结合节假日或传统节日，组织学生进行诗词朗诵会、诗词创作比赛等实践活动，让学生在参与中感受古诗词的韵律美和意境美。如在中秋节期间，引导学生朗诵苏轼的《水调歌头·明月几时有》，感受诗人对亲人的思念和对美好生活的向往；在春节期间，鼓励学生创作与春节相关的诗词作品，表达对新年的祝福和对未来的期许。同时，还可以利用现代科技手段，如虚拟现实技术、增强现实技术等，创设古诗词中的场景和情境，让学生身临其境地感受古诗词所描绘的世界。以杜甫的《春望》为例，这首诗描绘了诗人战乱时期身处长安，目睹国家破败、人民疾苦的悲凉景象，表达了诗人深沉的爱国情感和对和平生活的向往。在教学过程中，教师可以组织学生进行一次“穿越时空”的情景模拟活动。首先，通过多媒体手段再现古代战乱的场景，让学生仿佛置身于那个动荡的时代；然后，引导学生以诗人的身份，用现代的视角去观察和思考当时的社会现实，尝试写下自己的所见所感。这样的实践活动和情景模拟，不仅能让学生更直观地理解诗词的背景和情感，还能激发他们的同理心和创造力，使他们在亲身体验中更好地理解和感悟古诗词的内涵和价值。

三、持续提升教师素质与专业水平

教师的素质与专业水平在古诗词教育中起着至关重要的作用。必须持续提升教师的素质与专业水平，以推动古诗词教育的深入发展。

首先，加强教师专业培训是提高古诗词教育质量的关键。教师培训不仅是提升教师教育教学能力的重要途径，更是推动教育创新的重要手段。在古诗词教育领域，需要针对教师的不同需求，设计系统而全面的培训课程。这些课程应该包括古诗词的基础知识、教育教学方法、文学鉴赏能力等方面的内容，以全面提升教师对古诗词教育的认识和能力。通过专业培训，教师可以系统地学习古诗词的鉴赏方法，掌握诗词创作的背景、风格、技巧等，在教学中更加游刃有余。专业培训，可以引导教师探索创新的教学方法，如情境教学、诵读品味、比较阅读等，在实际操作中专业培训还可以通过案例分析、互动研讨等方式，让教师们深入了解了古诗词教育的教学方法和策略。通过专业培训，教师可以了解到最新的教育理念和教学趋势，将古诗词教育与现代生活相结合，让学生在传承中创新，在创新中传承。

其次，优化教师教研活动是提升古诗词教育质量的重要途径。教研活动是教师专业成长和交流的平台，通过教学研讨、教学反思等形式，教师可以深入理解古诗词的教学内容与方法，共享教学资源与经验，共同解决教学中的难题。这种合作与分享不仅促进了教师个人能力的提升，也推动了整个教学团队素质的进步。同时，教研活动还能激发教师的创新思维，探索更多元、更有效的教学模式，如结合现代教育技术手段，使古诗词教学更加生动有趣，更好地吸引学生的注意力和兴趣，提升古诗词教育的整体质量。

最后，提升教师数智素养是古诗词教育创新发展的重要方向。随着人工智能技术的快速发展，其在教育领域的应用也越来越广泛。AIGC 的应用，为古诗词教育提供了更多的可能性。通过 AIGC，实现古诗词的智能分析、自动生成和个性化推荐等功能，为教师的教学和学生的学习提供有力的支持。教师们利用 AIGC 对古诗词进行智能分析，提取出其中的关键词、主题和情感等信息，能够帮助学生更好地理解古诗词的内涵和意境。同时，还可以生成一些与古诗词相关的练习题和讨论话题，引导学生进行深入的思考和探讨。当然，AIGC 虽然能够提供很多便利，但它并不能完全替代教师的教学和学生的思考。在使用新一代人工智能技术时，需要合理利用，避免过度依赖和滥用。同时，还需要将人工智能技术与传统的教学方法相结合，既发挥人工智能的高效、精准优势，又保留传统教学的温度与深度，让诗词教育既智能化又人性化，共同促进学生全面发展，实现教学效果的最优化。

四、创新教学方法与手段

传统的古诗词教学方法单一、枯燥，难以激发学生的学习兴趣；而学生的年龄特点和兴趣爱好各异，也使得教学难度进一步加大。因此，创新古诗词教学方法与手段，结合学生的实际情况，设计多样化的教学活动，成为提高古诗词教学效果的关键所在。

首先，需要深入了解学生的年龄特点和兴趣爱好，以此为基础设计教学活动。对于小学生而言，他们天真活泼，好奇心强，喜欢参与游戏和互动。因此，可以设计一些富有趣味性的古诗词游戏，让他们在游戏中完成各种与古诗词相关的任务和挑战，感受其韵律美和意境美。比如，可以开展古诗词接龙游戏，让学生按照游戏规则和指定形式轮流进行接龙。或者组织古诗词绘画比赛，让学生根据古诗词的意境进行绘画创作，绘画表达自己对古诗词的理解和感受。这些活动不仅能够激发学生的学习兴趣，还能够培养他们的团队合作精神和创造力。对于中学生而言，他们的思维更加成熟，对古诗词的理解和鉴赏能力也更强。因此，可以设计一些更具挑战性的教学活动，如古诗词鉴赏课、诗词创作比赛等。在古诗词鉴赏课中，教师可以选取一些经典古诗词，引导学生进行深入分析和鉴赏，让他们领略古诗词的艺术魅力；在诗词创作比赛中，则可以鼓励学生尝试自己创作古诗词，通过创作实践来加深对古诗词的理解和感悟。

除了设计多样化的教学活动外，我们还应充分利用现代信息技术，提高古诗词教学的效果和趣味性。例如，可以利用多媒体技术制作古诗词课件，将古诗词的文字、图片、音频和视频等多种元素融合在一起，让学生在视觉和听觉上得到更加丰富的体验；还可以利用网络平台开展线上教学活动，让学生在家里也能够随时随地进行古诗词学习。近年来迅猛发展的 AIGC 为古诗词教学方法与手段的创新提供了崭新的技术支撑。教师可以利用 AIGC 构建智能辅助教学系统，为学生提供个性化的学习路径和精准的学习建议。教师还可以利用 AIGC 设计虚拟的古诗词场景和情境，让学生在模拟的环境中学习和体验古诗词。例如，创建一个古代文人墨客的聚会场景，让学生扮演不同的角色，通过对话和交流来理解和感受古诗词的意境和情感。AIGC 还可以让学生学习并模仿古人的诗词风格，获得创作灵感和参考。学生借助 AIGC 生成初步的诗词草稿，然后在此基础上进行修改和完善。在未来的古诗词教学中，还可以进一步拓展 AIGC 在古诗词教学中的应用场景和功能，或是结合虚拟现实、增强现实等其他先进技术，打造更加沉浸式的古诗词学习环境。

随着教育理念的持续革新与教学方法的多元探索，古诗词教育正逐步挣脱传统模式的桎梏，向着一个更加注重情感体验、思维启迪与文化传承的新境界阔步前行。它将超越单纯的文字解读与机械背诵，深入挖掘诗词中蕴含的情感精髓与哲学意蕴，致力于培育学生的情感体验力与独立思考力。与此同时，古诗词教育将更加注重文化的传承与创新融合，引导学生在品味古典之美的同时，将其融入现代生活，实现传统文化的创造性转化与创新性发展。这一古诗词教育的深刻转型，正在新一代人工智能技术的驱动和加持下，“忽如一夜春风来，千树万树梨花开”，在新时代焕发出蓬勃的生命力。

第二章　当古诗词遇上人工智能

第一节　古诗词与人工智能的前世今生

古诗词与人工智能，这两个乍看之下似乎并无直接关联的领域，实则存在着相交相融的深刻联系。古诗词，作为人类语言智慧高度凝练化和艺术化的体现，以其丰富的内涵、独特的艺术手法以及深厚的文化积淀，为人工智能技术的发展提供了宝贵的资源与灵感。人工智能通过学习古诗词的韵律、意境与情感表达，不断提升在自然语言处理、情感分析等方面的能力，推动技术边界的拓展与延伸。人工智能技术的迅猛发展也为古诗词的传承与创新开辟了前所未有的新途径和新天地。借助智能推荐、虚拟现实、大数据分析等前沿工具，古诗词得以跨越时空限制，以更加鲜活生动、丰富多元的方式触达更广泛的群体，激发大众对传统文化的兴趣与热爱。人工智能还能助力学者进行古诗词的深度研究，运用量化分析、可视化展示等手段，挖掘其内在规律与文化价值，为古诗词的学术研究打开新思路、注入新活力。

一、探秘古诗词之美的 NLP

人工智能经历了从早期的基于规则的方法（或称为规则驱动阶段），到中期的知识工程与专家系统（或称为知识融合阶段），再到如今以数据驱动和深度学习为核心的全面革新阶段（这一阶段大致从 21 世纪第一个 10 年中期开始，并持续至今）。每一次跨越都极大地改变了技术的面貌，并拓宽了其应用领域。特别是进入 21 世纪以来，互联网的广泛普及与大数据的汹涌澎湃，为人工智能的发展注入了前所未有的活力。其中，深度学习的兴起更是掀起了一场数据驱动的技术革命。深度学习不仅革新了人工智能的学习模式，使其能够自主地从海量数据中挖掘特征、构建模式，还极大地推动了包括自然语言处理（Natural Language Processing，简称NLP）在内的多个领域的快速发展。

NLP 在人工智能领域中扮演着至关重要的角色。它不仅是人机交互的重要桥梁，使机器能够“理解”人类语言，实现无缝沟通；更是信息时代的智慧之光，能够深入解析文本，精确提取信息，为信息检索的精准导航、数据挖掘的深度洞察以及知识图谱的宏伟构建，提供了坚实而强大的技术基石。此外，NLP 还是众多智能应用背后的核心技术引擎，无论是智能客服的贴心服务、智能问答的迅速响应，还是智能写作的创意辅助，无一不是 NLP 技术深度融合与赋能的杰作。这些应用如同繁星点点，共同编织出一个更加智能、更加个性化的用户体验画卷，让技术的力量在生活的每一个角落熠熠生辉。

深入理解古诗词的丰富内涵已被明确树立为 NLP 技术发展的一个重要目标。让机器理解并欣赏古诗词这一中华文化瑰宝，业已成为评判其智能化程度的新基准、新标尺。这一艰巨挑战，不仅考验着 NLP 技术的深度和广度，更激发了科研团队对语言艺术的奥秘、文化意蕴的精髓以及人类情感细腻理解的深入探索。通过这一前沿领域的研究，NLP 技术不仅在技术层面实现了新的飞跃，诸如语义理解的深入化、情感分析的精准化、语境感知的敏锐化等关键能力的提升，而且在推动传统文化的创造性转化与创新性发展，以及强化国际文化交流互鉴方面，展现出了不可估量的潜力与价值。

二、人工智能对古诗词的研究进程

前述以理解古诗词为目标的科研探索，不仅有力地推动了 NLP 技术的不断成熟与发展，更是人工智能迈向更高层次的重大里程碑。人工智能对古诗词的研究进程，依据其发展历程、技术成熟度以及对古诗词创作与理解的影响，可划分三个阶段。

第一阶段：早期探索与尝试（20 世纪 50 年代—90 年代末）

在这一阶段，人工智能对古诗词的研究尚处于尝试期。1959 年，德国科学家 Theo Lutz 创新性地开发出“随机文本”生成工具，通过词语随机排列组合，产出与人类传统思维迥异的“组合诗篇”。1960 年，英国诗人吉辛与程序员萨默维尔合作，融合超现实主义技法、达达主义理念与数字算法，创作出基于短语“我是我所是”单词重排的置换异构体诗歌①。

20 世纪 60 至 70 年代，欧美文学界兴起机器辅助创作“数码诗歌”的潮流，其核心在于利用计算机技术重新组合语言碎片，通过拼贴或切碎的方式解构语言与思想，激发词语与图像间的新颖张力与冲突，拓宽了文学创作边界，展现了数字技术在艺术领域的革新潜力。

20 世纪 90 年代末，自然语言处理技术被引入古诗词分析领域。清华大学研究团队针对古诗词特殊性，开发了适用的分词算法与词性标注方法，能准确划分古诗词为词或词组，并判别词性，对理解古诗词语法结构和语义关系至关重要。此外，该团队还构建了古诗词词性标注语料库，为后续研究提供了宝贵资源。

这一时期的研究主要集中于对古诗词语言规则的初步理解和模仿，尝试用简单算法生成具有古诗词特点的文本。尽管生成的诗歌质量有限，但这些尝试为后续研究奠定了坚实基础。

第二阶段：技术成熟与广泛应用（21 世纪初）

进入 21 世纪，随着神经网络与自然语言处理技术的成熟，人工智能在古诗词研究领域取得了显著突破。

20 世纪初，数字化技术快速发展，大型古诗词数据库得以建立。中国科学院计算技术研究所与数字图书馆工程组合作构建的数据库，确保了数据的准确性与可靠性。北京大学数字人文研究中心整合数据资源，挖掘古诗词历史背景、文化内涵及审美价值，为人文研究提供了有力支持。清华大学人文学院与计算机系合作团队则开发了高效数据处理与存储算法，提升了数据库的学术价值与实用性。

2010 年代初，深度学习技术的兴起推动了古诗词自动生成的研究。清华大学人工智能研究院利用 RNN 与 LSTM 模型学习古诗词韵律、句法和语义

① 钱文亮：《AI 训练、“自动化写作”与当代诗歌的现代性诗学知识》，《南方文坛》2024 年第 1 期，第 17—23 页。

特征，实现了关键词或主题驱动的诗句生成。中国科学院自动化研究所采用GAN模型提升生成诗句的逼真度与风格一致性。北京大学计算机系提出的基于注意力机制的模型，则能够关注关键信息，优化生成结果。这些研究丰富了古诗词创作形式，为AI在文化创意领域的应用提供了新思路。

2010年代中期，人工智能在古诗词赏析领域取得显著进展。清华大学团队开发的情感分析模型与意象提取算法，能够准确识别古诗词情感倾向与典型意象。北京大学团队则结合古代文学与AI，深入分析古诗词艺术特色，探索其在现代语境下的审美价值。中国科学院自动化研究所则专注于开发理解与生成古诗词的机器学习模型，创作出具有艺术水平的作品。

2010年代末，随着移动互联网与智能设备普及，研究团队开始将AI应用于古诗词学习与创作领域。浙江大学团队开发的“诗韵”应用，结合NLP与机器学习技术，提供古诗词赏析、学习与智能创作功能。上海交通大学团队研发的“诗友”应用，构建知识图谱与模型库，提供一站式学习与创作平台。北京字节跳动推出的“飞花令”小程序，则实现了古诗词的智能匹配与推荐。

这一阶段，研究团队开始构建大规模古诗词数据库，利用深度学习模型对古诗词语言特点、韵律、意境等进行深入学习与模仿。如清华大学“九歌”诗词写作系统、“猎户星自动写诗机”等，能够生成具有古诗词风格的作品。人工智能在古诗词创作领域的应用逐渐广泛，不仅作为辅助工具，还应用于诗词鉴赏、分析、翻译等领域，为古诗词研究与传播提供了新工具与方法。同时，关于AI写诗是否属于真正诗歌创作的争议与讨论也愈发激烈。

第三阶段：深度融合与创新发展（21世纪20年代至今）

近年来，随着Transformer架构和大规模语言模型（如GPT系列）的突破性发展，人工智能在古诗词创作领域的研究进入了深度融合与创新发展的新阶段。

清华大学团队利用深度学习技术，开发多模态古诗词生成与检索模型，实现图像、音频与古诗词的融合。北京大学团队结合VR/AR技术，构建古诗词虚拟场景与互动体验，并开发语音识别朗诵系统，丰富古诗词教育方式。腾讯教育科技团队则利用NLP和机器学习技术，打造智能古诗词教学系统，实现个性化教学与及时反馈。

这一阶段的研究开始关注人工智能在古诗词创作中的个性化与情感表达。例如，人工智能能够按照使用者的喜好、情感等需求生成个性化的诗词作品，使得生成的诗词更具情感表现力和艺术感染力。再如，通过构建诗词领域的知识图谱，人工智能能够更好地理解诗词中的文化背景和意象，从而创作出更具深度和内涵的诗词。在此基础上，人工智能开始尝试在古诗词的基础上进行创新，创作出具有现代元素和时代特色的诗词作品，为古诗词文化注入新的活力。同时，人工智能还开始尝试与其他领域的跨界融合，如与图像识别技术的结合，使得根据画面生成相应诗词成为可能；与音乐生成技术的融合，则开创了诗词配乐、诗词歌曲等新形式的艺术创作，极大地拓宽了诗词创作的边界与表现力。

人工智能技术在古诗词研究中分阶段发展：从算法生成诗篇，到自动分类、数字化存储，再到智能化、个性化教育，技术革新推动古诗词研究不断深入。详见表 2–1。

表 2–1　人工智能技术在古诗词研究中的发展阶段表

阶段	时间轴	关键技术	实现功能
第一阶段	20 世纪 60 年代末	随机排列、数字算法	生成组合诗篇、置换异构体诗
	20 世纪 60—70 年代	计算机重组语言	创作数码诗歌
	20 世纪 90 年代末	自然语言处理技术	分词、词性标注、古诗词分析与理解
第二阶段	21 世纪第一个 10 年之初	自然语言处理和机器学习技术、检索技术等	基于关键词和主题的古诗词自动分类
	21 世纪第一个 10 年中后期	数字化技术、数据库技术、数据存储与管理技术等	古诗词数字化与存储、元数据与注释信息的整理、数据资源的整合与共享
	21 世纪第二个 10 年之初	深度学习技术、循环神经网络（RNN）、生成对抗网络（GAN）等	古诗词自动生成的神经网络模型

续表

阶段	时间轴	关键技术	实现功能
第二阶段	21 世纪第二个 10 年中期	自然语言处理技术、机器学习算法等	对古诗词进行情感分析、意象提取；赏析解读生成
	21 世纪第二个 10 年末期	移动互联网技术、人工智能技术	移动端古诗词学习平台的构建、基于人工智能的诗词创作辅助
第三阶段	21 世纪 20 年代至今	生成式人工智能	跨模态古诗词研究、智能化、个性化的古诗词教育解决方案

GPT 作为一项在对话处理与文本生成领域取得显著成就的技术，极大地推动了生成式人工智能的快速发展。这种推动力涵盖了文本、图像、音频及视频等多种内容形式的理解与生成应用。这一技术进展标志着人工智能领域正式迈入了一个全新的 2.0 时代新纪元。

三、古诗词的数字重生与创新传承

新一代人工智能技术正以前所未有的力量深刻变革着古诗词的教学形态与传播方式。借助多维度、智能化的再媒介化策略，AI 不仅为古诗词注入了新的生命，更打造了一个融合古今智慧、科技与艺术魅力的新纪元。

在古诗词内容生成方面，生成式人工智能展现出了惊人的创造力与学习潜力。从简单的诗句续写，到基于特定主题或情感的完整诗作创作，AI 正以其独特的方式逐步逼近，甚至在某些方面超越了人类的创作能力。这种创新不仅为古诗词文化带来了新的活力，更为文学创作开辟了全新的思路与可能性。同时，AI 生成的内容也成为人类创作者灵感的源泉，激发了他们对古诗词文化的持续探索与创作热情。

然而，AI 的魔力远不止于此。传统古诗词的呈现往往受限于文字的表达，而人工智能则凭借其强大的数据处理与分析能力，为古诗词的叙事表达开辟了一条全新的道路。AI 能够根据古诗词的文本内容，自动生成与之相得益彰的音频、视频或动画，将古诗词的叙事从单一的文字层面拓展到视听结合的立体空间。这种跨媒介的叙事方式，不仅丰富了古诗词的表现形式，更使其叙事内容变得生动、饱满，更易于被现代受众所接受与理解。

随着人工智能在古诗词传播中的广泛应用，观者的体验也发生了翻天覆地的变化。从过去的被动接受，到现在的主动参与；从单一感官的刺激，到多感官的沉浸体验，人工智能为观者构建了一个前所未有的互动平台。在这个平台上，观者不仅可以欣赏到古诗词的优美词句与意境画面，更可以通过与 AI 的互动，亲身参与古诗词的创作、改编与演绎，实现从“旁观者”到“参与者”的身份华丽转变。这种转变不仅极大地增强了观者的参与感与归属感，更激发了他们对古诗词文化的浓厚兴趣与深厚热爱。

这一转型不仅加速了古诗词文化的传承步伐与普及广度，更超越了传统传播模式的束缚，展现了其在数字时代的无限生机与巨大潜力。在传统媒介时代，古诗词主要通过书籍、卷轴等形式进行传播，其体验局限于文字的阅读与想象。而今，人工智能技术的应用使得古诗词得以跨越这一局限，实现了从文字到图像、视频乃至虚拟现实和增强现实等多维度的再媒介化。这种转变不仅极大地丰富了古诗词的表现形式，更拓宽了受众的感知边界，使古诗词的意境与情感得以更加直观、立体地展现在世人面前。例如，用 AI 技术生成的古诗词主题画作，能够精准捕捉诗句中的意象与情感，将其转化为视觉上的盛宴，让观众仿佛置身于诗人所描绘的那片美丽天地之中，感受那份跨越时空的诗意与浪漫。

国内首部 AIGC 系列动画片《千秋诗颂》从 2024 年 2 月 26 日起在中央电视台综合频道（CCTV–1）播出。该片从美术设计到动效生成，再到后期成片，均由人工智能（“书生·浦语”大语言模型、“书生·筑梦”文生视频大模型等）辅助制作。动画片中的服饰、建筑都更符合当时朝代的特点，甚至一些博物馆中的文物在片中得以“复活”。这使得人工智能生成的古诗词动画在画面逼真性、历史背景的准确性、内容的合理性等方面得到了显著提升。例如，在制作过程中，科研团队和节目导演通过输入“中国风，唐朝，中年，清秀，男性，淡绿色衣服”等提示词，几秒钟后即可生成一个符合这些提示词的动画人物形象[①]。这些动画人物的服饰、道具等都有历史依据，参考了博物馆文物和

① https://www.163.com/dy/article/IRS9G5SK0514R9NP.html.

相关图片。总之，“书生·筑梦”大模型在生成中国古诗词场景方面展现出了强大的能力，通过大量精准数据的训练，能够生成富含历史依据、符合中国传统文化审美的图片和视频，极大地提升了人工智能生成动画的质量和表现力。

可见，人工智能以其独特的技术优势，为古诗词文化带来了包括媒介形态、内容生成、叙事表达以及观者体验等多维度的变革和更多可能性①，为古诗词文化的传承与发展注入了新的生命力和活力，正引领着古诗词文化走向一个更加多元、开放与创新的未来，让这一古老的文化瑰宝在智能时代焕发出新的光彩。

第二节　AIGC 成长面面观

一、AIGC 技术的起源与发展

生成式人工智能是一种基于算法、模型和规则的创新技术，专注于生成文本、图片、声音、视频、代码等多样化的内容。作为人工智能的一个重要分支，生成式 AI 不仅超越了传统数据分析的范畴，还具备创造全新原创内容的能力，引领了人工智能领域的变革。

在生成式 AI 的早期探索中，研究者们主要聚焦于基于规则的方法和马尔可夫链蒙特卡洛方法（MCMC）。基于规则的方法虽然简单直接，但受限于预设规则和模板，生成的内容往往缺乏灵活性和创新性，显得机械且重复。MCMC 方法则通过模拟马尔可夫链的随机过程，提高了生成内容的多样性和随机性，但仍面临计算量大、生成效率低等问题。这些早期尝试为生成式 AI 的发展奠定了坚实的基础，并推动了后续更为复杂高效的生成式模型的涌现。

随着深度学习的兴起，生成式 AI 迎来了革命性的突破。其中，生成对

① 刘了箸：《诗意的重塑：数字技术驱动下的中国古诗词文化新生态》，《文学艺术周刊》2024 年第 5 期，第 68—70 页。

抗网络（GANs）、变分自编码器（VAEs）以及 Transformer 架构的引入，显著提升了生成式 AI 的性能。GANs 通过生成器和判别器的对抗训练，成功实现了从噪声中生成高质量样本的能力，显著提高了生成内容的真实性和多样性。VAEs 则利用变分推断方法，将高维数据映射到低维潜在空间，再从潜在空间中生成新的样本，为生成式 AI 提供了更加灵活的生成方式。Transformer 架构的引入，则通过自注意力机制和位置编码，使得生成式 AI 在处理长序列数据时更加高效和准确。

在自然语言处理领域，GPT（Generative Pre-trained Transformer）模型的发展历程同样令人瞩目。从 GPT–1 到 GPT–4，这一系列模型不断拓展自然语言处理技术的边界。GPT–1 首次将 Transformer 架构应用于生成式预训练，通过无监督预训练和有监督微调相结合的方式，显著提升了模型在自然语言处理任务中的表现。GPT–2 则通过扩大模型参数规模和使用无监督预训练，探索了多任务学习框架，提高了模型的通用性和灵活性。GPT–3 进一步扩大了模型规模，提出了上下文学习概念，实现了少样本学习，消除了对新任务微调的需求。最新的 GPT–4 更是将输入模态从单一文本扩展到图文双模态，显著增强了模型在解决复杂任务方面的能力。这一系列的发展充分展示了 GPT 模型在自然语言处理领域的强大潜力和广泛应用前景。

此外，BERT，T5 和 Diffusion Models 等也是生成式 AI 领域的重要模型。BERT 通过双向 Transformer 编码器，极大地提升了自然语言处理任务的表现，为生成式 AI 在文本理解和生成方面提供了强有力的支持。T5 则将各种 NLP 任务转化为文本到文本的生成任务，进一步简化了生成式 AI 的模型架构。Diffusion Models 则通过反向扩散过程，从噪声中逐步生成高质量的图像或音频，为生成式 AI 在多媒体内容生成方面开辟了新的道路。这些模型的引入，进一步丰富了生成式 AI 的技术手段和应用场景，推动了生成式 AI 技术的不断发展和创新。

二、AIGC 的革命性优势

AIGC 以其强大的内容创造能力、个性化定制能力以及处理复杂任务的高效性和准确性等诸多优势，展现出了革命性的技术特点。这些优势为 AIGC 在实际应用中奠定了坚实的基础。

（一）强大的内容创造

AIGC 最为引人注目的特点之一在于其卓越的内容创造能力。与传统的数据分析技术相比，AIGC 凭借先进的算法、模型和规则，能够自主生成原创且多样化的内容，涵盖文本、图片、声音、视频以及代码等多种形态。传统自然语言处理技术往往受限于手工设计的规则和模板，难以充分应对语言的复杂多变特性。AIGC 模型则通过在大规模语料库上的深度预训练，掌握了语言的复杂模式和结构，从而在文本生成方面展现出非凡的能力。

具体而言，AIGC 模型能够根据输入的文本或提示，生成自然流畅、语法精准、语义连贯的文本内容，其应用范围广泛，从简单日常对话到复杂专业文章的创作均游刃有余。在生成文本的过程中，AIGC 模型不仅能够深刻理解并精准模仿人类语言的独特风格和特点，还能依据上下文信息智能生成恰当的回应或续写，使得生成的文本更加贴近人类真实、自然的语言使用习惯。

这一能力不仅极大地丰富了数字世界的多样性和表现力，更为创意产业、广告业、媒体业等众多领域带来了革命性的创作工具和手段，推动了这些领域的创新与发展。

（二）个性化定制

AIGC 在个性化定制领域展现出了卓越的能力，这得益于深度学习技术和 NLP 的先进算法。通过深度挖掘和分析用户的行为数据、历史偏好以及潜在需求，AIGC 能够实现对用户个性化需求的精准捕捉。这一能力的核心在于其强大的数据处理和模式识别能力，借助大规模数据集的训练和学习，AIGC 不断优化其预测和生成模型，以确保内容的个性化与精准性达到最优水平。

在个性化定制的过程中，AIGC 不仅关注用户的基本信息，如年龄、性别、地域等，还深入分析了用户的互动行为、浏览历史、搜索记录等多维度数据，更全面地理解用户的真实需求。这种多维度的个性化定制策略，使得 AIGC 能够生成与用户兴趣和偏好高度契合的内容，无论是产品推荐、教育课程定制，还是娱乐内容的推送，都能实现高度的个性化和精准性，满足用户的多样化需求。

AIGC 的这种个性化定制能力不仅显著提升了用户体验，使用户能够更便捷地获取到自己感兴趣和需要的信息，同时也为电商、在线教育、娱乐等众多领域带来了更加精准和高效的服务。通过精准匹配用户需求，这些行业能够更有效地进行产品推广和用户留存，推动业务的持续增长和创新发展。

（三）复杂任务的高效性和准确性

AIGC 在处理复杂任务时，以其卓越的高效性和准确性脱颖而出。这主要得益于 Transformer 架构的巧妙运用，该架构使 AIGC 在处理自然语言任务时，能够精确捕捉句子内部的复杂依赖关系，并有效整合跨句子的上下文信息。这一特性在处理长文本或对话场景时尤为凸显，因为 AIGC 能够深度理解用户意图，生成与用户期望高度契合的回应。

此外，上下文学习技术的融合进一步提升了 AIGC 对复杂语言现象的理解能力。这一技术使得 AIGC 在处理多轮对话或复杂问题时，能够保持高度的连贯性和准确性，确保对话的流畅性和用户体验的满意度。通过不断学习和积累上下文信息，AIGC 能够更智能地推断用户意图，提供更加贴心和个性化的服务。

AIGC 在自然语言处理领域的高效性和准确性，不仅加速了 NLP 技术的快速发展，更为智能客服、智能助手等应用场景提供了坚实的技术支持。在智能客服领域，AIGC 凭借其出色的理解和响应能力，能够迅速而准确地解答用户问题，显著提升客户满意度，为企业带来更高的用户忠诚度和品牌价值。在智能助手方面，AIGC 的高效性和准确性使得助手能够更快速地响应用户指令，提供更智能、更个性化的服务体验，成为用户生活中不可或缺的得力助手。

三、AIGC 四大核心能力揭秘

正是凭借前述这些卓越的技术优势，AIGC 在自然语言处理领域大放异彩，涌现形成理解、生成、逻辑、记忆四大核心能力，为用户带来了前所未有的使用体验。

理解，作为自然语言处理领域的核心要务，要求模型能够精准地把握文本中的语义精髓，并深刻领会用户的真实意图与需求。AIGC 凭借深度学习技术，精心打造了一个规模庞大的神经网络模型。这一模型能够轻松应对海量文本数据，从中深入挖掘语言的内在规律与模式。因此，AIGC 能够细致入微地分析文本内容，精准捕捉其中的语义细节与上下文关联，实现对用户意图的深刻洞察。无论是简洁明了的问答交流，还是错综复杂的文本分析任务，AIGC 都能迅速锁定关键信息，为用户提供既精确又富有价值的回应与阐释。

生成能力是自然语言处理的关键一环，要求模型能够根据用户的输入和上下文，生成自然、流畅、连贯的文本。AIGC 能够根据用户的输入和上下文信息，生成符合语法规则、语义连贯的文本。无论是简单的回答、对话，还是复杂的文章创作，AIGC 都能够快速生成高质量的文本内容。它的生成能力不仅体现在语言的准确性和流畅性上，更在于能够保持文本的连贯性和一致性，使得生成的文本更加贴近自然语言，易于理解和接受。这种卓越的生成能力，为 AIGC 在文本创作、智能写作等领域开辟了广阔的应用空间。

逻辑能力是指模型能够根据文本中的信息和关系，进行逻辑推理和判断。AIGC 在逻辑能力方面同样表现出色。它能够根据文本中的事实、观点、论据等信息，进行逻辑推理和判断，得出合理的结论或解释。这使得 AIGC 能够处理复杂的文本任务，如逻辑推理题、文本分类等。AIGC 能够深入分析文本中的逻辑关系，识别出论点、论据和结论之间的关联，给出准确的答案和解释。这种逻辑能力使得 AIGC 在知识推理、问答系统等领域具有广泛的应用价值。

记忆能力是自然语言处理中不可或缺的一部分，它要求模型能够存储和记忆大量的文本信息和知识。AIGC 通过深度学习技术和大规模的语料库训练，具备了强大的记忆能力。它能够存储和记忆大量的文本信息和知识，并在需要时快速检索和提取相关信息。这使得 AIGC 能够不断积累语言知识和经验，不断提升自身的理解和生成能力。同时，AIGC 的记忆能力也支持其在对话系统、问答系统等领域的应用，使得它能够在与用户进行长时间的交互中保持连贯性和一致性。

了解 AIGC 的理解、生成、逻辑与记忆四大能力，对于有效应用 AIGC 具有重要意义，不仅可以提升我们处理文本数据的效率和准确性，还可以为我们提供更广泛、更深入的应用场景和可能性。当然，AIGC 也面临着一些挑战和限制需要正视，如在处理复杂的语义关系、理解隐含意图等方面，AIGC 可能还存在一定的局限性。伴随模型规模的增大，AIGC 的计算资源和时间成本也在不断增加，这对其在实际应用中的部署和推广带来了一定的困难。在未来，随着技术的不断进步和应用的不断拓展，AIGC 的性能和能力将会不断提升，有望在更多领域发挥重要作用，为人类社会带来更多的便利和创新。

四、AIGC 技术的当前应用

AIGC技术在当前内容生成领域的应用广泛而深入，展现出强大的应用潜力。

（一）文本生成与创作

AIGC 技术最直接的应用就是文本生成。无论是自动写作、新闻报道、诗歌创作，还是其他类型的文本生成任务，AIGC 都可以根据输入的提示、关键词或示例，相应生成高质量、自然流畅的文本内容，提升内容创作的效率和质量。

AIGC 可广泛应用于新闻报道、科技文章、商业文案等多种类型的文本。它凭借对语言规律的深刻理解，能够迅速生成符合主题要求、结构完整的文本，极大缩短了内容创作的时间成本，满足了信息时代对快速获取信息的迫切需求。对于小说、散文、诗歌等文学作品的创作，通过大量文学作品数据的训练，AIGC 能够学习到不同文学类型的特点和规律，生成具有艺术魅力和情感深度的文学作品。这些作品不仅具有高度的艺术性，还能够引起读者的共鸣和思考。AIGC 还可以应用于广告词的创意生成。在广告行业，一个好的广告词往往能够迅速吸引人们的注意力并激发购买欲望。AIGC 能够根据广告目标和受众特点，生成富有创意和吸引力的广告词，帮助有效传达品牌信息和提升广告传播效果。此外，AIGC 还可用于生成摘要与概述。对于长篇大论的文章或报告，人们往往希望能够快速了解其主要内容和核心观点。AIGC 可以自动提取文章的关键信息，并生成简洁明了的摘要或概述，帮助读者快速把握文章的主旨。在邮件、社交媒体文案等实用文本的生成方面，AIGC 也可以根据用户的需求和场景，生成符合语境和规范的实用文本，帮助人们更高效地完成沟通和交流任务。

同时，AIGC 所具备的多模态能力显著拓宽了其在文本生成与创作领域的应用范畴。具体而言，AIGC 能够依据图像内容的特征，自动生成精准的描述性文字或构建富有情节的故事，这一功能极大地丰富了视觉信息向文字信息的转化形式。此外，它还实现了语音到文本的高效转换，用户只需通过语音输入，即可便捷地生成文本内容。这种输入方式的革新为文本创作提供了前所未有的便捷性，进一步推动了文本生成技术的发展与普及。

（二）语言翻译与跨文化交流

AIGC 技术能够实时翻译多种语言，帮助人们跨越语言障碍，实现跨文化交流。这一应用在国际贸易、国际交流、多语言环境下的信息获取等方面都发挥了重要作用。

AIGC 技术为语言翻译带来了前所未有的便捷与高效。传统的语言翻译往往依赖于人工翻译或者基于规则的机器翻译系统，这些方法不仅效率低下，而且在处理复杂语境和语义时常常力不从心。AIGC 技术则通过深度学习大量语言数据，自动学习并理解语言的内在规律和模式，准确、轻松地进行语言之间的转换，实现高质量的语言翻译。

AIGC 技术在跨文化交流中发挥了关键作用。由于不同文化背景下的人们使用的语言、习惯、思维方式等存在差异，跨文化交流往往面临着诸多挑战。AIGC 技术不仅能够翻译语言，更能够理解和处理文化元素，使得翻译结果更加贴合目标文化的表达习惯和理解方式。这有助于消除文化隔阂，促进不同文化背景下的人们之间的有效沟通。

AIGC 技术还能够帮助人们更好地理解和欣赏不同文化的文学作品、电影、音乐等文化产品，使得这些文化产品能够更好地传播到不同国家和地区，促进文化多样性和相互理解。

在具体应用场景中，AIGC 技术已经被广泛应用于旅游业、国际商务、国际会议等领域。在旅游业中，AIGC 技术可以帮助游客与当地人进行简单而有效的交流，提升旅游体验；在国际商务领域，AIGC 技术可以快速而准确地将合同、商业文件等翻译成不同语言，为商务合作提供了便利；在国际会议和交流中，AIGC 技术的应用也使得与会者能够在母语之外的语境下顺利进行沟通，推动了各国团队之间的合作与发展。

（三）情感分析与社交媒体监控

AIGC 技术可以识别和分析文本、语音、视频中的情感和情感倾向，为现代社交媒体管理和舆情分析带来了革命性的改变，使得它在情感分析和社交媒体监控方面有着广泛的应用。

情感分析方面，AIGC 技术能够深入理解和分析文本、语音、视频中的情感色彩，进行情感分类和评估。在社交媒体平台上，用户发表的帖子、评论和分享内容往往包含丰富的情感信息，这些情感信息对于品牌声誉管理、产品反馈、市场趋势预测等方面都具有重要价值。通过 AIGC 技术，企业可以实时监测和分析用户在社交媒体上的情感倾向，了解他们对产品或服务的满意度、对品牌形象的看法以及对市场活动的反应等。这种情感分析可以帮助企业及时调整市场策略，优化产品服务，提升品牌形象，增强市场竞争力。此外，AIGC 还可以应用于政治舆情分析、社会热点追踪等领域，帮助政府和组织了解公众对重要事件和政策的情感态度，为决策提供科学依据。

社交媒体监控方面，主要涉及对社交媒体平台上的信息进行收集、分析和报告，以帮助企业或组织了解市场动态、竞争态势和公众意见。AIGC 可以自动从海量的社交媒体数据中提取关键信息，如用户提到的品牌名称、产品特点、竞争对手等，并进行分类整理和分析消费者的情感反馈，极大地减少了人工筛选和整理数据的时间和精力。通过对比不同时间段的数据，AIGC 可以实时分析和揭示社交媒体上的话题趋势和热点事件，帮助企业及时把握市场变化和公众关注点，为更好地调整市场策略和产品设计等决策提供有力的数据支持。AIGC 还可以通过对文本内容的深度分析和比对，判断信息的真实性和可信度，帮助企业避免受到虚假信息和谣言的误导和损害。政府和组织也可以利用它进行舆情监控，及时应对潜在的危机。AIGC 在这一领域的应用，大大提高了监控的效率和准确性。

（四）智能虚拟助手与客服

AIGC 技术在智能虚拟助手与客户服务领域的运用已取得显著成就，为当代客户服务行业带来了翻天覆地的变化。

AIGC 技术为智能虚拟助手提供了强大的支持。智能虚拟助手凭借先进的自然语言处理能力，能与用户展开互动，精准捕捉用户意图与需求，进而给出贴切的信息与合理建议。得益于海量数据的深度训练，AIGC 模型能够生成既符合语法规范又贴近实际语境的文本，使得智能虚拟助手的交流更加自然流畅，宛如真人对话。

在客户服务领域，AIGC 技术的应用更是如虎添翼。传统的客服工作往往需投入大量人力，而 AIGC 技术的引入则大幅提升了客服工作的效率与品质。基于 AIGC 技术的智能客服系统，能迅速响应用户咨询，提供精准的解决方案，并在短时间内高效率处理海量的用户请求，实现全天候无间断服务。此外，该系统还能根据用户历史记录与行为模式，提供个性化定制服务。比如，智能客服会依据用户购买历史与浏览行为，智能推荐相关产品或服务，从而有效提升销售转化率。这种自动化的客服模式不仅降低了成本，也提高了服务效率和客户满意度。

（五）知识与问答系统

AIGC 技术在知识与问答系统方面也展现出强大的实力。它可以从海量的信息中提取出与用户查询相关的答案，为用户提供准确、及时的信息服务。在教育、科研、日常生活等多个场景中，AIGC 都能发挥重要的作用。

AIGC 能够生成准确、流畅的文本回答。基于其深度学习和生成式模型的特点，AIGC 能够生成符合语法和语境的文本，能够理解并解析用户的问题或查询，为用户提供高质量的答案或解释。这种回答方式不仅更加自然和易于理解，还能够在一定程度上实现个性化回答，满足不同用户的需求。

在知识库构建方面,AIGC 也发挥了重要作用。通过训练大量的文本数据，AIGC 模型能够自动抽取和生成与特定主题或领域相关的知识。这些知识可以被用于构建和维护知识库，为问答系统提供丰富的信息来源。AIGC 还可以根据用户的需求和问题，自动从知识库中检索和匹配相关信息，为用户提供准确的答案。

此外，AIGC 还可以应用于多轮对话和推理类问题。通过捕捉和理解上下文信息，AIGC 模型能够在多轮对话中保持连贯性和一致性，为用户提供更加深入和全面的回答。AIGC 技术也能够处理一些涉及推理和判断的问题，通过分析文本中的逻辑关系和信息结构，给出合理的答案或建议。

（六）教育与培训

AIGC 技术在教育领域的应用十分广泛且深入。从智能辅助教学到自动化的作文批改，从个性化的学习推荐到语言教学的深度支持，再到智能化的评估和测验，AIGC 技术正以前所未有的方式推动着教育的全面变革与重塑。

在智能辅助教学方面，AIGC 技术通过对话和问答的形式，与学生进行互动，精准理解并解答学生提出的各种问题。这种个性化的教学方式，不仅帮助学生更好地理解和掌握知识点，还极大地激发了他们的学习兴趣和求知欲。AIGC 能够根据学生的学习情况和兴趣爱好推荐合适的学习资料和课程资源；同时，AIGC 还可以实现自适应学习，根据学生的学习进度和水平，提供个性化的学习建议和反馈。此外，AIGC 技术构建的在线答疑系统，让学生随时随地都能获得即时的学习支持，这种即时反馈的学习机制，无疑为学生的学习动力和自信心注入了强大的动力。

在语言教学培训方面，AIGC 技术的潜力更是得到了充分发挥。它不仅能够为学生提供语法和词汇的纠正，还能模拟真实的语言实践环境，让学生与机器人进行对话练习。这种交互式的学习方式，让语言学习变得生动有趣，极大地提高了学生的学习积极性和参与度。同时，AIGC 技术实现的作文批改自动化，更是为教师减轻了负担。它能够迅速识别并纠正语法、逻辑和表达上的错误，提供针对性的修改建议，助力学生提升写作水平。

在教材制作方面，AIGC 技术也展现出了其独特的优势。它能够将原本枯燥乏味的知识点转化为易于理解和接受的故事、图文等形式，使得教材更加生动有趣，有效提升了学生的学习兴趣和效果。例如，通过 AIGC 技术，我们可以将抽象的物理概念转化为引人入胜的故事，或者利用 AI 作画技术，将知识点与图像相结合，形成图文并茂的教材，更好地传达知识，激发学生的学习兴趣。

在智能化评估和测验方面，AIGC 技术的表现同样令人瞩目。它能够准确识别学生的语言表达、思考和写作技能，为学生提供全面、客观的评估结果。这种智能化的评估方式，不仅提高了评估的准确性和效率，还能为学生提供更加有针对性的反馈和建议，帮助他们更好地认识自己的学习情况，明确下一步的学习方向。

此外，AIGC 技术还可助力构建自动化教育管理系统，为学校和教师提供极大的便利。它能够自动处理烦琐的教学和办公任务，减轻教师和学校的管理负担，提高教学和办公效率。这种自动化的管理方式，不仅让教师和学校能够更专注于教学本身，还为学生提供了更加优质、高效的教育服务。

（七）自动化与智能化

AIGC 技术还在自动化和智能化方面发挥着重要作用。在客服、金融等领域，AIGC 可以通过自动化处理许多重复的工作，提高工作效率和质量。同时，AIGC 还可以协助程序员进行代码调试和优化，减少开发过程中的错误和烦琐工作。

在自动化方面，AIGC 技术展现出了强大的潜力。首先，AIGC 可以应用于自动化客户支持系统。通过构建基于 AIGC 技术的聊天机器人或虚拟助手，企业可以实现对用户问题的自动回答和解决。这些系统能够理解并解析用户的自然语言输入，然后生成相应的回答或建议，大大提高了客户服务的效率和满意度。其次，AIGC 还可以用于自动化文档生成。无论是报告、合同还是其他业务文件，AIGC 都能够根据用户提供的关键信息，自动生成具有自然语言表达的文档。这不仅减轻了员工的工作负担，还提高了文档的质量和一致性。

在智能化方面，AIGC 技术的应用更是广泛而深入。AIGC 能够学习并理解语言的内在规律和模式，实现对复杂问题的智能分析和解答。例如，在智能制造领域，AIGC 可以用于产品说明书的自动生成、操作手册的编写以及质量报告的分析等任务。通过输入少量的信息，AIGC 可以生成高质量的文档，提高制造过程的效率和智能化水平。在智能制造领域，通过智能家居设备与 AIGC 技术的结合，用户可以更加自然地与设备进行交互，实现语音控制、场景识别等功能并提供个性化的服务，为用户带来更加便利和舒适的智能生活体验。

在跨领域应用方面，AIGC 技术也展现出了强大的融合能力。如在银行业，AIGC 可以用于跨通道欺诈检测、自动化身份验证以及多层次审核和验证等任务，提高银行的安全性和效率。同时，AIGC 还可以与 AI 场景应用相结合，为数字人带来更加自然和流畅的对话和行为表现，推动数字人技术的创新和发展。

经由上述多元领域的广泛应用展示，不难洞见，AIGC 技术在当今人工智能版图中的渗透既广泛又深刻，不仅重塑了我们的工作模式，更为日常生活带来了诸多便捷与无限可能。诚然，AIGC 技术的实践之路亦伴随着若干挑战与局限：其生成的文本内容偶尔会欠缺原创性与创新思维，对于特定领域的专业知识及文化背景理解尚显不足，且在处理复杂或微妙的情感表述时可能力不从心；此外，信息安全与隐私防护的议题亦是不容忽视的关键所在。然而，随着技术的持续精进与应用边界的不断拓宽，AIGC 技术势必将在未来扮演更为举足轻重的角色，引领人工智能领域的革新与发展，开创出一片崭新的天地。

第三节　古诗词教育的智能化转型

随着信息技术的飞速发展，智能化教育已成为提升教学质量与效率的关键途径。作为数智化时代的创新引擎，AIGC 赋能古诗词教育，不仅有助于变革传统教学方式，提升古诗词教学的效果和质量，更在教育资源均衡和文化传承创新等方面展现出巨大的潜力和价值，为古诗词的传承与发展开辟了全新的路径。

一、AIGC 赋能的现实意义

古诗词，作为中华文化传承的瑰宝，在新时代背景下，其教学模式的智能化转型显得尤为迫切。这种转型不仅是技术进步的必然结果，也是教育创新和文化传承的迫切需求。对于古诗词而言，智能化转型不仅能够利用数据分析精准定位学生的学习需求，提供个性化的学习方案，还能借助多媒体与虚拟现实技术，让诗词的意境跃然眼前，使学生在沉浸式体验中深刻理解诗词之美。此外，智能化平台能汇聚全球古诗词资源，拓宽学生的知识视野，促进文化交流。更重要的是，它鼓励学生自主探索、创新学习，为古诗词教育注入新的活力。面对未来教育的挑战，古诗词教育的智能化转型不仅是传承文化的需要，更是培养具有创新能力与跨文化交流能力的未来人才的必然选择。

（一）构建个性化学习系统

利用 AIGC 强大的自然语言处理能力和深度学习算法，可以构建个性化的古诗词学习系统。系统能够根据学生的学习历史、兴趣偏好和能力水平，智能推荐适合的古诗词学习内容，包括诗词的难度、风格、主题等，提供量身定制的学习资源和建议，实现“一人一案”的精准教学。初学者可以获取简单易懂的诗词注释和解释，进阶学生则能深入探索诗词的复杂内涵和艺术魅力。AIGC 还可以作为学生的私人学习助手，生成与古诗词相关的练习题、解析和扩展知识，或是随时解答学生在古诗词学习过程中遇到的问题，提供即时的反馈和辅导。这种个性化的辅导方式，能够帮助学生及时解决学习障碍，提高学习效率。

（二）创新教学模式与方法

传统的讲授式教学，往往侧重于知识的单向灌输和机械记忆，而忽视了学生的主体性和差异性，导致教学效果不佳。AIGC 技术的应用推动了教育向个性化、互动式、情境化的方向发展。学生不再是被动接受者，而是成为学习过程的积极参与者，他们可以根据自己的兴趣和需求，自主选择学习内容，与 AIGC 进行对话式学习。AIGC 也可以模拟古代诗人的口吻，与学生进行“对话”，或是根据诗词的内容，生成与诗词相关的情境描述。这种沉浸式的互动体验能加深学生对诗词内容的理解和情感共鸣。教师可以结合 AIGC 的技术特点，设计更多元化、更富有创意的教学活动，如诗词改写、故事延展、风格模仿、角色扮演等，使课堂变得更加生动有趣。同时，AIGC 还可以作为评估学生学习成果的工具，分析学生的作品或回答，为教师提供客观、准确的反馈，有助于调整教学策略和优化教学效果。这种教学模式的转变，无疑更符合现代教育的理念和要求。

（三）辅助古诗词创作与研究

AIGC 不仅能够帮助学生学习和欣赏古诗词，还能够辅助他们进行古诗词创作。学生可以输入一些关键词或主题，AIGC 则能基于这些输入生成诗词的初稿或提供创作灵感。这种辅助创作的方式，能够降低创作门槛，引导和鼓励学生大胆尝试，培养他们的文学创作能力。AIGC 在古诗词研究方面也有着广泛的应用前景。它可以对大量的古诗词进行文本分析，挖掘诗词中的意象、情感、修辞手法等，为古诗词研究提供新的视角和方法。同时，AIGC 还可以辅助学者进行诗词的校勘、注释等工作，提高研究效率和质量。

（四）推动教育资源均衡化

利用 AIGC 技术，可以开发出多元化、定制化的在线古诗词课程，内容涵盖诗词鉴赏、创作技法、文化背景等多个维度，让学生能够系统性地掌握古诗词的精髓与技艺。此外，AIGC 技术还使得古诗词的远程教学成为可能，无论学生身处城市还是乡村，都能利用网络轻松获取高质量的古诗词教育资源，并享受个性化的学习体验。这不仅有效缩小了教育资源的地域差距，推动了教育资源的均衡化，还极大地提升了公众对古诗词的认知与鉴赏能力，为提升全社会的文化素养与审美能力奠定了坚实基础。

（五）促进文化传承和交流

古诗词承载着千年的历史与智慧。通过 AIGC 技术的广泛应用，更多人得以跨越时空的界限，近距离感受古诗词的韵味与魅力，加深对中华文化的理解和认同。这种文化的传承，不仅仅是知识的传递，更是情感的共鸣和价值观的塑造，对于增强民族自豪感和文化自信具有重要意义。同时，AIGC 的多语言处理能力为古诗词的跨文化交流与传播提供了可能。通过将古诗词翻译成其他语言，AIGC 能够让更多国际友人领略到中华诗词的魅力，感受中华文化的博大精深，加深他们对中华文化的理解和认同，促进文化的多样性和包容性。

二、AIGC 赋能的基本原则

2023 年 8 月 15 日，我国颁布的《生成式人工智能服务管理暂行办法》正式生效。此条例的核心关注点是那些运用 AIGC 技术为国内公众提供文本、图像等生成服务的实体。该条例详细规定了服务标准，强调在推动技术进步的同时，必须兼顾安全，既要积极鼓励创新应用，又要严格遵守国家法律法规，同时，维护社会公德和伦理道德也是不可或缺的。此外，条例还清晰地界定了监管机构的职责范围、安全评估的具体流程，以及对违反规定行为的处罚措施，为生成式人工智能服务的规范化发展奠定了坚实的法律基础。为进一步优化古诗词教学流程、提升教学质量，并全方位促进学生的成长，在古诗词教学中融入人工智能技术时，我们应当明确并坚守以下基本原则。

（一）伦理为先，确保法律道德底线

在探索AIGC技术于古诗词教学领域的创新应用时，确保合法合规与伦理遵循是构建安全、正当教育环境的前提与基础。这一过程中，我们必须严格遵守国家法律法规，将法律框架作为技术应用不可逾越的边界。

具体而言，所有通过AIGC技术生成的古诗词教学内容和服务，都需严格符合《生成式人工智能服务管理条例》的各项规定。这不仅涉及版权保护，即确保所生成的古诗词作品尊重原创，不侵犯他人知识产权，也涵盖个人隐私安全的维护。在数据收集、处理与存储的每一个环节，都应遵循最小必要原则，确保学生信息的安全与隐私不受侵害。信息内容的合法性同样不容忽视，我们应确保所传递的古诗词知识与文化内涵积极健康，符合社会主流价值观，避免任何违法或不良信息的传播。

遵循这些基本原则，不仅是为了确保技术应用的合法性和正当性，更是为了避免技术滥用可能带来的负面影响。在古诗词教学中，AIGC技术应成为提升教学质量、激发学生兴趣的有力工具，而非侵犯学生权益、破坏教育公平的源头。因此，我们必须时刻保持警惕，坚守法律与伦理的底线，共同营造一个健康、有序、安全的古诗词教学新生态。

（二）育人为本，技术回归服务本质

在古诗词教学实践中，应坚守“人本教育”原则，重视学生的情感体验与人文素养的培育，确保古诗词成为沟通历史与未来的文化桥梁，传承与发扬其深远价值。AIGC技术的定位仅是辅助教学手段，始终服务于立德树人的根本教育任务，而不能替代教育者或替代教育本身。

具体而言，AIGC技术应致力于帮助学生更深入地理解古诗词的意境与情感。通过智能分析、可视化呈现等手段，技术可以生动展现诗词中的自然景象、人物形象与情感波动，使学生在视觉与听觉的双重刺激下，更加直观地感受诗词之美，激发其学习兴趣与审美情感。然而，值得注意的是，AIGC

技术虽能助力理解，却不应替代学生的思考与情感体验。诗词的韵味与深意，往往需要在反复诵读、深入思考中逐渐领悟。因此，我们应鼓励学生主动探索，通过个人阅读、小组讨论等方式，深化对诗词的理解与感悟，让技术成为启发而非替代学生思维的媒介。

（三）内容为王，动态优化与安全鉴别并重

古诗词教学应遵循内容为王，智能动态优化与安全鉴别并重的原则。我们坚守“内容为王”的核心理念，致力于优化教学内容供给，确保其不仅蕴含丰富的文化内涵与审美价值，而且紧密贴合学生的实际需求与学习兴趣。这一原则要求我们在教学准备阶段，精心挑选诗词作品，设计富有创意与深度的教学方案，以此构建高质量、预设性的教学内容框架。

教学的艺术不仅在于预设，更在于动态调整与个性化定制，AIGC 技术的引入成为关键。AIGC 凭借其强大的数据处理与分析能力，能够实时跟踪学生的学习进度与反馈，为教师提供精准的教学调整依据。具体而言，AIGC 可以智能推荐符合学生水平与学习偏好的诗词作品及深度解读材料，同时生成个性化的诗词练习题目，以满足学生的差异化学习需求。这种基于 AIGC 技术的动态生成学习内容，不仅极大地丰富了教学资源库，还显著增强了教学的针对性与有效性，使每个学生都能在适合自己的节奏中逐步深入古诗词的世界。

当然，AIGC 技术在古诗词教学领域的广泛应用也带来了新的挑战，即生成内容的真伪鉴别与安全使用问题。为确保教学内容的真实性与教育价值，我们必须加强对学生与教师的培训，提升其信息甄别能力，使他们能够准确判断 AIGC 生成内容的优劣与真伪。同时，构建有效的内容审核机制与过滤系统至关重要。这一系统应对 AIGC 生成的诗词作品、解读材料及其他学习资源进行全面、严格的审核与筛选，确保其符合教育标准与社会价值观，避免低俗、错误或误导性内容的出现，维护教学环境的纯净性与教育的严肃性。

（四）启迪智慧，价值性与知识性相统一

在古诗词这一承载着丰富历史与文化内涵的教学领域，AIGC 技术的应用不应仅局限于技术层面的革新，更应成为传播国家价值取向的重要载体。这要求我们在设计和实施 AIGC 项目时，必须深入考量其可能产生的社会影响

与价值导向，确保技术不仅服务于教学质量的提升，更能在弘扬社会主义核心价值观方面发挥积极作用。

具体而言，AIGC 技术应被巧妙地融入古诗词教学的各个环节，以生动、直观的方式展现诗词背后的历史背景与文化内涵。通过智能解析诗词中的历史事件、人物形象与情感表达，技术能够帮助学生穿越时空，深入理解诗词所蕴含的历史价值与文化意义。这一过程中，学生不仅能够领略到古诗词的艺术魅力，更能在潜移默化中加深对社会主义核心价值观的理解与认同。

（五）深度学习，构建启发性和挑战性的人机交互模式

在古诗词教学中，AIGC 技术的应用不应仅仅停留在信息呈现与知识传递的层面，而应致力于提升人机交互的认知主动性与深度，以激发学生主动思考与深度探索的兴趣。这要求我们在设计 AIGC 系统时，必须注重构建具有启发性和挑战性的交互模式，使学生在与技术的互动中，能够充分体验到古诗词的韵律美与意境美，进而深化对古诗词的理解与感悟。

具体而言，AIGC 技术可以构建虚拟的诗词创作环境，通过模拟古代诗人的创作过程，让学生在与系统的互动中，亲身体验诗词创作的乐趣与挑战。这种虚拟创作环境不仅能够激发学生的创作灵感，还能通过智能分析与反馈，帮助学生更好地理解诗词的韵律规则与意境营造技巧。在这一过程中，学生将不再是被动接受知识的对象，而是成为主动探索与创造的主体。同时，教师在古诗词教学中应扮演引导者与促进者的角色，鼓励学生与 AIGC 技术构建的智能角色进行有意义的对话。教师应通过提问、引导讨论等方式，激发学生的思维活力，引导他们深入思考诗词的内涵与价值。这种师生与智能角色三元互动模式，不仅能够促进学生的深度学习，还能在互动中培养学生的批判性思维与创新能力。

三、智能化转型的多维路向

AIGC 凭借其卓越的理解与生成能力，正在教育领域中展现出前所未有的深度融合潜力。这种融合不仅体现在教学方式的革新上，更在知识深度、真实性、实践性、协作性、参与度及感知效果等 6 个关键维度上发挥着显著的

效能。以下，我们将从师生双主体的视角，深入分析 AIGC 在教育领域的赋能路径。

（一）知识深度

在教育领域，知识深度是衡量教学质量的重要指标之一。AIGC 通过深度学习等先进技术，能够准确理解学科知识体系，生成高质量、深层次的教学内容。对于教师而言，AIGC 不仅提供了丰富的备课资源，还能根据学生的学习进度和反馈，智能调整教学策略，实现个性化教学。对于学生而言，AIGC 则能够根据其认知水平和学习需求，推送符合其知识深度的学习资源，帮助其在理解基础上深化学习，形成更加扎实的知识基础。

（二）真实性

真实性是教育内容质量的关键保障。AIGC 通过模拟真实世界中的情境，生成具有高度真实性的教学素材，为学生提供沉浸式的学习体验。这种真实性的提升，不仅有助于激发学生的学习兴趣，还能在无形中培养学生的批判性思维和问题解决能力。同时，AIGC 还能根据学生的学习情况，动态调整模拟情境的难度和复杂度，确保学生在安全、可控的环境中不断挑战自我，实现能力的提升。

（三）实践性

实践性是教育过程中的重要环节。AIGC 通过虚拟现实、增强现实等技术，为学生提供了丰富的实践机会，使其能够在模拟环境中进行实际操作和演练。这种实践性的提升，不仅有助于培养学生的动手能力和创新精神，还能让学生在实践中发现问题、解决问题，加深对知识的理解和应用。对于教师而言，AIGC 的实践平台还能够提供实时的学习数据反馈，帮助教师及时了解学生的学习情况，为教学改进提供依据。

（四）协作性

协作性是现代教育中不可或缺的能力之一。AIGC 通过构建在线协作平台，打破了时间和空间的限制，使学生能够在虚拟环境中进行实时交流和合作。这种协作性的提升，不仅有助于培养学生的团队合作精神和沟通能力，还能在协作过程中激发学生的创新思维和创造力。同时，AIGC 还能根据学生的学习风格和偏好，智能匹配协作伙伴，提高协作效率和效果。

（五）参与度

参与度是衡量学生学习效果的重要指标之一。AIGC 通过个性化学习路径和互动式教学内容，能够激发学生的学习兴趣和好奇心，提高其在学习过程中的参与度。对于教师而言，AIGC 的参与度分析功能还能够提供学生的学习数据反馈，帮助教师了解学生的学习状态和需求，调整教学策略，提高教学效果。

（六）感知效果

感知效果是学生对教学内容和教学方式的直观感受。AIGC 通过高质量的图像、音频和视频等多媒体元素，以及丰富的互动和反馈机制，为学生提供生动、有趣的学习体验。这种感知效果的提升，不仅有助于增强学生的学习兴趣和动力，还能在无形中培养学生的审美能力和创造力。AIGC 还能根据学生的学习反馈和偏好，智能调整教学内容和方式，确保学生在学习过程中始终保持积极、愉悦的心态。

从教师视角来看，AIGC 技术能够有效支持教师工作，具体体现在：助力定制个性化教学大纲、加速教案准备进程及获取多元化教育资源；实现个性化教学策略，创新作业设计，并开展精确评估与针对性指导，为教师的专业反思与技能提升提供坚实基础。在 AIGC 的辅助下，古诗词教学被赋予新的生命力，成为培育学生人文素养与创新思维的关键途径。

对于学生而言，AIGC 不仅能提供丰富的学习材料与即时学习辅助，还可促进学生自主学习能力、问题解决技能的发展；推动跨学科学习，增强综合素养；实现学习路径的个性化定制，并在提升写作技能与文学鉴赏力方面发挥重要作用。

总之，AIGC 在古诗词教育中的应用，不仅能够提升学生的学习效率和兴趣，还能深刻推动教学方法和模式的创新，为古诗词教育的现代化和国际化进程注入了新的活力。这种科技与文化的深度融合，正引领着古诗词教育走向一个更加广阔、更加精彩的未来。

变
革
篇

第三章　核心素养教育目标下的教学变革

古诗词教育不仅仅是让学生背诵几首古诗、理解几句诗词那么简单，更重要的是通过古诗词的学习，培养学生的文学素养、审美情趣、批判性思维和创新能力等核心素养。核心素养，作为21世纪教育的灵魂，强调的是学生应具备的关键能力、必备品格和价值观念的培养。从这一理念出发，教学活动不再仅仅是知识的传授与接受，而是成为学生主动探索、批判性思考、创新实践和社会参与的多元互动过程。生成式AI的赋能，契合了这一转变需求，为教学目标设定、教学内容构建、教学方法创新及教学评价优化等教学活动要素注入了新的活力与可能。

第一节　教学活动设计四要素

教学目标设定、教学内容构建、教学方法创新及教学评价优化是教学活动设计和实施过程中的关键要素，相辅相成，共同推动教学质量的提升。教学目标为教学内容的选择与组织提供导向，确保教学活动有的放矢；教学内容则围绕目标构建，确保知识的系统性和深度。教学方法的创新能激发学生兴趣，促进内容的深度理解；而教学评价则是对教学目标达成度的检验，反馈教学效果，指导后续教学调整。四者紧密相连，目标设定引导内容构建，内容构建需创新方法支撑，方法创新需评价的验证并进行优化。

在数字化时代席卷全球的当下，教育领域正面临前所未有的挑战与机遇交织的新阶段，教育界围绕“应培养何种人才”这一核心议题展开了广泛且深刻的探讨与实践。在此背景下，核心素养的概念应运而生，并逐渐成为当前教育环境中设定教学目标的核心理念。核心素养的提出，是从关注知识到关注学科价值再到人的全面发展的转变，并成为教育变革的重要方向。随着AI与教育深度融合的新时代到来，如何有效整合AI技术，以核心素养为引领，培养出既具备扎实知识基础，又拥有创新思维、良好品德及跨文化交流能力的复合型人才，是当前及未来教育发展的重要课题。

在核心素养理念的引领下，教育目标聚焦于以人为本、以生为本的核心价值，这一转变首先对教学内容提出了更为严格与精细的要求。在教学内容的构建与优化过程中，生成式人工智能凭借其卓越的多模态教学资源生成与整合能力，能够根据预先设定的教学目标，智能化地生成与学生个性化学习需求高度匹配的学习材料。这一独特优势不仅显著地拓宽了教学内容的广度与深度，覆盖了更广泛的知识领域与技能培养，还确保了教学内容的高度针对性与精准性，即教学内容能够紧密贴合每位学生的具体需求与学习特点。

生成式AI在知识理解方面展现出的智能水平，预示着教育评价体系将经历一场从传统范式向现代化范式的深刻转型①。具体而言，这一转型体现在教育评价由经验主导、单一维度、注重结果及诊断性的传统模式，向数字化、综合性、强调过程及反馈性的现代模式全面演进。这一变革的核心驱动力在于AI的实时数据分析能力，它能够精确捕捉并深入分析学生的学习行为数据，为教师提供即时且详尽的反馈报告，进而指导其采取针对性的教学策略调整，确保教学目标的精准实现。此过程极大地提升了教育评价的精确性与客观性，有效减少了人为因素可能带来的评价偏差。通过AI的深度赋能，教育评价体系的效率与效能得以进一步优化，构建起从数据收集、深度分析到反馈应用的快速响应机制，为教育实践的持续改进与优化提供强有力的支撑。这一转变不仅促进了教育评价体系的现代化升级，也为教育的全面发展与革新开辟了更为广阔的空间。

教学方法的创新被视为实现核心素养教育目标的核心驱动力。若仅停留于技术能力应用的浅尝辄止，则难以触及学习方式、教学方式以及知识传播

① 朱莎、杨洒、李嘉源等：《智慧课堂情境的课程核心素养评价范式》，《开放教育研究》2024年第1期，第83—88页。

模式的根本性变革。唯有通过教学模式的创新性重构，方能促成技术与教育的深度融合，进而在教育范式层面引发深远且持久的影响。教学模式的重构需以学生为中心，针对古诗词教学的独特要求，灵活采用多元化教学方法，诸如探究式学习、项目式学习、合作学习及情境式学习等，旨在适应不同学生的学习需求与偏好，激发学生的主动探索与实践，达成深度学习目标。教师应转变为引导者角色，深度融合人工智能等先进技术，实现教学内容与评测手段的智能化、个性化定制，真正做到因材施教。同时，加强跨学科融合，促进知识间的相互渗透与整合，着重培养学生的批判性思维及创新能力。如此，教学模式的重构不仅提升了教学效率，而且为学生全面发展与终身学习奠定了坚实基础，推动教育向着更加开放、灵活、高效的方向迈进。

总之，教学活动中的四大核心要素与生成式人工智能的深度融合，能极大地促进教学目标设定的精确性、内容构建的丰富性、方法创新的多样性和评价体系的优化性，共同驱动核心素养教育目标的全面实现。

第二节　从核心素养到深度学习

“核心素养”这一概念最初源自经济合作与发展组织（简称 OECD）以及欧盟理事会所发布的调研报告之中。① 经济合作与发展组织的核心素养框架包含三个维度：一是能互动地使用工具：涉及语言、符号、文本、知识和信息及新技术的有效运用。二是能在异质群体中进行互动：强调了解外部环境、形成并执行个人计划、明确权利义务及在复杂环境中行动的能力。三是能自律自主地行动：涵盖与他人建立良好关系、团队合作、管理与解决冲突等素养。该框架为教育政策制定、课程改革及教学实践提供了科学依据，旨在培养学生的关键能力和素养，以适应快速变化的社会需求。

欧盟核心素养框架包含八大核心素养：母语沟通能力、外语沟通能力、数

① 褚宏启：《核心素养的概念与本质》，《华东师范大学学报》（教育科学版），2016 年第 1 期，第 13 页。

学素养与科技素养、信息素养、学会学习、社会和公民素养、主动与创新意识、文化意识和表现。该框架从知识、技能与态度三个维度对每项素养进行了具体描述，旨在促进个人成功与社会经济发展，为欧盟各国的教育政策制定和课程改革提供了参照。

美国核心素养框架主要包括以下三个方面：一是学习与创新技能：涵盖批判性思维和问题解决能力、创造性和创新能力、交流与合作能力。二是信息、媒体与技术技能：涉及信息素养、媒体素养、信息交流和科技素养，强调学生对信息技术的掌握和运用。三是生活与职业技能：包括灵活性和适应性、主动性和自我指导、社会和跨文化技能等，这些技能对学生未来的职业发展至关重要。该框架旨在培养学生的全面素质，以适应21世纪社会的需求。

荷兰学者沃格特总结了不同国家和地区的核心素养框架，提出具有世界共识的核心素养要素，即协作（collaboration）、交往（communication）、创造性（creativity）和批判性思维（critical thinking），这就是著名的4C核心素养。尽管各个核心素养框架在表述方式和分类上存在差异，但它们都共同反映了在信息技术日新月异的当下，对学生培养提出的新标准和新期待。

我国教育界对21世纪核心素养教育的关注也日益升温，逐步实现从理念向实践的转化。2014年，《教育部关于全面深化课程改革落实立德树人根本任务的意见》指出，“研究制订学生发展核心素养体系和学业质量标准”是着力推进的关键领域之一。2016年，《中国学生发展核心素养》发布，正式推出了学生发展核心素养的总体框架及其核心要义。该框架以“全面发展的人”为核心理念，进一步具体化细化了党的教育方针，旨在深入贯彻立德树人的教育宗旨，增强新时代下国家人才的核心竞争力。2018年发布的《21世纪核心素养5C模型研究报告》在4C模型的基础上增加了“文化理解与传承素养”，突出教育的文化传承功能。该报告提出了包含五大核心素养的5C模型，具体包括：（1）文化理解与传承（culture competency）：涵盖对不同文化内涵的认识和理解，对中华民族优秀文化的认同与传承，以及在行为层面践行这些价值观念。该素养是核心，为其他素养提供价值指引。（2）批判性思维（critical thinking）：强调理性、有条理、符合逻辑的思考过程，包括质疑批判、分析论证、综合生成和反思评估等要素，旨在培养学生在面对问题时能够独立思考、做出合理判断。(3) 创造性 (creativity)：涉及创新人格、创新思维和创新实践，鼓励学生具备好奇心、开放心态、勇于挑战和冒险的特质，培养创造性解决问题的能力。(4) 交往 (communication)：强调尊重、理解和共情，培养学生在团队合作和社会交往中有效沟通的能力。(5) 协作 (collaboration)：侧重团队合作，强调在实现共同目标的前提下进行必要的坚持与妥协。这五大素养既各有侧重，又相互紧密关联，形成一个整体，旨在培养具备中国根基、兼具国际视野的 21 世纪人才。该报告系统阐述了五大素养的内涵、要素与行为表现，并明确了它们之间的关系，为教育政策制定、课程改革及教学实践提供了科学依据。

然而，若要成功培养 5C 素养，深度学习是一个不可或缺的要素。在传统教育观念的框架下，人们普遍认为知识是可传授的实体，而素养则难以直接通过教学达成。这一观念导致教育者在推动以素养为核心的教学变革时，常面临传授具体知识与促进学生素养发展的双重挑战。事实上，知识与素养并非相互排斥的概念，从知识为中心的教学模式转向素养导向，并非意味着摒弃知识，而是强调将知识内化为素养的一部分。深度学习作为一种高效的教学策略，为素养导向的教育改革提供了有力支撑，它能够促进学生在掌握知识的同时，深化理解、发展批判性思维及创新能力，有效实现知识与素养的有机融合。

深度学习这一教育理念，与浅层学习形成了鲜明的对比，其核心在于对知识的深入、有意义的建构，而非简单的机械重复与记忆①。深度学习的驱动力源自对真实世界问题的解决，它强调学生在这一过程中的主动探索与实践，并高度重视学生的个体经验以及元认知能力的发展。将所学知识应用于实际情境中，深度学习不仅赋予了学习以实用性和趣味性，更显著地激发了学生的学习兴趣和学习动机，使得学习过程变得生动而富有成效。

深度学习之所以被视为核心素养培育的重要途径，原因在于其强调主动学习、协作学习、解决实际问题以及批判性思维等多个方面。这些特点使得深度学习能够在多个维度上促进学生的全面发展。首先，深度学习能够提升

① 刘婧鞲、刘一萌、顾小清：《指向核心素养的智能化深度学习系统框架》，《开放教育研究》2023 年第 6 期，第 112—120 页。

学生的问题解决能力和批判性思维，使他们能够独立思考，善于分析，敢于质疑。其次，深度学习注重合作精神的培养，通过团队协作，学生能够学会相互尊重、相互支持，共同完成任务。再次，深度学习强调持续学习的习惯，鼓励学生不断探索未知领域，保持对知识的渴望和好奇心。此外，深度学习还能够培养学生的创新能力和有效的沟通交流技巧，使他们能够在未来的学习和工作中脱颖而出。

随着智能化教学和人工智能技术的快速发展，深度学习原则在其中蕴含着巨大的潜能。尤其是生成式人工智能，为深度学习的进一步发展提供了强有力的支持。生成式 AI 通过先进的算法模型，能够生成新的、符合特定规律的数据或内容，为深度学习提供了更为丰富和多元的学习资源。在深度学习中，学生常常需要面对大量的数据和复杂的情境，而生成式 AI 能够模拟出各种可能的情境，为学生提供更加真实、贴近实际的学习体验。这种模拟不仅有助于学生对知识的理解和掌握，更能够培养他们的实践能力和解决问题的能力。

此外，生成式 AI 还能够根据学生的个体差异和学习进度，智能地调整学习内容和难度，实现个性化的学习路径规划。这种定制化的学习方式能够激发学生的学习兴趣，提升学习效果。每个学生都有自己的学习节奏和风格，生成式 AI 能够根据这些特点，为他们量身定制学习内容，使得学习过程更加高效、有趣。同时，生成式 AI 还能够对学生的学习过程进行实时监测和反馈，帮助他们及时发现并纠正学习中的错误。这种及时的反馈机制能够让学生及时调整学习策略，提高学习效率。这些都有助于深度学习在多个维度上促进学生的全面发展，进一步提升学生的核心素养，实现教学目标。

第三节　古诗词深度学习的实践路径

深度学习，作为一种以理解为核心、强调批判性思维与问题解决能力的教学模式，为古诗词的学习开辟了新径。深度学习，使学生不仅得以欣赏其文字之雅训和韵致，更能穿透字面洞察诗词背后所承载的文化内涵与时代风貌，激发对中华文化的深切认同、亲近与实践，进而成为推动中华文化薪火相传与创新发展的核心力量。这一目标，符合 5C 核心素养的需求，尤其是与文化理解与传承素养的核心理念高度匹配。然而，深度学习在古诗词教育中的实践路径，是一个兼具复杂性与多维度的教育过程①。这一过程不仅涉及知识的传递与掌握，更涵盖了学习者的认知过程、思维发展以及心理活动。

一、知识维度

知识与个人素养之间不可简单等同，亦不存在直接的转化路径。教材内容大多聚焦于呈现专家基于深入研究所得出的结论性知识体系，而像思维能力这样的素养，则通常内隐于这些知识的深层结构中，难以单凭文字表述做到直观且精确的传递。素养的培育是一个循序渐进的过程，从知识观念的维度出发，做好相关知识的梳理，为知识更好地转化为素养打下基础。

教育者应首先关注古诗词知识的系统性和连贯性。古诗词的知识体系既包含丰富的历史背景、文学流派、艺术特色，又涉及语言技巧、音韵格律等专业知识。教育者应通过系统性的教学安排，将这些知识点有机串联起来，帮助学习者建立起完整、清晰的知识体系。同时，教育者还应注重知识的连贯性，确保知识点之间的逻辑联系和相互支撑，以便学习者能够更好地理解和记忆。在此基础上，教育者还需进一步挖掘古诗词中的思维训练元素，如通过解析诗词的意象、意境、修辞等，引导学生深入思考、分析和鉴赏。

在构建面向深度学习的教育内容时，教师可以巧妙地运用知识图谱技术，为生成式人工智能系统的运作提供精准的导向与规范框架。这一过程中，知识图谱不仅作为信息的宝库，还扮演着监督与指导的关键角色。在生成式人工智能的输出生成中，通过知识蒸馏、知识注入以及知识对齐三种核心机制发挥作用。

知识蒸馏是一个将知识图谱中的结构化知识转化为大模型可解读并利用的格式的过程。具体而言，它涉及将知识图谱中的三元组信息（实体—关系—实体）转化为自然语言表述的句子，并利用这些句子作为训练素材，对大

① 杨南昌、覃稔、梁慧芳等：《深度学习促发素养生成的过程机制与实现路径》，《开放教育研究》2024 年第 5 期，第 36—46 页。

模型进行训练或微调。这一过程使得大模型能够深入学习和有效记忆知识图谱中蕴含的知识。

知识注入机制侧重于在生成式人工智能生成内容的动态过程中，灵活地将知识图谱中的知识融入其输出之中。例如，在生成文本时，大模型会根据文本的主题和上下文情境，从知识图谱中检索并筛选出相关知识，进而以恰当的方式将这些知识融入文本之中，增强文本的丰富度和说服力。

知识对齐则聚焦于生成式人工智能输出后的验证与校正环节。它利用知识图谱中的知识对大模型的输出进行检验与调整，确保输出的正确性与一致性。具体做法是根据文本中出现的实体和关系，从知识图谱中查询并比对相应的知识，进而发现并修正文本中可能存在的错误或不一致之处，确保最终输出的准确性和一致性。

二、认知过程

在认知过程层次上，教育者应着重引导学习者进行深度思考和批判性思考。古诗词的学习不仅是对文本的简单解读和记忆，更是一个涉及理解、分析、评价和创新等多个认知环节的过程。教育者应通过设计具有挑战性和启发性的问题，激发学习者的思考欲望，引导其深入剖析古诗词的深层含义和艺术价值。同时，教育者还应鼓励学习者对古诗词进行批判性思考，敢于质疑传统观点，提出自己的见解和看法，培养其独立思考和解决问题的能力。

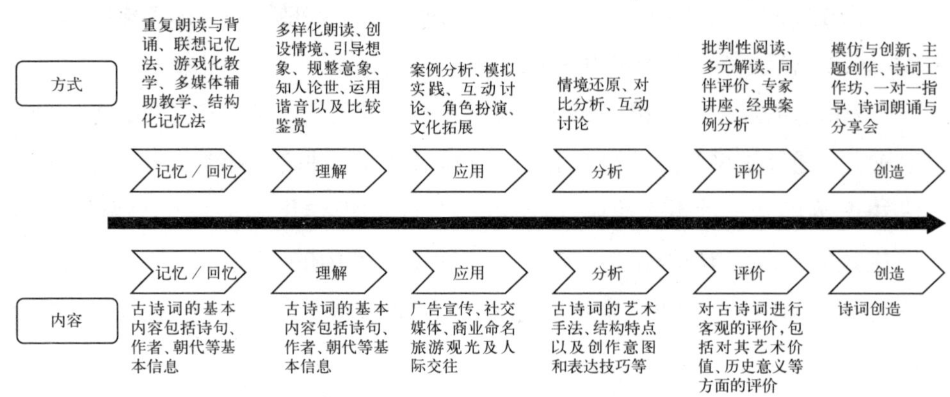

图 3–1　古诗词教学的布鲁姆 6 大认知层级

在布鲁姆教育目标分类学中，认知过程层次被划分为记忆/回忆、理解、应用、分析、评价和创造六个阶段。这些层次不仅展示了人从接收信息到使用信息进行创造性思考的不同阶段，也为探讨古诗词的深度学习过程提供了清晰的框架。

记忆是学习的起点，对于古诗词的学习而言同样如此。学生需要通过记忆，掌握古诗词的基本内容，包括诗句、作者、朝代等基本信息。这一阶段的记忆不仅是学习的基础，更是后续理解、应用等层次的前提。通过重复朗读与背诵来巩固记忆；利用联想记忆法，将诗词与故事、图像联系起来；采用游戏化教学，如诗词接龙、填空游戏等激发学习兴趣；借助多媒体辅助教学，如动画演示、音频播放等提高记忆效率；运用结构化记忆法，如总结归纳、思维导图等构建知识体系等方法，学生能够在脑海中形成对古诗词的初步印象，为后续的学习打下坚实的基础。

理解是深入学习的关键。学生需要超越字面的理解，深入挖掘古诗词中的典故、意象等文化内涵。通过理解，学生可以初步感受到古诗词的美感和情感，为后续的学习奠定更为坚实的基础。在这一阶段，教师可以通过多样化朗读、创设情境、引导想象、规整意象、知人论世、运用谐音以及比较鉴赏等教学方法，帮助学生理解古诗词中的深层含义和文化内涵。

应用层面，学生需要将所学的古诗词知识联系、应用到实际情境中，如在广告宣传、社交媒体、商业命名、旅游观光及人际交往中的广泛应用。在广告中，古诗词增添文化内涵和艺术感。社交媒体上，人们借古诗词抒发情感，提升文字韵味。品牌、产品或地点常引用古诗词名句命名，赋予独特文化价值。旅游时，古诗词成为赞美自然与人文的媒介。人际交往中，古诗词助力情感表达与思念传递，彰显其深厚魅力与广泛的情感沟通价值。这一层次的学习不仅是对知识的巩固，更是对学生实践能力的锻炼。教师可以采取多样化教学方法。首先，通过案例分析，选取典型实例，让学生直观感受古诗词在不同场景中的独特魅力。其次，设计模拟实践任务，如撰写广告语、发布社交媒体情感表达等，让学生亲身体验古诗词的应用。再次，组织小组讨论和角色扮演活动，促进学生间的互动与思维碰撞，激发创意。最后，结合古诗词的文化背景进行拓展教学，帮助学生深入理解其文化内涵，为实际应用打下坚实基础。这些教学方法旨在提升学生的文化素养、审美能力和实践能力，使他们能够更好地运用古诗词，彰显其深厚魅力与广泛应用价值。

分析则要求学生进一步挖掘古诗词的内涵和价值。学生需要分析古诗词的艺术手法、结构特点等，理解诗人的创作意图和表达技巧。在这一阶段，教师可以采用“情境还原”法，通过模拟诗人创作时的历史背景、情感状态，引导学生身临其境地感受诗词意境；其次，运用“对比分析”法，选取不同风格或同一诗人不同时期的作品，比较其艺术手法和表达差异；最后，实施“互动讨论”法，鼓励学生就诗词中的意象、修辞等细节展开探讨，深化理解。这些方法将帮助学生更深入地理解古诗词的精髓和魅力。

评价层次是对学生批判性思维的培养。学生需要对古诗词进行客观的评价，包括对其艺术价值、历史意义等方面的评价。通过评价，学生可以形成自己的独立见解，提升审美能力和鉴赏水平。在这一阶段，教师可采取以下有效教学方法：首先，采用“批判性阅读”策略，引导学生识别并分析诗词中的艺术手法、主题思想，培养其批判性思维能力；其次，引入“多元解读”视角，鼓励学生从不同文化、历史背景出发，对诗词进行多元解读，拓宽视野；再次，实施“同伴评价”活动，让学生在小组内交流评价意见，促进思想碰撞与深化理解；最后，结合“专家讲座”与“经典案例分析”，为学生提供权威指导与范例，提升其评价能力与鉴赏水平。

创造是学习的最高境界。学生需要在深入理解古诗词的基础上，进行自己的创作实践。通过创作，学生可以运用所学的古诗词知识和技巧，表达自己的情感和思想，实现个人才华的展现和提升。在这一阶段，教师可采取以下有效教学方法：首先，通过“模仿与创新”练习，让学生选取经典古诗词进行模仿，逐渐融入个人风格与创新元素；其次，开展“主题创作”活动，围绕特定主题或情感，鼓励学生自由发挥，创作属于自己的诗词作品；再次，引入“诗词工作坊”，组织学生进行集体创作，相互启发，共同打磨作品；同时，提供“一对一指导”，针对学生的创作难题进行个性化辅导，提升创作技巧；最后，举办“诗词朗诵与分享会”，让学生朗诵自己的作品，分享创作心得，增强创作动力与自信心。

这六个层次在古诗词教育的深度学习过程中是相互关联、层层递进的。通过记忆、理解、应用、分析、评价和创造等层次的学习，学生可以全面而深入地理解和掌握古诗词的内涵与价值，实现个人文学素养和审美能力的全面提升。同时，教师也需要根据学生的实际情况和学习进度，灵活调整教学策略和方法，确保学生能够顺利完成各个层次的学习任务，实现深度学习的目标。

生成式人工智能不仅能辅助学生完成从记忆到创造的六层次深度学习，还能通过智能化手段优化教学过程。在记忆阶段，AI 可利用算法强化记忆效果，如通过智能推荐复习计划和个性化背诵提示。在理解和应用层面，AI 能分析诗词背景、意象，提供多样化解读和应用案例，帮助学生深入理解并灵活应用古诗词。在分析阶段，AI 技术能高效分析诗词结构、艺术手法，辅助学生深化理解。在评价层次，AI 可引入多元解读视角，提供客观评价标准，培养批判性思维。在创造阶段，AI 能生成创作模板，提供灵感激发和个性化指导，助力学生展现个人才华。通过智能化教学设计和个性化学习支持，生成式人工智能推动古诗词教育向更高效、更深入的方向发展。

结合认知过程层次对古诗词深度学习过程的探究，可以更好地理解学生在学习古诗词过程中的认知发展和能力提升。同时，也为教师在古诗词教学中提供了有效的指导和建议，有助于实现学生全面而深入的学习和发展。

三、思维发展

在古诗词教学中，对学习者思维能力的培养是一个多维度、深层次的过程，其中，表达、反思与探究构成了这一过程的三大支柱。

表达，作为思维显现的媒介，强调在古诗词的学习中，学习者不仅要具备理解与吸纳的能力，还需拥有将所学创造性地转化并表达出来的技艺。通过诗词朗诵、改写练习及创作等实践活动，学习者能够将他们对诗词意境的把握、情感的共鸣以及语言的驾驭能力，转化为具体的艺术作品。这一过程不仅磨砺了学习者的语言表达能力，更为关键的是，极大地促进了其抽象思维与想象力的飞跃。在尝试以文字捕捉并再现诗词之美的历程中，学习者逐渐掌握了将内心感悟转化为具象语言的方法，深化了对诗词艺术本质的理解。

反思，是深化思维层次的关键催化剂。在古诗词教学实践中，教师应积极倡导学习者对所学内容进行深度审视，检验自己对诗词理解的精准度与全面性，并探索是否存在新的解读视角。通过组织诗词鉴赏研讨会、撰写读书札记等活动，学习者得以在思想的交流中相互启发，不断修正和完善自己的认知体系。这一反思过程不仅助力学习者构建起批判性思维，学会独立评估诗词的价值，更激发了他们对传统文化的深刻省思，培养了对多元文化的尊重与开放态度。

探究，是拓宽思维边界的强大引擎。在古诗词的研习过程中，探究精神是推动学习者持续进步的重要驱动力。教师应引导学习者从诗词的历史背景、作者生平、流派特征等多个维度展开深入研究，通过查阅文献资料、分析诗词意象、对比不同作品等手段，揭示诗词背后深层的文化意蕴与时代精神。这一探究过程不仅丰富了学习者的历史知识，拓宽了其文化视野，更重要的是，培养了学习者的探究意识与问题解决能力，激发了他们对未知领域的探索热情。

此外，教育者还需高度重视学习者创新思维与发散性思维的培养。古诗词独特的美学价值与无限的艺术魅力为培养这两种思维能力提供了肥沃的土壤。教育者应鼓励学习者从不同视角解读与欣赏古诗词，激发其创新思维与发散性思维。例如，组织诗歌创作竞赛、诗词鉴赏活动等，让学习者在实践中锻炼这两种思维能力，进而实现对古诗词的深刻领悟与创新运用。

生成式人工智能能助力学习者通过诗词朗诵、改写及创作等表达活动，提升语言表达与抽象思维能力。同时，AI 技术促进反思过程，通过智能分析学习数据，引导学习者深度审视诗词理解，构建批判性思维。在探究方面，AI 提能够供丰富历史背景与文献资料，拓宽学习者文化视野，培养探究意识与问题解决能力。此外，AI 还可以激发创新思维与发散性思维，通过多样化解读与创作活动，鼓励学习者从多角度欣赏与运用古诗词，实现对诗词艺术的深刻领悟与创新发展。

四、心理活动

在心理活动层面上，教育者应关注学习者的情感体验和审美感受。古诗词往往蕴含着丰富的情感色彩和审美价值，学习者在学习的过程中会产生各种情感体验和审美感受。教育者应通过营造轻松、愉悦的学习氛围，激发学习者的学习兴趣和动力，使其能够全身心地投入到古诗词的学习中。同时，教育者还应通过引导学习者深入体验古诗词的情感内涵和艺术魅力，培养其良好的审美能力和审美情趣。“全景式”呈现知识的方法以及具身学习的理念，为实现这一目标提供了有力的支持。

“全景式”呈现知识，是一种将知识以多维度、多角度的方式展现给学习者的教学策略。在古诗词教育中，这意味着教育者不仅要传授诗词的文字内容，更要通过丰富的手段和媒介，将诗词背后的历史背景、文化内涵、艺术特色等全方位地呈现给学习者。例如，利用多媒体教学资源，教育者可以展示诗词所描绘的历史场景，让学习者仿佛穿越时空，置身于那个特定的历史时期；或者通过图像、音频、视频等多种方式，还原诗词中的人物形象、自然景观，使学习者能够直观地感受到诗词的意境和美感。这种全景式的知识呈现方式，有助于激发学习者的学习兴趣和积极性，使他们在学习过程中更加投入和专注。同时，通过多角度、多维度的呈现，学习者能够更全面地了解和理解古诗词，建立起对诗词的深厚感情和认同感。

与“全景式”呈现知识相辅相成的是具身学习的理念。具身学习强调学习者的身体参与和情感体验在知识学习中的重要性。在古诗词教育中，具身学习意味着学习者不仅要用脑去思考和理解诗词，更要用心去感受和体验诗词。为实现具身学习，教育者可以组织一系列实践活动。例如，通过角色扮演的方式，让学习者扮演诗词中的历史人物或角色，通过亲身体验来深入理解诗词的情感和内涵；或者通过诗词朗诵活动，让学习者用自己的声音和情感去诠释诗词，更深入地感受诗词的韵律和意境。这些活动不仅能够让学习者在亲身体验中加深对诗词的理解和感悟，还能够培养他们的审美能力和创造力。

生成式人工智能融合多媒体资源，多维度展现诗词背景、文化及艺术特色，激发学习兴趣，促进全面理解。具身学习理念结合 AI 技术，设计角色扮演、诗词朗诵等实践活动，引导学习者身体力行，深入体验诗词情感与意境，培养审美与创造力。AI 赋能下，古诗词教学将更加生动、高效，助力学习者全面发展。

第四章　古诗词教学模式的多元化探索

生成式AI，凭借其强大的多模态内容生成能力、智能化的学习分析功能以及个性化的教学推荐机制，为古诗词教学开辟了一片新天地。它能够辅助教师以更加直观、生动的方式展现古诗词的丰富内涵，将文字转化为图像、声音乃至互动场景，让古诗词的学习不再枯燥乏味。同时，该技术还能根据学生的学习兴趣与需求，量身打造个性化的学习方案，引导学生深入理解诗词的意蕴，培养他们的审美情趣和人文素养。通过生成式AI的赋能，古诗词教学不仅突破了传统模式的局限，更实现了教与学的深度融合与互动。学生们在欣赏诗词之美的同时，也能够积极参与学习过程，发挥自己的主观能动性，提升学习效果和兴趣。我们有理由相信，随着生成式人工智能技术的不断成熟与普及，古诗词教学将迎来更加广阔的发展前景。未来的古诗词课堂，将不再是单调乏味的应试训练场，而是充满生机与活力的审美探索之旅。

第一节　古诗词情境式教学模式

情境教学法，作为一种将教学活动深度嵌入具体情境之中的创新教育模式，相较于传统讲授法，其独特之处在于其生动性、直观性及对教育本质的深刻把握。此法以教学需求为核心驱动力，教师凭借匠心独运，依据课程内容巧妙设计出直观、具体且情感丰富的场景，极大地激发学生的学习热情，显著提升学习效率。通过音乐渲染的沉浸感、语言的细腻描绘、角色扮演的代入感、游戏互动的趣味性、画面展示的直观性以及视频播放的震撼力等多维度手段，情境教学法使学习过程变得妙趣横生，同时促使学生在情境中深度学习、积极感知、深刻体验并主动反思，完美契合了情境认知与学习理论的核心要义，在真实或模拟情境中促进知识的有效构建与实际应用。

情境教学法的核心魅力，可归结为直观性、主动性及融合性三大支柱。直观性为学生搭建了知识理解的直观平台，让他们在模拟环境中直接体验知识的魅力；主动性则将学生置于学习的主导地位，通过实践与亲身体验激发其内在学习动力；融合性则强调了认知与情感的双重融合，让学生在享受学习乐趣的同时，体验成长的愉悦。

这一理念与杜威“思维源于直接经验的情境”及陶行知“生活即教育”的哲学思想不谋而合，共同强调了情境在教育过程中的核心地位。面对古诗词教学这一传统难题，情境教学法提供了创新解决方案。教师能够灵活运用多样化的情境素材，构建跨越时空的心灵桥梁，使学生与古人的情感世界产生共鸣，轻松跨越古诗词学习的障碍，实现教与学的和谐共生。

一、破解情境式教学困境的钥匙

在当前古诗词教育的实践中，尽管部分学校与教师已积极尝试情境教学法并取得初步成效，但该方法的深入推广与应用仍面临诸多挑战。具体而言，情境素材的选择与构建常因资源有限而显得单调乏味，缺乏连贯性与整体性，导致情境呈现碎片化、零散化。此外，部分教师在创设情境时趋于机械化和模式化，忽视了创新与个性化，进一步限制了情境教学法的有效性与吸引力。针对这些问题，有必要针对古诗词情境式教学的现实困境进行深刻剖析。

首先，情境教学法的整体采用率不高，主要受限于授课时间紧凑、技术条件有限以及教师能力差异。传统讲授法，以其对字词、语法及手法的深入剖析，依旧在古诗词教学中占据主导地位。这种“应试导向”的教学模式，往往过分强调分数而忽略了古诗词的美学价值，如意象美、形象美、韵律美、意境美及情感美等。特别是对于年长教师而言，他们可能因技术掌握不足及对新思想、新技术接受度低，而对情境教学法持保留或排斥态度。

其次，情境创设在趣味性、互动性和主动性方面存在明显不足。受限于技术手段的匮乏及素材的碎片化，教师多依赖网络下载或简单的音视频资料来创设情境，难以触及古诗词的深层意境与现实联结。这种单向传输的教学方式，虽能短暂激发学生的兴趣，却难以持久地触动其情感共鸣，导致学生参与感与体验感不足，主动性未得到充分发挥。学生普遍反映，当前古诗词情境教学多停留于表面形式，缺乏真实感与互动性，难以真正激发其学习热情。

再次，情境教学的时代性和个性化缺失也是不容忽视的问题。由于时间、技术及能力的限制，语文教师往往难以将古诗词的情境要素与现代生活相融合，使学生感到疏离与陌生。同时，情境教学的个性化与定制化不足，师生多依赖现成的网络资源，缺乏自主创造与个性化设计，导致教学设计缺乏新意与吸引力，甚至引发学生的抗拒情绪。

鉴于上述困境，著者认为生成式人工智能为古诗词情境式教学提供了破局之道。这一技术的引入，不仅有助于提升情境教学法的整体采用率，还能极大地丰富情境创设的趣味性、互动性和主动性，同时增强其时代性和个性化。生成式人工智能能够根据教师需求快速生成多样化的情境素材，降低技术门槛，提高教学效率。其创意性的内容生产方式，能够依据提示语进行内容再造，使古诗词鉴赏更加生动有趣。更重要的是，其互动功能促进了人机、师生之间的双向交流，增强了情感共鸣，提升了学生的参与度和体验感。

最后，生成式人工智能还具备时代感和定制化的优势。它能够借助现代元素表达古诗词的意境与情感，打破时空界限，让学生更加亲切地感受古诗词的现代意涵。同时，学生与教师可根据个人需求自主设计情境素材，实现个性化教学。这种高度个性化的教学范式，不仅符合学生的实际需求，还能有效提升学生的高阶思维能力，包括逻辑思维、辩证思维和创造思维等。在人机共育共生的新时代背景下，生成式人工智能正逐步成为推动古诗词教育创新与发展的强大动力。

二、生成式 AI 赋能情境教学法的理论探索

生成式 AI 以其卓越的多模态内容生成能力（涵盖文本、图片、音频、视

频等），结合海量数据的预训练与针对特定场景的精细优化，展现出了强大的泛化性和普适性。它们不仅能够精准理解复杂的上下文、语境及语法规则，更能在此基础上创造出独具匠心的新内容，远远超越了传统信息检索工具的界限，成为教育领域不可或缺的智能助手，为情境教学法的实施提供了更加丰富的资源和技术支持。生成式 AI 与情境教学法相结合，不仅丰富了教学手段，更在理论上为教育创新提供了有力支撑。

（一）生成式 AI 与情境教学法的互补性

生成式 AI 以其强大的多模态内容生成能力，能够自动化地生成文本、图像、音频、视频等多种类型的内容。这种能力为情境教学法的实施提供了丰富的素材和工具。传统情境教学法的实施往往依赖于教师的个人创造力和教学资源的积累，而生成式 AI 的出现，则极大地扩展了情境构建的边界和效率。教师可以借助生成式 AI 快速生成符合教学需求的情境素材，使情境更加生动、真实且个性化。

（二）生成式 AI 在情境构建中的应用

1. 个性化情境构建：生成式 AI 能够根据学生的学习特点和需求，生成个性化的学习情境。例如，在语文古诗词教学中，AI 可以根据学生的理解能力和兴趣点，生成不同难度和风格的诗词解读情境，帮助学生更好地理解和感受诗词的意境。

2. 动态情境模拟：生成式 AI 还能够模拟真实的课堂教学场景和互动情境。教师可以利用 AI 技术，模拟不同角色和场景，进行课堂问答、小组讨论等教学活动。这种动态情境模拟不仅能够激发学生的学习兴趣，还能提高他们的参与度和实践能力。

3. 情感化情境营造：生成式 AI 通过其强大的情感计算能力，能够营造具有情感色彩的学习情境。在情境教学中，情感因素对于学生的学习体验和效果具有重要影响。AI 可以根据教学内容的需要，生成符合情感基调的音频、视频等素材，营造出生动、感人的学习氛围。

（三）生成式 AI 赋能情境教学法的理论价值

1. 深化情境认知理论：情境认知理论强调知识是在具体情境中构建和应用的。生成式 AI 的引入，使得情境的构建更加多样化和个性化，进一步深化了情境认知理论在教育实践中的应用。

2. 促进个性化教学：生成式 AI 能够根据学生的学习特点和需求，提供个性化的学习内容和路径。这种个性化教学不仅提高了教学效果，还培养了学生的自主学习能力和创新能力。

3. 推动教育数字化转型：生成式 AI 赋能情境教学法，是教育数字化转型的重要体现。通过引入 AI 技术，教育过程变得更加智能化、高效化和个性化，为培养适应未来社会需求的人才奠定了坚实基础。

生成式 AI 赋能情境教学法，可以充分发挥生成式 AI 在情境构建、个性化教学和情感化营造等方面的优势，进一步丰富教学手段、提升教学质量、激发学生的学习兴趣和创造力，并最终推动教育向更加智能化、个性化和高效化的方向发展。

三、古诗词情境式教学模式建构

本教学模式精心设计了“三阶段四环节”的教学流程，旨在通过情境化学习，加深学生对古诗词的理解与感悟。三阶段分别为“课前语境自学”“课中反馈训练与情境沉浸”“课后语境应用”；四环节则细化为“语境自学”“反馈训练”“情境沉浸”及“语境应用”，全方位促进学生的学习成效。

（一）课前语境自学

为了构建一个全面且高效的数字教育资源库，教师团队需倾注心力，整合多样化的教学材料，包括文字资料、丰富图片、动态视频及音频素材，旨在打造一个多维度、立体化的教材框架，为学生课前预习尤其是语境自学环节提供坚实支撑。

针对古诗词学习中普遍存在的难点——如何深刻领会其意境与情感，可以创新性地引入生成式人工智能技术，打造出古诗词意境图这一教学辅助工具。相较于传统国画，这些由 AI 精心绘制的意境图能够更精确地捕捉并还原诗词所描绘的场景，为学生开启一扇通往诗词世界生动想象的大门，使学习过程更加直观且富有沉浸感。

在语境自学过程中，确保意境图的质量至关重要。为此，我们制定了一套严谨的制作流程：首先，利用智能解读技术，在如文心一言这样的先进平台上输入诗词指令，通过平台强大的自然语言处理能力生成初步的场景描述或脚本。为提升解读的精准度，我们还会加入细致的提示信息，引导系统更准确地把握诗词精髓。

接下来，进入筛选与再创造阶段。在这一环节，我们从海量生成的场景中精心挑选出最贴合诗词意境的描述，并基于教育学的视角进行优化调整，以确保每一幅意境图都能最大限度地激发学生的联想与共鸣。

最后，利用人工智能的图像生成技术，将诗词中的每一个场景片段转化为生动的画面。这些意境图不仅独立呈现诗词的某个瞬间，更可通过技术手段将多句诗词的意境巧妙融合，创造出一幅幅既独立成章又相互呼应的完整画面，让学生在视觉享受中深化对古诗词的理解与感悟。

（二）课中反馈训练与情境沉浸

在授课过程中的反馈训练环节，为了高效评估学生的预习效果并确保教学内容精准契合学生需求，可以巧妙运用生成式人工智能技术，设计出形式多样的练习题作为反馈训练工具。这些练习不仅丰富多样，还能通过图片、视频、动画及游戏化元素等多媒体形式，生动强化学生对新学词汇的记忆，为后续的诗词深度解析奠定坚实的基础。此外，鼓励学生以小组为单位进行汇报，分享各自的自学心得，既促进了知识交流，也锻炼了他们的表达能力。教师在这一过程中，需明确交流任务，通过积极引导、正面评价及深度问题的提出，激发学生深入思考，促进知识内化和思维拓展。

至于情境沉浸的学习环节，首先可以依托经典诗词的诵读活动，引导学生从简单的诵读、吟唱，逐步过渡到趣味配音、自由演绎等高级形式，以此逐步提升他们的诵读技巧，并深刻体验诗词的韵律之美。同时，通过品词析句的教学方法，聚焦于关键词句的剖析，结合情境任务的设计，让学生在模拟的真实场景中灵活运用古诗词，深化对诗词内涵的理解。

为了帮助学生更好地梳理诗词结构、感悟情感，可以引入思维导图这一工具，引导学生自主梳理诗词的脉络，并尝试将所学知识与现实生活相联系，品味其中的情感色彩。在此基础上，鼓励学生进行小诗或词的创作，将个人感悟融入其中，以创作实践加深对诗词情感的体悟。此外，结合古诗词中丰富的文化现象与经典意象，可以设计一系列体验活动，并借助 VR 技术创建逼真的虚拟实景课堂。这种沉浸式的学习环境，能够让学生仿佛穿越时空，亲身体验诗词所描绘的场景，在直观感受中深刻领悟诗词的独特魅力，进一步提升他们的文化素养和审美能力。

（三）课后语境应用

为构建一个活跃的课后语境应用环境，可以激励学生积极运用生成式人工智能技术，参与到多样化的实践活动中去。例如，鼓励学生亲自利用 AI 技术为古诗词配上精美的插图，这样的创作不仅加深了他们对古诗词意境的理解，还能利用网上平台进行交流分享，让更多人欣赏到他们的作品。此外，学生还可以尝试制作短视频，将学习心得、诗词朗诵或是对诗词的独特见解融入其中，并上传至社交平台，以更加生动直观的方式展示学习成果。通过双人访谈、多人合作创作等形式，学生之间的互动与合作得以加强，促进了文化的广泛交流与思想的深刻碰撞。

为进一步拓宽学生的视野，我们鼓励学生充分利用教师提供的丰富拓展资源。这些资源不仅限于单篇作品的解析，而是引导学生从某一篇佳作出发，逐步延伸至同一类作品的学习，进而深入探索其背后的文化脉络。在这个过程中，人工智能模型成了学生强有力的学习助手。例如，利用情感分析功能，学生可以更准确地把握诗词中蕴含的复杂情感，更深刻地理解作品的深层含义。而对于有创作兴趣的学生，AI 创作助手则能提供宝贵的建议与指导，助力他们在古诗词的创作与修改过程中不断精进，创作出既有个人特色又不失古典韵味的佳作。

综上所述，古诗词的情景教学模式以其独特的教学路径，显著地减少了传统教学中教师的单向讲授时间，而更加凸显了学生在整个学习过程中的主体地位。这一模式通过构建丰富的情境沉浸体验与云端互动交际平台，有效促使学生的学习方式从传统的被动接受转变为主动探索与发现。在这一过程中，学生不仅加深了对古诗词内容的理解，更在潜移默化中提升了自身的古诗词鉴赏能力，同时拓宽了文化视野，增强了文化素养。可见，古诗词情境教学模式确实是对传统教学模式的一次积极革新，为学生全面发展提供了强有力的支持。

第二节　古诗词互动探究式教学模式

在古诗词教学的领域内，采用对话教学模式并融入互动探究元素，显著地彰显了其在激发学习兴趣、深化理解层次、培育综合素养以及促进文化传承等方面的重大意义与价值。然而，尽管对话教学拥有诸多优势，其在实际推广过程中却遭遇了多重挑战，主要包括教师传统教学观念的束缚、教学灵活应对能力的不足、学生参与度的不均衡、教学资源的匮乏、教学环境的局限性，以及对话教学本身所固有的实施难度。

面对这些困境，生成式人工智能技术的涌现如同一股清新的风，为对话教学模式的困境提供了创新性的解决方案。利用人工智能的交互性、个性化指导能力以及数据分析优势，可以有效克服教师观念滞后的问题，提升教学机智，确保每位学生都能在适合自己的节奏下参与学习，同时缓解教学资源紧张和教学环境限制带来的影响。更重要的是，人工智能还能辅助优化对话流程，确保教学活动紧密围绕教学目标展开，提升对话教学的质量与效果。

因此，生成式人工智能的介入，不仅为古诗词互动探究式教学注入了新的活力，也为其在更大范围内的顺利推广铺平了道路，使得这一教学模式能够更好地服务于学生的全面发展与文化传承的需要。

一、生成式 AI 赋能互动探究式教学法的理论探索

生成式 AI 与互动探究式教学的融合，是当前教育技术领域的显著创新突破。这一融合不仅融合了生成式 AI 的前沿技术，还深刻践行了互动探究式教学的核心理念，为传统教育教学模式注入了新的活力与变革。互动探究式教学，作为一种以学生为中心的教学模式，强调通过多层次的互动，包括师生间、学生间以及学生与学习环境之间的互动，激发学生的主动探索精神，促使他们自主发现问题并寻求解决方案。此模式高度重视学生的主体角

色与参与程度，旨在培育学生的自主学习能力、创新思维及批判性思维能力。在这一教学过程中，生成式 AI 凭借其根据用户输入或预设条件动态生成新内容（涵盖文本、图像、音频等多种形式）的能力，成为不可或缺的支撑力量。

生成式 AI 赋能互动探究式教学的理论基础坚实而多元。

（一）个性化学习理论

生成式 AI 能够精准识别并响应每位学生的学习风格、兴趣偏好及能力差异，定制出个性化的学习内容与路径。这一实践完美契合了个性化学习理论的核心观点，即每位学习者都是独特的，需要个性化的学习方案来满足其特定需求。

（二）建构主义学习理论

建构主义认为学习是学习者主动构建知识框架的过程，而非被动接受。生成式 AI 创建的互动探究环境，鼓励学生在实践中探索、实验与反思，自主建构知识体系，与建构主义的学习理念不谋而合。

（三）认知负荷理论

该理论指出，学习过程中的认知负荷分为内在、外在及关联三种类型。生成式 AI 通过优化学习材料的呈现形式，减少冗余信息干扰，有效降低学生的外在认知负荷，同时增强关联认知负荷，助力学生实现深度学习。

基于上述理论框架，生成式 AI 赋能的互动探究式教学展现出诸多优势：

1. 个性化教学：AI 技术能根据学生具体情况灵活调整教学内容与难度，实现真正意义上的因材施教，激发学生的内在学习动机，提升学习效率。

2. 增强互动性：借助虚拟助手、在线讨论平台等工具，AI 增强了课堂内外的互动交流，营造了一个更加生动、活跃的学习氛围。

3. 促进深度学习：鼓励学生主动探究、解决问题，不仅传授知识，更培养其创新思维、批判性思维及解决问题的能力。

4. 优化教学资源：AI 自动生成丰富的学习资源与案例，减轻教师负担，同时基于学习数据分析，为教师提供精准反馈与教学策略建议，促进教学质量持续提升。

综上所述，生成式 AI 赋能互动探究式教学法以其个性化、互动性、深度学习和优化教学资源等优势，为传统教学模式带来了新的活力和挑战。随着技术的不断进步和教育理念的更新，这一教学模式有望在未来得到更广泛的应用和推广。

二、古诗词互动探究式教学的特点及实施策略

将互动探究式教学法引入古诗词教学领域，是借助 AIGC 智能工具精心策划一系列丰富多样的互动环节，旨在深化学生对古诗词的理解与体验。通过 AIGC，学生得以主动提问、参与讨论，甚至模拟历史对话场景，与古代诗人进行跨时空的心灵交流，全面探索古诗词的背景故事、意境之美及深邃情感。AIGC 的即时反馈与个性化指导功能，确保了每位学生都能根据自身的学习进度与兴趣点，获得量身定制的学习体验，满足不同能力层次的学习需求。

此教学模式的显著特点可概括为三大方面。

（一）交互性促进的深度学习

互动探究式学习以 AIGC 的强交互性为核心，设计了一系列互动环节。这些环节不仅极大地提升了学生的学习兴趣，还通过持续的问答互动，促使学生逐步深入古诗词的精髓之中。学生由被动接受转变为主动探索，与古诗词之间建立起活跃的对话桥梁，实现了知识的深度内化。

（二）个性化指导下的精准学习

AIGC 基于学生的回答与反馈，能够精准地提供个性化的学习指导和解析，确保每位学生都能获得符合其学习水平和兴趣点的定制化学习路径与资源。这种精准学习模式不仅提升了学习效率，还促进了教育的个性化与公平性，让每位学生都能在适合自己的节奏下成长。

（三）主动探究与发现式学习

在教师的精心引导下，学生围绕古诗词的探究主题或问题，利用 AIGC 等智能工具进行资料搜集、信息整合与观点阐述，这一过程中，学生需不断提出问题、分析难题并寻求解答，有效锻炼了批判性思维、创新能力和自主学习能力，实现了从“学会”到“会学”的转变。

为确保该教学模式的顺利实施，需重点关注以下几方面。

1. 构建智能化学习环境：利用生成式AI技术，打造集智能推荐系统、虚拟学习空间、在线讨论区等功能于一体的智能化学习环境，为学生提供丰富的学习资源与便捷的互动平台。

2. 设计探究性学习任务：紧密结合古诗词学科特点与教学目标，设计富有挑战性、开放性和趣味性的学习任务，激发学生的探究欲望，引导其主动探索与解决问题。

3. 加强教师技能培训：提升教师对生成式AI技术的认知与应用能力，使其能够熟练运用智能教学工具，灵活实施互动探究式教学策略。

4. 建立多元化评价机制：构建涵盖过程性评价与结果性评价的综合评价体系，关注学生学习的全过程与最终成果，及时给予个性化反馈与指导，促进学生全面发展。

将古诗词教学融入互动探究式模式，并借助AIGC的强交互性，实现了学习方式的革新。通过丰富的互动环节，学生由被动接受转为主动探索，与古诗词文化深度互动。AIGC提供个性化指导，确保每位学生获取精准学习体验。该模式强调主动探究与发现学习，培养学生的批判性思维、创新能力及自主学习能力。为确保实施效果，需构建智能化学习环境、设计高质量探究任务、加强教师培训并完善学习评价体系。总体而言，这一教学模式利用AI技术促进了古诗词教学的深度与广度，提升了教育质量与公平性。

三、古诗词互动探究式教学的实施方式

互动探究式教学的实践流程被划分为课前启迪、课中深耕以及课后拓展三大核心阶段，旨在全方位地促进学生的学习与成长。以下，我们将以苏轼的《水调歌头·明月几时有》为例，详细阐述这一教学模式的实施过程。

（一）课前预习：激发探索欲，预设思维导火索

在正式授课前，教师巧妙地借助AIGC平台，为学生铺设了预习的桥梁。鼓励学生提前翻阅《水调歌头·明月几时有》，沉浸于苏轼笔下的月夜情怀，并鼓励他们勇于提出自己的见解与困惑。诸如“苏轼如何借月抒怀？”“‘明月几时有？把酒问青天’背后隐藏着诗人怎样的情感波澜？”等问题，点燃了学

生求知的火花，为后续的深入探究铺设了坚实的基石。AIGC 则在这一过程中扮演了信息枢纽的角色，汇总学生的疑问与见解，反馈给教师，使教师能够精准把握学生的学习需求，进而优化教学策略。

（二）课中探究：深度交互，角色扮演深化理解

步入课堂，教师充分利用 AIGC 的智能化特性，设计了一系列生动有趣的互动环节。通过角色扮演、诗词鉴赏等多元活动，学生仿佛穿越时空，与苏轼并肩漫步于月光之下，共同品味那份跨越千年的情感共鸣。在角色扮演中，学生化身为苏轼或其友人，通过模拟对话，深刻体会词中蕴含的亲情之思与人生哲理。AIGC 则作为智能导师，适时提供背景知识的补充与表演的即时反馈，引导学生在轻松愉悦的氛围中，逐步揭开《水调歌头》的神秘面纱，领略其深邃的艺术魅力。

（三）课后巩固：解惑答疑，拓展阅读启新程

随着课堂探究的圆满落幕，AIGC 并未就此告别学生的学习旅程。它化身为贴心的学习伙伴，陪伴学生度过课后巩固的每一刻。针对学生在复习过程中遇到的难题，如"'但愿人长久，千里共婵娟'寄托了诗人怎样的美好愿景？"等，AIGC 都能提供详尽而准确的解答，帮助学生扫清学习障碍。此外，它还精心挑选了一系列与《水调歌头》相关的诗词作品、苏轼的其他佳作以及宋代文化的背景资料，作为拓展阅读的素材，引导学生进一步拓宽视野，深化对古诗词及古代文化的理解与热爱。

互动探究式教学模式通过课前启迪、课中深耕与课后拓展三大阶段，为学生提供了一个全面、深入且个性化的学习体验。该模式在课前通过 AIGC 平台激发学生的探索欲，收集学生的疑问与见解，为课堂探究打下坚实基础；课中则利用 AIGC 的智能化优势，设计丰富多样的互动环节，让学生在角色扮演与诗词鉴赏中深化对古诗词的理解与感悟；课后，AIGC 继续发挥学习助手的作用，提供答疑解惑与拓展阅读材料，助力学生巩固学习成果并拓宽知识视野。这一教学模式不仅提升了学生的参与感与学习效果，还促进了他们个性化发展，为他们在诗词学习乃至更广泛的知识领域中的探索与成长提供了有力支持。

第三节　基于 BOPPPS 混合模式的古诗词教学模式

BOPPPS 混合模式，作为一种融合线上与线下教学精粹的教学模式，源自加拿大教师技能培训体系，其独特之处在于其条理清晰的教学框架与高效运作的流程，广受教育界好评。该模式精心规划了 6 个关键教学环节：引入（bridge-in）、目标设定（objective）、前测评估（pre-assessment）、参与式学习（participatory learning）、后测检验（post-assessment）、总结回顾（summary）。接下来，结合古诗词教学，详细阐述在 BOPPPS 混合模式在各个环节的实施方法。

一、引入

在古诗词教学的引入阶段，主要目标是激发学生的学习兴趣和探索欲，通过生成式人工智能的智能推荐系统，为学生营造一个生动、有趣且符合其兴趣与学习水平的诗词学习环境。具体目标包括：利用 AI 生成的诗词音频、视频或动画，迅速吸引学生的注意力，激发他们对古诗词的好奇心和兴趣；通过 AI 朗诵配以历史背景或情境再现，使学生仿佛置身于诗词所描绘的场景之中，增强学习的沉浸感；激发学生对诗词背后文化、历史、情感的探索欲望，为后续深入学习打下良好基础。

具体的实施内容如下。

（一）智能推荐系统应用

教师在课前利用生成式人工智能的智能推荐系统，输入学生的兴趣标签（如山水田园、边塞风光、爱情诗等）和当前学习水平，系统随即推荐一段与课程内容紧密相关且引人入胜的诗词音频或视频。例如，在学习李白的《静夜思》时，系统可推荐一段由 AI 朗诵的《静夜思》，并配以月夜思乡的动画场景。

（二）情境再现与互动

在 AI 朗诵的同时，通过多媒体设备展示与该诗词相关的历史背景图片、视频片段或动画，如李白所处的时代背景、生活场景等，帮助学生更好地理解诗词的创作背景和意境。此外，还可以设计一些互动环节，如让学生猜测诗词中的意象、情感等，增加课堂的互动性和趣味性。

（三）引导探索任务

在引入阶段结束后，教师可以布置一些引导性的探索任务，如要求学生查阅资料了解诗人的生平事迹、时代背景等，或者尝试用自己的话复述诗词的意境和情感，以此激发学生的探索欲和自主学习能力。

另外，在实施时，需要注意以下几点。一是内容相关性，要确保 AI 推荐的诗词音频、视频或动画与课程内容紧密相关，避免偏离教学主题。二是学生差异性，考虑到学生的兴趣和水平存在差异，教师应灵活运用生成式人工智能的智能推荐系统，为不同学生提供个性化的学习资源。三是技术稳定性，在使用生成式人工智能进行教学时，需确保技术设备的稳定性和可靠性，避免因技术问题影响教学效果。四是教育意义，在追求趣味性和互动性的同时，不可忽视教育意义，确保所选内容和活动能够促进学生对古诗词的理解和欣赏能力的提升。五是教师角色，教师应始终保持在教学活动中的主导地位，引导学生积极参与、主动思考，避免过度依赖技术而忽视师生互动和人文关怀。

二、目标

在教学流程中，确立清晰且具体的学习目标占据着举足轻重的地位。它犹如一盏明灯，照亮学生求知的道路，为他们的学习之旅提供明确的指引，确保所有教学活动都紧密围绕核心目标展开，既精准又高效。精心设定学习目标，可以为学生铺设一条清晰的路径，使他们能够准确把握每节课的核心内容与期望达成的学习成果，这一做法极大地增强了学习的导向性。

为实现这一目标，我们需深度融合课程大纲的精髓与生成式人工智能的先进分析能力。这一结合不仅确保了学习目标的适应性，使之既贴近学生的当前认知水平，又适度超越，形成一定的挑战性，激励学生勇于探索未知，在自我成长的舒适区边缘不断突破。尤为重要的是，学习目标的设定必须追求高度的清晰性。这意味着每一个目标都需表述得明确无误，以便每位学生都能轻松理解其含义，在学习过程中减少迷茫与困惑，更加专注于目标的实现，有效提升学习效率与成果。

（一）智能分析学生水平

在设定学习目标前，教师利用生成式人工智能系统对学生的历史学习数据进行分析，包括成绩、作业完成情况、课堂表现等，以获取学生当前的知识水平和能力状况。

（二）结合课程大纲定制目标

教师根据课程大纲的要求，结合学生的实际情况，设定既符合教学进度又考虑学生个体差异的学习目标。这些目标应该具体、可衡量，如“能够背诵并解释《静夜思》的主要内容和意境”，“能够运用所学修辞手法创作一首关于自然风光的短诗”。

（三）明确传达学习目标

在课堂上，教师以清晰、简洁的语言向学生传达学习目标，并可通过板书、PPT 等多种形式进行展示，确保每位学生都能准确理解。同时，鼓励学生将学习目标记录下来，作为自我监督和评估的依据。

（四）分阶段实施与反馈

将学习目标分解为若干个小目标，分阶段实施。在每个阶段结束后，通过提问、练习、测试等方式收集学生的反馈，了解学习目标的达成情况，并根据需要进行调整和优化。

另外，在实施时，需要注意以下几点。一是目标设定的合理性，确保学习目标的设定既不过于简单，让学生失去挑战性；也不过于复杂，导致学生产生挫败感。目标应具有一定的“跳一跳，够得着”的激励作用。二是个体差异的关注，在设定学习目标时，要充分考虑学生的个体差异，为不同层次的学生提供不同难度的学习目标，实现因材施教。三是反馈机制的建立，建立有效的反馈机制，及时了解学生的学习进展和困惑，为学习目标的调整和优化提供依据。四是学生主体性的发挥，在设定和实施学习目标的过程中，要尊重学生的主体性，鼓励学生参与学习目标的制定和评估过程，提高他们的学习主动性和自我管理能力。

三、前测

前测作为教学活动的前置环节，其目的在于通过生成式人工智能的快速测评功能，实现对学生诗词基础与理解能力的个性化评估。具体目的包括：通过前测，精准定位学生水平，系统能够基于学生过往的学习数据，快速而准确地识别每位学生在诗词学习上的现有水平，包括词汇量、语法掌握、意境理解等方面。前测结果提供了差异化教学依据，作为教师制订教学计划的重要参考，有助于教师了解班级内学生的个体差异，设计出更加符合学生实际需求的差异化教学方案，确保每位学生都能在适合自己的学习节奏中进步。了解了学生的诗词基础后，教师可以增强教学的针对性，针对学生的薄弱环节进行有针对性的讲解和练习，提高教学效率，促进学生对诗词知识的深入理解和应用。

（一）数据收集与分析

首先，系统通过与学生学习平台的对接，收集学生的历史学习数据，包括诗词学习记录、作业完成情况、测试成绩等，然后，利用生成式人工智能的算法对这些数据进行分析，识别出学生的诗词学习特点和存在的问题。

（二）智能生成测试题目

基于数据分析结果，系统智能生成一套适合每位学生的前测试题。这些题目既覆盖了诗词学习的基本知识点，又根据学生的实际水平进行了难度调整，确保测试的有效性和针对性。

（三）在线测评与即时反馈

学生在规定时间内完成前测试题，并提交给系统。系统立即对答案进行批改，并生成详细的测评报告。报告中不仅包含学生的得分情况，还详细分析了学生在各个知识点上的掌握程度，以及需要改进的地方。

（四）差异化教学方案设计

教师根据前测报告，结合课程大纲和教学目标，设计出针对不同学生群体的差异化教学方案。方案中可以包括分组教学、个别辅导、补充阅读材料等多种教学策略，以满足学生的不同需求。

在实施时，需要注意以下几点。一是保护学生隐私，在收集和使用学生数据时，必须严格遵守相关法律法规和伦理规范，确保学生的个人隐私得到妥善保护。二是确保测试公正性，前测试题的设计应确保公正、客观，避免任何形式的偏见和歧视。同时，测试过程应严格监控，防止作弊行为的发生。三是合理解读测评结果，教师在解读前测报告时，应全面、客观地分析学生的测评结果，避免片面或过度解读。同时，应关注学生的个体差异和成长潜力，制订合理的教学计划。四是及时反馈与沟通，教师应及时将前测结果反馈给学生和家长，并与他们进行充分的沟通和交流。通过了解学生的想法和需求，教师可以更好地调整教学策略，提高教学效果。

四、参与式学习

参与式学习的目的在于通过增强学生的主动学习性和互动性，提升他们在诗词学习中的参与度和兴趣。在生成式人工智能的辅助下，这一教学模式旨在实现以下几个核心目标：一是激发创造力与想象力。通过 AI 引导的诗词创作练习，鼓励学生发挥个人创意，将抽象的关键词或情感转化为具体的诗句，培养他们的文学创造力和想象力。二是深化理解与感知。利用 AI 模拟的诗词对话，使学生能够跨越时空限制，与古代诗人进行“交流”，深入体会诗词中蕴含的情感与意境，加深对诗词文化的理解和感悟。三是促进交流与合作。AI 驱动的互动平台为学生之间、师生之间搭建了便捷的沟通桥梁，促进了诗词创作经验的分享、学习心得的交流以及合作创作的开展，增强了学习的社会性和合作性。具体的实施方式如下。

（一）AI 引导的创作练习

学生首先确定创作主题或输入关键词、情感倾向等参数。AI 系统根据这些输入生成初步的诗稿框架或诗句建议。学生在 AI 生成的基础上进行修改、润色，添加个人情感和创意，完成最终作品。系统可提供实时反馈，帮助学生优化作品结构和语言表达。

（二）诗词对话模拟

AI 模拟古代诗人角色，设定特定情境和话题。学生以现代人的身份与 AI 进行“对话”，通过提问、回答、讨论等方式，探索诗词背后的故事、情感和文化内涵。AI 根据对话内容生成相应的诗词回应，引导学生深入思考并理解诗词的意境。

（三）互动平台上的交流与合作

利用 AI 驱动的在线平台，学生可以发布自己的诗词作品，邀请同学或老师进行点评和反馈。平台支持多人协作功能，学生可组建小组进行共同创作，通过在线讨论、分工合作完成作品。系统记录学生的学习轨迹和交流记录，为教师提供个性化的教学指导和建议。

在实施时，需要注意以下几点：一是保持技术辅助性，确保 AI 技术始终作为辅助工具存在，避免过度依赖 AI 而忽视学生的主体性和创造性。二是关注个体差异，在实施参与式学习时，应充分考虑学生的个体差异和兴趣偏好，提供多样化的学习资源和活动形式，以满足不同学生的需求。三是培养批判性思维，在利用 AI 生成的内容时，应引导学生学会批判性思考，辨别信息的真伪和价值，培养他们的独立思考能力。四是保障数据安全与隐私，在使用 AI 驱动的互动平台时，应严格遵守数据保护法规，确保学生个人信息和创作成果的安全与隐私得到妥善保护。五是加强师生互动，虽然 AI 技术能够提供便捷的交流平台，但教师应保持与学生的密切互动，关注他们的学习进展和心理状态，及时给予指导和支持。

五、后测

后测的目的在于全面评估学生在参与式学习活动后的学习成效，特别是对其知识与技能掌握程度的检验。通过生成式人工智能的辅助，后测不仅提供了一个量化学生进步的工具，还能够通过个性化的反馈与建议，为学生指明后续学习的方向，促进其持续成长和发展。后测的具体目的包括 4 项：一是量化学习成效。后测通过一系列精心设计的题目，对学生在参与式学习活动中所学到的知识和技能进行全面检测，以量化的方式展现学生的学习成效。二是诊断学习问题。通过分析后测结果，可以发现学生在哪些方面存在不足或误解，诊断出学习中的具体问题，为后续的教学改进提供依据。三是提供个性化反馈。基于后测结果，生成式人工智能能够为学生提供个性化的反馈与建议，帮助他们认识自己的优势与不足，明确下一步的学习目标和方向。四是激励与引导。正面的后测结果可以激励学生继续努力，而针对不足之处的反馈则可以引导学生采取有效措施进行改进，激发他们的学习动力和潜能。

具体的实施内容如下。

（一）设计后测试题

根据参与式学习的内容和目标，设计一套涵盖关键知识点和技能的后测试题。这些题目应具有一定的层次性和挑战性，以全面评估学生的学习成效。

（二）进行后测

在完成参与式学习后，组织学生进行后测。学生可以通过在线平台或纸质试卷等方式完成测试，并提交给系统或教师进行批改。

（三）分析测试结果

利用生成式人工智能对测试结果进行自动分析和处理，统计学生的得分情况、错题分布等信息，并生成详细的测试报告。

（四）提供个性化反馈

根据测试报告，生成式人工智能为学生提供个性化的反馈与建议。这些反馈可以包括针对错题的解析、学习方法的建议、下一步学习资源的推荐等。

（五）制订后续学习计划

基于后测结果和个性化反馈，学生可以与教师共同制订后续的学习计划。计划应明确学习目标、学习内容和时间安排等要素，以确保学生能够在正确的方向上持续进步。

另外，在实施时，需要注意以下几点：一是确保测试公正性，后测试题的设计应确保公正、客观，避免任何形式的偏见和歧视。同时，测试过程应严格监控，防止作弊行为的发生。二是关注个体差异，在分析测试结果和提供个性化反馈时，应充分考虑学生的个体差异和兴趣偏好。不同学生可能需要不同的反馈方式和建议才能取得最佳效果。三是鼓励积极反思，后测不仅是对学生学习成效的检验，也是一次重要的学习反思机会。教师应鼓励学生积极反思自己的学习过程和结果，从中总结经验教训并调整学习策略。四是保护学生隐私，在处理测试结果和反馈时，应严格遵守相关法律法规和伦理规范，确保学生的个人隐私得到妥善保护。任何涉及学生个人信息的数据都应加密存储并限制访问权限。五是持续跟踪与调整，后测不是一次性的活动而是教学过程中的一个重要环节。教师应持续关注学生的学习进展并根据后测结果及时调整教学策略和计划以确保教学目标的顺利实现。

六、小结

小结的目的在于通过生成式人工智能的智能总结功能，高效地回顾并巩固本节课的学习内容，同时促进学生对学习过程的反思与自我评估。这一过程旨在加深学生对知识点的理解，提升记忆效果，并为后续学习提供清晰的导向。此外，通过分享学习心得与感悟，还能增强班级内的知识共享与情感交流，营造积极向上的学习氛围。

具体实施方式，举例如下。

（一）智能总结生成

在课程结束前，教师启动生成式人工智能的智能总结功能。AI 自动分析课堂记录、学生互动等数据，快速整理出本节课的关键知识点、难点解析、精彩瞬间等内容，并生成图文并茂的总结报告。

（二）个性化学习报告

AI 根据学生的课堂参与度、答题情况、互动表现等数据，生成个性化的学习报告。报告中包含学生的学习亮点、待提升领域、学习建议等内容，帮助学生明确自身的学习状况与努力方向。

（三）分享与交流

教师组织学生进行学习心得与感悟的分享活动。学生可以口头表达或提交书面材料，分享自己在本节课中的学习收获、遇到的困难及解决方法等。同时，鼓励学生相互提问、讨论，促进知识的深入交流与理解。教师应营造开放、包容的氛围，鼓励学生积极参与并表达自己的观点与感受，让学生敢于发言、乐于分享。

（四）反馈与调整

教师根据学生的分享与 AI 生成的学习报告，给予及时的反馈与指导。针对共性问题进行集体讲解，针对个性问题提供一对一的辅导建议。同时，根据学生的学习情况与反馈意见，调整后续的教学策略与计划。

另外，在实施时，需要注意以下几点。一是确保数据准确性，在使用生成式人工智能进行智能总结时，应确保课堂记录、学生互动等数据的准确性与完整性。避免因数据错误导致总结报告的不准确或误导性。二是保护学生隐私，在生成个性化学习报告时，应严格遵守相关法律法规与伦理规范，确保学生的个人隐私得到妥善保护。避免泄露学生的个人信息或敏感数据。三是关注个体差异，在给予反馈与指导时，应充分考虑学生的个体差异与需求。针对不同学生的学习状况与特点，提供个性化的建议与帮助。四是持续跟踪与评估，小结不仅是本节课的结束，也是后续学习的起点。教师应持续关注学生的学习进展与变化，并根据实际情况调整教学策略与计划。同时，定期评估小结活动的实施效果与影响，不断优化与改进。

BOPPPS 模型有效推动参与式互动学习，其教学流程条理分明，核心在于教师指导、学生主体地位及实践训练。该模型分为课前预习引导、课中辅助学习、课后监督反馈三阶段，保障学习过程的连贯性。同时，实施多元化考核机制，并确保考核流程可追溯。附图展示了在教学环节中，AIGC 技术如何赋能古诗词教学的具体实践参考内容。

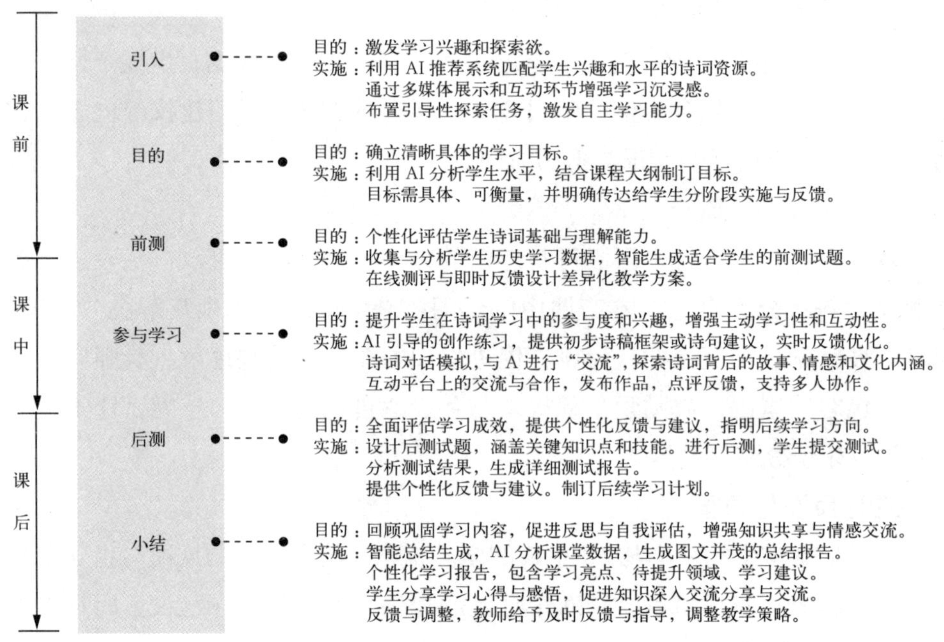

图 4–1　BOPPPS 混合模式古诗词教学环节

通过对 6 个关键教学环节的讨论，不难发现当生成式人工智能融入这一模式时，其优越性尤为显著，具体体现为 5 个方面。

1. 教学流程的精准高效：BOPPPS 模式的 6 个阶段为古诗词教学构建了坚实的框架，而生成式 AI 的加入则使这一框架的执行更加精准无误。从引人入胜的开场，到明确的学习目标，再到细致的前测、深入的参与式学习、及时的后测反馈，直至全面的总结回顾，每一步都紧密相连，确保了教学流程的顺畅与高效。

2. 个性化学习体验的升级：借助生成式AI的智能分析与个性化推荐能力，BOPPPS 混合模式能够精准匹配每位学生的学习需求。无论是通过前测了解学生的基础，还是在学习过程中动态调整教学内容，都能确保每位学生获得最适合自己的学习路径和资源，提升了学习满意度与效果。

3. 互动与参与的深度增强：参与式学习是 BOPPPS 模式的核心，而生成式 AI 的应用则极大地丰富了互动形式。AI 驱动的诗词创作、虚拟对话、在线互动平台等，不仅激发了学生的学习兴趣，还促进了师生、生生之间的深度交流与合作，让古诗词学习变得生动有趣。

4. 评估与反馈的精准高效：前测与后测在 BOPPPS 模式中至关重要，生成式 AI 的加入使得评估过程更加科学、反馈更加个性化。AI 能够迅速分析学生的学习数据，提供针对性的反馈与建议，帮助学生及时发现问题、调整学习策略；同时，也为教师提供了客观、全面的教学评价依据。

5. 知识巩固与迁移的促进：在总结回顾阶段，生成式 AI 的智能总结功能帮助学生系统地梳理所学知识，构建完整的知识体系。更重要的是，AI 鼓励学生将所学知识应用于实际创作中，促进了知识的巩固与迁移，实现了从理论到实践的跨越。

在古诗词教学的领域，生成式人工智能与 BOPPPS 混合模式的深度融合，为传统诗词教学注入了新的活力与效率。这种创新的教学模式，不仅保留了 BOPPPS 框架的清晰结构与高效流程，还巧妙地融入了生成式人工智能的先进功能，使得古诗词学习变得更加生动有趣且个性化。

第四节 基于 EDIPT 模型的古诗词教学模式

EDIPT 模型，作为一种设计思维模型，为古诗词教学领域带来了全新的视角与路径。该模型通过同理心（empathize）、需求定义（define）、创意构思（ideate）、原型开发（prototype）、测试验证（test）这五个紧密相连的阶段，为古诗词教学的系统设计与持续优化提供了坚实的框架。

在同理心阶段，教师深入探索学生对古诗词的情感共鸣与学习障碍，为教学目标的精准设定奠定了情感与认知的基础。随后的需求定义阶段，教师则聚焦于学生应掌握的核心古诗词知识与鉴赏技能，确保教学内容与学生的实际需求高度契合。进入创意构思阶段，AIGC 技术的引入为教学创新注入了新的活力。教师充分利用 AI 技术的优势，可以设计出诸如 AI 生成诗词注释、意境深度解析等智能教学工具，以及基于 AI 的诗词创作大赛、虚拟历史场景重现等富有创意的教学活动，旨在激发学生的内在学习动机与创造力。原型开发阶段，教师依据创意构思阶段的灵感与构想，精心制作教学课件、活动指南等原型材料，并在小范围内进行试点测试。在此过程中，AIGC 技术的辅助使得教学材料的快速生成与迭代成为可能，显著提升了教学效率。测试验证阶段，教师细致观察学生的学习反应与成果，通过收集与分析数据，全面评估教学方法的实效性。同时，AIGC 技术的实时数据分析功能为教师提供了精准的教学反馈与改进建议，助力教学质量的持续优化。

EDIPT 在面向创新和问题解决的学习环境中能够展现出尤为卓越的适用性，其在培育学生创新意识方面具备独特的优越性。该教学模式深刻体现了对学生积极参与及项目实际执行的重视，通过一系列精心设计的实践活动，学生不仅能够深化对理论知识的理解和掌握，还能在解决真实问题的挑战中激发创新思维，进而推动个人能力和团队协作能力的全面发展。EDIPT 通过构建项目驱动的学习框架，为学生搭建了一个将理论知识与实际操作深度融合的平台，能明显促进创新教育与问题解决技能的有效发展。

这一教学模式的革新，不仅深刻践行了以学生为中心的教学核心理念，全面关注学生的情感需求与兴趣点，更积极倡导教学创新与实验精神，致力于探索并实施最适合学生个性化发展的教学路径。与此同时，AIGC 技术的深度融入，无疑为教学效率与质量的双重飞跃提供了强大助力。下面以辛弃疾《永遇乐·京口北固亭怀古》为例阐述 AIGC 赋能的 EDIPT 古诗词教学模式。

一、同理心

辛弃疾的《永遇乐·京口北固亭怀古》凭借其深邃的历史省思、个人情感的细腻抒发以及对家国情怀的深刻寄托，跨越了时空的鸿沟，在英雄迟暮的哀婉、家国情怀的炽热、历史兴衰的感慨以及理想与现实冲突的挣扎等维度上，展现了与当代人情感共鸣的广泛可能性。为了精准锚定学生的学习需求与兴趣焦点，科学设定教学目标，有必要深入剖析学生对古诗词的情感联结与学习障碍，为教学活动奠定坚实的情感认知基础。

在实际教学中，教师可充分利用 AIGC 技术，通过以下策略优化教学效果。

（一）初步互动诊断

利用 AI 聊天机器人或定制化在线教学平台，设计引导性开场白，鼓励学生分享对辛弃疾及其《永遇乐·京口北固亭怀古》的初步认知与感受。AI 系统即时解析学生反馈，初步评估学生的既有知识框架与兴趣导向，为后续教学提供数据支持。

（二）兴趣深度挖掘

接着，采用 AI 驱动的问卷调查或互动式话题探讨，细致探究学生对词中特定意象（如“千古江山”“英雄无觅孙仲谋处”）、历史事件（如六朝古都的沧桑变迁）或情感抒发（如壮志未酬的悲凉）的关注点。AI 系统自动归类并综合分析反馈，生成详尽的学生兴趣分析报告，为教学内容的定制化提供依据。

（三）学习动机精准评估

基于学生的回答，结合 AI 的情感识别与学习动机分析模型，进一步评估驱动学生学习该词作的内在动力，比如，对历史文化的探究欲、对英雄主义的向往或是对文学艺术的审美追求。这一评估结果有助于教师设计出更能激发学生兴趣、贴合其学习动机的教学策略与方法，如通过历史情境的模拟、英雄人物的对比分析或艺术表现手法的探讨等，以提升教学互动性与有效性。

通过上述步骤，教师不仅能更有效地捕捉学生的兴趣点与学习难点，还能利用AIGC技术的智能化优势，精准施教，促进学生对《永遇乐·京口北固亭怀古》乃至整个古诗词文化的深入理解与情感共鸣。

二、需求

在EDIPT教学模式的共情阶段之后，教师需要基于所洞察的学生需求和兴趣点，科学地定义课程的学习目标，并充分利用AIGC技术的赋能，确保教学内容能够精确对接学生的实际需求，重点聚焦于核心古诗词知识与鉴赏技能的掌握。以下是实现这一目标的具体策略与方法，结合实例进行详细阐述。

（一）需求导向的学习目标设定

在共情阶段，教师需通过细致的观察与深入的反馈收集，准确把握学生对辛弃疾及其作品的认知程度、兴趣偏好以及在学习《永遇乐·京口北固亭怀古》时遇到的具体难点。基于此，教师应进一步细化学习目标，确保这些目标既遵循课程标准，又紧密贴合学生的实际需求。例如，针对学生在理解词中历史背景方面的不足，可设定“深入理解《永遇乐·京口北固亭怀古》中六朝古都历史变迁”的明确目标；针对意象运用上的难点，则可制定“准确解析词中‘千古江山’‘英雄无觅孙仲谋处’等意象所蕴含的情感与象征意义”的具体目标，以此为后续的教学活动提供清晰的方向与坚实的依据。

（二）AIGC辅助的内容定制

教师在内容生成与优化方面，可以充分利用AIGC技术，依据设定的学习目标，精准地辅助生成或优化相关教学材料。这些材料需涵盖对《永遇乐·京口北固亭怀古》的深度解读、历史背景介绍、意象解析及情感鉴赏等多个层面，以确保内容的全面性、精准性和易于学生理解。具体而言，通过AI技术的巧妙运用，可以自动生成包含详细注释、译文、六朝古都历史背景资料及诗词意象解析的电子版讲义，以及融合历史场景再现、意象动画演示等多媒体元素的互动式教学课件，极大地丰富了教学手段，提升了教学效果。此外，AIGC 技术还能根据学生的个性化学习需求，智能推送定制化的学习材料。例如，对于喜欢阅读的学生，可以推送包含详尽注释和背景解读的《永遇乐·京口北固亭怀古》电子书；而对于偏好视觉学习的学生，则可以推送包含精美插图、历史场景动画及意象动态演示的视频教程，满足不同学习风格学生的需求，促进他们的深度学习。

（三）个性化学习路径设计

智能推荐系统，能够基于学生的兴趣和需求差异，精心设计个性化的学习路径。具体而言，对于热衷于历史背景探索的学生，智能推荐系统会提供包含历史场景再现和人物传记的纪录片或电子书，以满足他们对《永遇乐·京口北固亭怀古》中六朝古都历史变迁深入了解的渴望；而对于偏好互动学习的学生，则会推荐包含互动问答、虚拟历史场景体验等功能的在线学习平台，以增强他们的学习参与度和体验。此外，在学习过程中，AIGC 技术还能根据学生的学习进度和实时反馈，灵活调整学习路径。例如，当学生在理解某个意象或情感表达上遇到瓶颈时，系统会智能推荐相关的补充材料和针对性练习，助力他们突破难关；而当学生在某个领域展现出浓厚兴趣时，则会进一步推荐更多相关的学习资源和拓展活动，以激发他们的学习潜能和兴趣。

（四）实时反馈与教学策略调整

在教学过程中，AI 技术发挥着至关重要的作用，它能够实时收集学生的学习数据，包括参与度、正确率、学习时间等关键指标，为教学提供全面的数据支持。通过对这些数据的深入分析，教师可以实时监测学生的学习成效，及时洞察潜在的学习问题。例如，当 AI 数据分析显示学生在理解《永遇乐·京口北固亭怀古》中“千古江山”这一意象时存在普遍困难，教师便可以迅速调整教学策略，增加对该意象的详细解析和互动练习，以帮助学生更好地掌握其内涵。同样，当学生在某个知识点的正确率较低时，如对于词中历史背景的理解不够深入，教师则可以依据数据反馈，重新设计教学材料，或引入额外的辅导资源，如历史背景讲解视频或互动问答环节，以提升学生的学习成效。这种基于数据的精准教学策略调整，有助于实现个性化教学，确保每位学生都能获得最适合自己的学习体验。

通过上述方法，教师能够精准定位学习目标，借助 AIGC 的赋能，为学生提供个性化、高效且富有深度的古诗词学习体验。

三、创想

在创新教学方法的探索初期，教师应巧妙运用 AIGC 技术激发学生的创造力，推动教学革新。为此，可组织一次“共创创新教学法”头脑风暴会议，聚焦《永遇乐·京口北固亭怀古》的教学创新。会议筹备时，利用生成式 AI 工具（如 AI 创意激发器）预设关键词和主题，如“历史背景”“意象深度解析”“情感共鸣鉴赏”，为会议提供灵感源泉，奠定创意基础。

会议期间，鼓励学生围绕关键词自由畅想，提出案例研究、角色扮演、互动问答等创意教学活动。借助 AI 写作助手等生成式 AI 功能，快速将创意转化为详尽的教学计划。教师需扮演引导者和支持者角色，促进创意交流融合，形成既创新又贴近教学目标的初步方案。同时，利用 AI 技术的实时反馈功能，为学生提供即时指导和优化建议。

创意收集后，运用 AI 分析工具进行筛选评估，基于学生数据、兴趣偏好及教学目标，智能识别最具吸引力和实践可行性的创意。据此挑选最优方案，与学生共同确定最终教学方法和活动方案。实施过程中，鼓励学生积极参与准备与实施，通过实践检验和完善方案。此举不仅激发了学生的创新思维和实践能力，还使教学活动更加贴近学生需求，提升教学效果。整个过程中，AIGC 技术不仅为教师提供了创新工具，也为学生参与教学创新开辟了路径，促进了教学相长的良性循环。

四、原型制作

在原型制作阶段，为了开发教学材料和活动的初步版本，教师可以依据创意构思阶段的灵感与构想，采取以下具体方法。

首先，教师需整理并提炼创意构思阶段产生的灵感与构想，明确教学目标和活动设计思路。随后，借助 AIGC 技术，如 AI 课件生成器、即梦 AI 等，开始制作教学材料的原型。这些原型可以包括多媒体课件、案例研究文档、词句所展现的意向图片、活动指南等，旨在以直观、生动的方式呈现《永遇乐·京口北固亭怀古》的文学魅力与教学要点。在制作过程中，教师应充分利用 AIGC 的内容生成能力，以提高原型制作的效率和质量。同时，教师还需保持对原型的把控力，确保教学材料的准确性和针对性。

完成原型制作后，教师应选择一个小规模的试点班级进行测试。测试过程中，教师应观察学生在使用教学材料时的反应，收集他们对课件、案例研究文档和活动指南的反馈意见。这些反馈可以包括学生对材料的理解程度、兴趣度以及在实际应用中的困难等。

小规模测试结束后，教师应及时整理和分析反馈数据，评估原型的可行性和有效性。根据评估结果，教师可以对原型进行必要的调整和优化，以确保教学材料和活动更加符合学生的需求和教学目标。

通过这一系列的原型制作与测试过程，教师可以为后续的正式教学打下坚实的基础，确保教学更加生动、有效。

五、测试

在优化与验证教学原型的过程中，教师需充分利用 AIGC 技术的优势，结合实际教学场景部署经过深思熟虑设计的原型材料与活动。这些原型紧密贴合教学内容，涵盖多媒体演示、互动问答及人机协同讨论等多元化手段，旨在激发学生的学习兴趣并促进深度学习。通过智能课堂分析系统，教师可以实时追踪并记录学生的学习反应与成果，为评估教学方法的有效性提供数据支撑。这一过程不仅确保了教学原型的实用性与针对性，也为后续的迭代优化奠定了坚实基础。

为了验证教学原型的有效性与可行性，并推动其在实际教学中的应用，教师需要建立一套系统化的教学评估机制。这一机制应具备定期性与规范性，通过定期收集和分析学生的学习成效数据，如理解深度、记忆保持度及情感体验等，来精准把握学生的学习动态与需求变化。在此基础上，教师应及时且灵活地调整教学方案，包括内容选择、方法优化及节奏把控等，以确保教学方案始终与学生的学习状态保持同步。这一过程体现了以学生为中心的教学理念，确保了教学方案能够持续适应学生的学习需求。

在推广古诗词教学方案时，依据 EDIPT 模式对典型诗词进行实践验证是至关重要的一步。通过这一验证过程，教师可以确认教学原型的有效性与可行性，为后续全面推广奠定坚实基础。同时，对调整后的方案进行再次效果评估，验证改进措施的有效性与针对性，形成一个自我驱动、持续改进的良性循环。这一过程不仅促进了古诗词教学质量的持续提升，也为学生的个性化学习与全面发展提供了有力支撑。通过这一系列严谨的流程与策略，教师可以更加有效地推动古诗词教学的创新与发展。

EDIPT 教学模式作为古诗词教学的新思路，通过同理心、需求定义、创意构思、原型开发、测试验证五阶段，为教学提供了系统性框架。该模式以学生为中心，深入探索学生需求，结合 AIGC 技术，如 AI 生成诗词注释、意境解析、智能角色对话等，激发学习动机与创造力，能显著提升教学效率与质量。同时，EDIPT 鼓励教学创新与个性化路径探索，为古诗词教学开辟广阔空间。然而，该模式高度依赖技术，对教师的 AI 技术知识与应用能力提出要求，且实施难度较大，需教师具备较高教学设计与管理能力。总体而言，EDIPT 教学模式应用于在古诗词教学领域具有一定的显著优势，但也面临技术依赖与实施难度等挑战，需在实践中不断完善与优化。

第五节　多角色对话式教学模式

一、教学模式的理论基础

知识建构理论作为教育学领域的核心理念，着重阐述了学习的深层机制——它是一个由学生主动探索、自我发现，并积极构建知识意义的过程。这一理论不仅强调了个体在学习活动中的中心地位，而且倡导实施以学习者为中心的教学模式，为教育实践提供了坚实的理论支撑。在古诗词教学的具体情境中，知识建构理论的应用显得尤为重要。它指导学生通过自主探索，深入挖掘古诗词的文化内涵与艺术价值，实现对诗词的深度理解和鉴赏能力的提升。正是基于这一理论，古诗词教学不再仅仅是知识的传授，而是转变为学生主动参与的、意义丰富的学习活动。随着生成式人工智能技术的兴起，这一理论框架下的古诗词教学获得了更为丰富的资源和创新的辅助手段，进一步促进了教学模式的现代化与个性化，使得古诗词教育的深度和广度都达到了新的高度。

在古诗词教学的实践中，AIGC 技术的应用展现了其独特的优势。学生不再局限于传统的文本阅读和背诵，而是能够借助 AIGC 技术创作多样化的古诗词内容，包括仿写、改写、创作等，这不仅拓宽了学习的边界，还促进了学生对古诗词意境、韵律和表达手法的深入理解和灵活应用。例如，学生可以利用 AIGC 技术提供的古诗词生成工具，尝试模仿唐代诗人的风格创作一首关于春天的诗，通过对比和分析，更好地理解唐代诗歌的特点和魅力。此外，AIGC 技术的即时解答功能，能够迅速回应学生在学习过程中遇到的疑问，如某个词汇的含义、某种修辞手法的运用等，帮助学生及时梳理知识体系，巩固学习成果。

更为重要的是，AIGC 技术通过多模态数据的采集与分析，能够精准描绘学生的学习状态与偏好，进而提供定制化的古诗词学习资源。这种基于大数据的个性化学习方案，实现了学习资源的精准匹配，确保了每位学生都能在适合自己的节奏和方式下，获得最大化的学习效益。例如，对于喜欢视觉学习的学生，AIGC 可以提供古诗词的配图或动画，帮助他们更直观地理解诗歌的意境；而对于偏好听觉学习的学生，则可以提供古诗词的朗诵音频或配乐，增强他们的学习体验。

AIGC 的引入，让人机协同理念在古诗词教学中同样展现出了强大的生命力。它强调人类与机器在协同作业中的相互协作与补充，旨在最大化发挥双方的优势。在古诗词创作的过程中，人类负责提供创意灵感、情感表达和审美指导，而生成式 AI 模型则基于这些人类输入，进一步生成符合古诗词风格和韵律的作品。这种人机协同的模式，不仅提高了古诗词生成的效率和质量，还促进了人类创造力与机器智能的深度融合。例如，学生可以与 AIGC 技术合作，共同创作一首关于秋天的诗，学生提供主题和情感方向，而 AI 则负责生成符合要求的诗句，最终的作品既体现了学生的创意和情感，又保留了古诗词的韵味和美感。

对话式教学法在古诗词教学中也发挥着重要作用。它强调师生间的平等交流，并鼓励学生自主探究，以问题为导向。在教学活动中，教师作为引导者，通过师生间、学生间以及师生与古诗词内容间的对话，推动教学进程，旨在促进学生的知识建构和思维深化。对话式教学法不仅有助于培养学生的沟通能力和团队协作能力，还能激发学生的学习兴趣和创造力。

在古诗词的对话式教学中，生成式人工智能发挥着关键作用。它能够模拟人类的对话模式，与学生进行流畅的互动与交流，营造一个自然的学习情境。例如，学生可以与 AIGC 技术提供的虚拟诗人进行对话，探讨古诗词的创作背景、意境表达和艺术特色等话题，这种基于人工智能的对话式教学，不仅提高了教学的互动性和趣味性，还促进了学生对古诗词的深入理解和应用。此外，生成式人工智能还能利用对话数据深入分析学生的学习需求和当前学习状态，为教师提供精确的教学反馈和有针对性的策略建议。这种基于数据分析的决策支持机制，有助于教师精准调整教学策略和方法，实现教学方案的持续优化。例如，教师可以根据学生的学习进度和兴趣点，调整古诗词的教学内容、难度和形式，以更好地满足学生的学习需求。

生成式人工智能为知识建构提供了丰富的资源和工具，为人机协同提供了高效的协作平台和智能支持，为对话教学提供了自然的交互方式和数据驱动的教学决策。在生成式人工智能的推动下知识建构理论、人机协同理论、对话教学实现了相互融合和相互促进。

在古诗词教学中，人机协同多角色对话教学模式依托 AIGC 技术，构建一个虚拟的对话情境。学生分饰诗人、读者、评论家及学伴等多元角色，与虚拟人物或教师实时互动。这种教学模式不仅强调了互动合作与探究学习的重要性，还深度激发了学生对古诗词的学习热情。通过扮演不同的角色，学生能够更加深入地理解古诗词的意境和情感表达，提升其诗词素养与鉴赏能力。同时，多角色对话模式还促进了学生之间的交流和合作，有助于培养他们的团队协作能力和批判性思维能力。通过人机协同多角色对话模式的教学实践，学生不仅能够实现知识的内化与素养的提升，还能在智能化的学习环境中体验到学习的乐趣和成就感。

二、“多角色”的双重内涵

在探讨人机协同的多角色古诗词对话教学模式时，我们需要深入剖析“多角色”这一核心概念所蕴含的丰富内涵与深远意义。在此教学模式中，“多角色”不仅指涉了学习者在对话过程中的主动参与和角色选择的灵活性，还体现了对话教学系统中智能角色的多样性与互动性。这两重含义共同构成了人机协同多角色古诗词对话教学的核心特征，为学习者提供了一个既富有挑战性又充满乐趣的学习环境。

首先，从学习者的角度来看，多角色赋予了他们在对话过程中的高度自主性与参与度。在古诗词的对话教学中，学习者不再是被动的接受者，而是可以主动选择并扮演不同角色的积极参与者。这种角色选择的灵活性，不仅满足了学习者个性化学习的需求，还激发了他们探索古诗词文化的兴趣与热情。学习者可以根据自己的兴趣、能力或学习目标，选择成为诗人、评论家、学者等不同的角色，与系统中的其他角色或智能角色进行深入的对话与交流。这种角色扮演的方式，不仅有助于学习者更深入地理解古诗词的内涵与意境，还能培养他们的批判性思维、创造力和表达能力。

其次，从对话教学系统的角度来看，多角色体现在系统中可以设置多个智能角色，这些智能角色基于先进的人工智能技术，能够模拟人类的对话模式与思维逻辑，与学习者进行富有深度与广度的古诗词对话。这些智能角色各自拥有独特的性格特征、知识背景及对话风格，能为学习者提供多样化的交互体验与学习情境。例如，有的智能角色可能擅长解读古诗词的意象与意境，有的则可能更专注于分析诗词的修辞手法与语言特点。通过与这些智能角色的对话，学习者能够在更广泛的知识领域内探索古诗词的奥秘，同时锻炼自己的思维能力和语言表达能力。

最后，人机协同的多角色古诗词对话教学还强调了学习者与智能角色之间的互动与协作。在对话过程中，学习者需要与智能角色进行深入的交流与探讨，共同解决古诗词学习中的难题与困惑。这种互动与协作的方式，不仅有助于学习者构建更加完整和系统的古诗词知识体系，还能培养他们的团队合作精神与社交能力。同时，通过与智能角色的对话，学习者还能获得即时的反馈与指导，及时调整自己的学习策略与方法，提高学习效率与效果。

三、高沉浸与互动的虚拟对话环境

构建虚拟对话环境是教育创新中的关键一环，其重要性不言而喻。此环节旨在为学生打造一个沉浸式的学习场域，促使他们能够深入与古诗词内容、角色及其背后的历史背景进行互动与交流。为营建既真切又引人入胜的学习环境，我们凭借前沿的人工智能技术，精心策划并实施了虚拟对话环境的构建工作。

具体而言，该环境的构建涵盖了虚拟角色的刻画、对话场景的布置以及多样化交互方式的设计等多个维度。在虚拟角色的塑造上，力求赋予其鲜明的个性特征和行为模式，以逼真地模拟真实的人际交往情境；在对话场景的搭建上，紧密结合古诗词的文化意蕴和情境设定，力求营造出浓厚的历史文化氛围，使学生能够身临其境地感受古代文化的魅力。

在交互方式的设计层面，我们尤为注重提升用户体验的自然性和流畅性。为此，我们充分利用语音识别、手势控制等先进的交互技术，以实现学生与虚拟环境之间的高效、便捷的互动。通过这种方式，不仅能够充分吸引学生的注意力，还能有效激发他们的学习兴趣，使他们在与虚拟角色的对话与互动中，更深入地理解和体会古诗词的精髓。

（一）技术选择考量

构建虚拟对话环境不仅依赖于先进的AIGC技术，还可融合虚拟现实（VR）与增强现实（AR）等前沿技术，以创造出高度逼真的三维场景，实现动态交互与智能反馈，进而显著优化学生的学习体验。借助头戴式显示器等沉浸式设备，学生能够仿佛穿越时空，亲身步入古诗词所勾勒的生动场景，与精心设计的虚拟角色展开面对面的深度交流。

增强现实技术则进一步拓展了学习边界，它能够在现实世界的基底上无缝叠加虚拟信息。例如，将古诗词内容转化为引人入胜的3D动画，或将虚拟角色自然地融入现实环境之中，营造出虚实交融、相得益彰的学习情境。这种技术不仅丰富了学习内容的呈现形式，还极大地提升了学习的趣味性和互动性。

在选定技术平台时，需全面考量平台的兼容性、易用性和可扩展性。兼容性确保不同设备与系统间的无缝对接，为广泛的学生群体提供一致且流畅的学习体验；易用性则关乎用户界面的友好程度，旨在降低技术门槛，使学生能够轻松上手并专注于学习内容；可扩展性则意味着平台能够随着教学需求的变化而灵活调整，确保虚拟对话环境能够持续适应并服务于多样化的教学场景与未来发展趋势。综上所述，合理选择并整合这些技术，对于构建高效、灵活且富有吸引力的虚拟对话环境至关重要。

（二）场景设计与角色塑造

在构建虚拟对话环境的过程中，精心设计场景与角色是激发学生兴趣与提升参与度的不二法门。为确保设计的精准性和真实性，我们可以从历史文献、艺术作品及影视作品等丰富资源中汲取灵感与素材。

场景设计需紧密围绕古诗词的具体内容与历史背景展开，力求打造一系列栩栩如生的场景，诸如古色古香的庭院、壮丽秀美的山川湖泊、庄严巍峨的宫殿庙宇等。这些场景不仅要具备高度的视觉审美价值，更要能够深刻传达古诗词所蕴含的意境与情感，使学生在身临其境中感受古人的情怀与哲思。如，如学习《望庐山瀑布》，AI可以生成一个三维的庐山模型，学生戴上VR眼镜，就能仿佛亲身站在瀑布前，感受那“飞流直下三千尺，疑是银河落九天”的壮观景象。这种在虚拟现实中游历诗词中所描绘场景的学习方式，不仅增强了学生的空间感知能力，也让诗词的意境之美更加直观可感。

在角色塑造方面，可以创建多元化的虚拟角色体系，涵盖诗人、读者、评论家以及历史背景解说员等多种身份。每个角色都应被赋予鲜明的个性特征与独特的行为模式，以确保学生能够更好地理解和融入角色，在对话与交流中深化对古诗词及其文化背景的认知。通过这样细腻入微的角色设计，我们旨在为学生营造一个既富有教育意义又充满趣味性的虚拟学习环境，促使他们在互动与体验中实现知识的内化与能力的提升。

（三）交互机制与反馈系统

在构建虚拟对话环境的交互机制与反馈系统时，必须审慎权衡用户体验与教学效果，确保学生在一个既轻松愉悦又富有成效的环境中学习古诗词。这两个系统的设计与实施，是衡量虚拟对话环境有效性的核心标准。

对于交互机制而言，关键在于设计自然、直观且多样化的交互方式，诸如语音对话、手势识别以及触控操作等。这些交互手段应能够无缝融入学习流程，支持学生与虚拟角色进行即时、动态的互动，为学生提供丰富多元的学习体验。这些设计不仅有助于提升学生的参与度，还能在互动中深化他们对古诗词内容的理解与感悟。

在反馈系统的构建上，我们需建立智能、个性化的反馈机制，根据学生的输入、表现及学习需求，提供精准、有针对性的反馈与指导。反馈内容应涵盖知识讲解、技巧提示以及情感共鸣等多个维度，旨在全方位地辅助学生掌握古诗词知识，提升他们的鉴赏能力与审美情趣。通过智能反馈机制，我们不仅能够及时纠正学生的错误，还能在正向激励中激发他们的学习兴趣与潜能，最终实现教学效果与用户体验的双重优化。

（四）内容整合与教学资源

在构建虚拟对话环境的过程中，整合古诗词教学内容与相关资源是不可或缺的一环。这一步骤要求精心挑选并融合内容，确保其既准确又丰富，以满足不同学习风格与能力水平学生的需求。

在内容整合层面，应全面考虑将古诗词的原文、详尽注释、准确译文以及深度赏析等核心教学资源无缝融入虚拟对话环境中。这样的设计使得学生在与虚拟角色的互动过程中，能够随时查阅与学习，深化对古诗词的理解与感悟。同时，通过提供多层次的学习材料，能够满足不同学习阶段与兴趣偏好的学生需求，促进他们的个性化成长。

在教学资源的选择上，应充分利用视频、音频、图片等多媒体资源，以丰富虚拟对话环境的表现形式与内容深度。这些多媒体资源不仅能够以直观、生动的方式展现古诗词的意境与情感，还能有效激发学生的好奇心与学习热情，提升他们的参与度与学习效果。精心策划与整合这些资源，可以为学生打造一个既富有教育意义又充满趣味性的虚拟学习环境，使他们在轻松愉快的氛围中掌握古诗词知识，培养对传统文化的热爱与传承意识。

四、促进人机深度交流与有效学习的策略

AIGC 技术已具备精准解析人类指令及情感的能力，确保了对话的自然流畅，为深化人机交流与提升学习效率奠定了坚实基础。在此基础上，推动人机深度互动与高效学习的核心策略，旨在构建一个集智能化、高度互动性与个性化特征于一体的学习系统。通过优化个性化学习资源、强化学习过程的智能分析与实时干预，这些关键策略的实施将极大促进人机间的深度沟通，确保学习进程的有效推进。

（一）个性化学习资源的优化策略

个性化学习资源优化策略的核心在于精准构建与运用学习画像。学习画像，作为对学习者学习特征、习惯及兴趣的深度综合描述，构成了实施个性化教学的基石。该画像通过细致分析学习者的个体特征、兴趣偏好以及当前学习进度，为定制化学习资源的推送提供了科学依据。

在个性化学习策略下，学习资源不再是“一刀切”的通用内容，而是根据每位学习者的独特需求精心设计与调配。这种定制化的资源分配方式，显著提升了资源的相关性和吸引力，使得学习内容更加贴近学习者的实际需求和兴趣点。通过精准匹配，学习资源不仅能够激发学习者的内在动力，还能有效维持其持续的学习动机与高度参与度。

此外，个性化学习资源的优化策略还强调动态调整与适时反馈。随着学习者学习进程的推进，其学习画像需不断更新，以确保学习资源的持续相关性和有效性。通过实时监测学习成效与反馈，系统能够灵活调整资源分配，进一步促进学习者的个性化成长与发展。

（二）对话教学过程评价策略

学习分析技术通过数据化学习过程、实施量化自我反思与量化学习成效评估，并结合教育数据挖掘的深入探索，以精确评估人机协同下的对话教学活动。此过程的核心在于全面且客观地描绘学习者的学习状态与成效，为教

学决策的制定提供坚实的数据支撑。具体而言，数据化的学习流程使量化自我成为可能，助力学习者清晰洞察自身学习进度与状态；量化学习则引入客观性与可度量性，使学习成效的评估更为精准。同时，教育数据挖掘技术能够从庞大的教育数据集中提炼出有价值的信息，为学习过程的持续优化奠定科学基础[①]。

在深入分析学习内容的维度上，我们采用主题、聚类以及决策树分析等技术手段，旨在精确评估学习者在学习过程中对主题的聚焦程度与连贯性，以及识别任何可能的主题偏离现象。这些深度分析的结果对于教师或智能教学系统而言具有极高的参考价值，它们能够指导我们及时且恰当地调整教学策略，有效地引导学习者重新聚焦于核心学习议题，确保学习过程的有效性。

针对人机对话教学模式下的学习过程评估，关键在于动态监测人机对话，特别关注学习者是否陷入单向知识索取而缺乏必要的认知冲突。若学习者过度依赖机器的知识灌输，缺乏主动思考与质疑精神，其认知冲突水平可能不足，进而影响深度学习。为此，智能学习系统应采用提问策略、引导反思等手段，激发学习者的认知冲突，推动其深度学习的发展。此外，若学习者与机器间的互动仅限于单向社交互动和边缘参与，其学习效果亦可能受限。因此，智能学习系统应积极促进学习者的社会交互参与度，鼓励他们表达个人见解，与其他学习者或机器进行深度交流与讨论，增强学习效果。

（三）对话教学实时干预策略

在古诗词的人机协同对话教学模式中，针对学习者的个性化学习画像，实施适时的学习干预策略显得尤为重要。这一干预机制涵盖学习情感的调控、学习深度的挖掘以及交互环境的优化等多个方面。

针对学习情感的调控，关键在于实时追踪并预测学习者的情感波动，精准引导其情感走向。在古诗词的鉴赏与学习中，深厚的情感投入是理解诗词意境、体会作者情感不可或缺的钥匙。智能系统凭借对学习者语言、表情、语调等多元信息的细致捕捉与分析，能够准确评估其情感状态，并据此灵活调整对话策略。例如，通过提供情感共鸣的反馈、抛出启发深度思考的问题

① 李海峰：《人机协同深度探究性教学模式：以基于 ChatGPT 和 QQ 开发的人机协同探究性学习系统为例》，《开放教育研究》2023 年第 29 期，第 6 页。

等手段，有效激发学习者的积极情感，为深度学习奠定坚实的情感基础。

学习深度的挖掘，则依赖于对会话内容的深度剖析、数量的统计以及趋势的预测。智能系统运用先进的自然语言处理技术，对学习者的对话内容进行细致的主题划分、语义解析，精准识别其认知过程中的冲突点。在此基础上，系统通过提供丰富的补充信息、引导深入讨论等策略，助力学习者破解认知难题，实现知识的有效整合与深化。

交互环境的优化，则聚焦于人与人、人与机之间的社会互动。在古诗词的学习中，学习者间的协作与交流对于共同解决问题、分享学习成果具有积极作用。智能系统通过构建学习社群、提供便捷的在线协作工具等方式，积极促进学习者间的社会互动。同时，系统还通过模拟真实对话场景、提供个性化的反馈与指导等手段，显著提升人机交互的效能，为学习者营造一个更加生动、高效的学习环境。

（四）融合传统与创新并重策略

人机协同的多角色古诗词对话教学，并非意在颠覆传统教学方法，而是旨在与其形成相辅相成、相得益彰的互补关系。在实际教学实践中，我们应当充分吸纳诵读、讲解、讨论等传统教学手段的精髓，并将其巧妙地融入虚拟对话环境中，构建一个优势互补的教学体系。

具体而言，诵读作为感受古诗词韵律之美的有效途径，能够帮助学生直观地把握诗词的节奏与音调；讲解则能深入剖析古诗词的深层含义，引导学生理解诗词背后的文化意蕴与历史背景；而讨论则鼓励学生从不同角度对古诗词进行多元解读，培养他们的批判性思维与创新能力。

将传统教学方法与虚拟对话环境相结合，不仅能够显著提升学生的古诗词学习效果，还能在潜移默化中培养他们的综合素养。这种融合传统与创新的教学模式，既保留了古诗词教学的文化底蕴，又注入了现代科技的活力，为古诗词的传承与发展注入了新的动力。

应用篇

第五章　大语言模型的选用与使用优化

自 OpenAI 推出 GPT 大模型以来,AIGC 领域迎来了前所未有的创新高潮。GPT 凭借其出类拔萃的自然语言处理能力、高效的文本生成技术以及精准的语境理解能力，不仅在技术层面树立了新的标杆，更在 AI 技术的发展历程中镌刻下了浓墨重彩的一笔。面对 GPT 所带来的巨大冲击与机遇，国内外企业纷纷响应，展开了激烈的竞争与深度的合作。在这一过程中，AIGC 的核心能力得到了显著的提升，各类具有独特优势的类似产品如雨后春笋般涌现。这些产品的出现，极大地拓宽了 AIGC 的应用边界，使其在教育、娱乐、媒体等多个领域展现出广阔的应用前景。

在古诗词教学这一特定领域，为了更好地发挥 AIGC 技术的优势，我们有必要对当前的国内外代表产品进行系统的梳理与总结。通过对比分析，我们可以清晰地看到各产品在功能、性能以及用户体验等方面的差异，为我们选择相对合适的技术平台提供有力的依据。正所谓“工欲善其事，必先利其器”，只有选对了工具，我们才能更好地将 AIGC 技术融入古诗词教学，推动教育事业的持续发展。

第一节　百模争艳

在琳琅满目的国内外 AIGC 技术产品中，如何精挑细选，以寻觅最契合古诗词教学的辅助工具，成为一个亟待解决的课题。这要求我们不仅需深入剖析各类产品的性能特征，还需充分考量古诗词教学的特性与需求，经过深思熟虑的综合考量，方能做出明智的选择。

一、国内外大模型概况

在全球人工智能的浩瀚星空中，大模型犹如璀璨星辰，引领着技术创新与行业变革的新航向。在这一领域，多家国际领军企业及其标志性产品，凭借其卓越性能与广泛影响力，树立了行业的标杆。以下是对这些引领潮流的GPT大模型厂家、产品及其鲜明特性的深入剖析。

OpenAI，作为AI领域的先锋，其ChatGPT与GPT-4两大产品交相辉映，展现了非凡的创新力。ChatGPT，根植于GPT-3.5系列，以其流畅自然的对话生成能力，革新了自然语言处理与对话系统的边界，成为推动AIGC浪潮的关键力量，搭建起人类与智能世界沟通的桥梁。GPT-4，作为OpenAI的明星产品，不仅在语言理解、生成与推理上树立了新的高度，更在多模态领域实现了重大飞跃，其跨领域适应性令人瞩目，成为推动AI技术进步的强劲引擎。

谷歌，凭借其深厚的技术积淀与创新精神，推出了Gemini与PaLM两大具有里程碑意义的大型语言模型。Gemini系列涵盖Gemini Ultra，Gemini Pro及Gemini Nano三个版本，分别旨在与OpenAI的GPT-4、GPT 3.5及特定领域的专业模型相媲美。在功能层面，Gemini与GPT系列模型展现出一定的共通性，均能应对复杂的数学运算与GMT逻辑推理等挑战。然而，值得强调的是，Gemini并非GPT的简单复制，而是谷歌基于自身深厚的技术基础，并融合对GPT等前沿模型深刻理解后的独立创新成果。在具体任务执行上，Gemini与GPT各有千秋。尽管在图片识别等特定领域,Gemini可能略逊一筹，但在其他诸多应用场景中，Gemini凭借其独特优势同样大放异彩。PaLM凭借其强大的计算能力与深度学习潜力，在各类复杂场景中均能实现卓越表现。其后续升级版PaLM 2，更是采用了创新的树形结构语言模型设计，这一变革性设计极大提升了模型对文本信息的精细化、准确化与全面化理解能力。相较于传统的序列模型（如GPT），PaLM 2在捕捉语言的层次结构与依赖关系方面展现出非凡实力，进而显著增强了模型的推理能力，为自然语言处理领域树立了新的标杆。

Meta，以 LLaMA 及其商业版 LLaMA2 展现了开源精神在 AI 领域的巨大价值。LLaMA，凭借其高达 6500 亿的参数量与开源特性，吸引了全球开发者的热烈关注，不仅推动了学术研究的深入探索，也为商业应用的创新提供了无限可能。LLaMA2 作为商业版，更是为市场带来了与 OpenAI、谷歌比肩的竞争力，丰富了 AI 市场的选择。

Anthropic 的 Claude 2，则在语义理解与智能体领域独树一帜。该模型深度融合了深度学习与强化学习技术，实现了对复杂语义信息的精准捕捉与高效处理，展现了作为智能体的强大潜力。Claude 2 的出色表现，为 AI 技术的发展注入了新的活力与灵感。

在国内，GPT 大模型领域正迎来前所未有的繁荣期，多家顶尖企业携其创新产品竞相亮相，彰显了中国在人工智能领域的深厚积淀与前瞻视野。

百度推出的文心一言，是基于其强大的文心大模型构建的智能体平台，以其卓越的性能、鲜明的特色与显著的优势脱颖而出。在性能层面，文心一言展现了非凡的自然语言处理能力，无论是应对复杂问题的精准解析，还是维持多轮对话的流畅性，均展现出高度的用户友好性。其高效的计算内核与优化的算法架构，确保了即便在处理大规模数据或复杂任务时，也能保持快速响应与精准输出。特色方面，文心一言支持问答对调优与智能体诊断机制，通过持续学习与自我优化，不断提升服务质量。同时，其高度可定制与可扩展的特性，使得平台能够灵活适配不同行业与场景的需求，实现多样化的应用部署。市场推广与应用层面，百度文心一言大模型凭借卓越的自然语言处理技术及其广泛的适用性，成功吸引了苹果公司的关注，并成为其 iPhone 16、Mac 系统及 iOS 18 中 AI 功能的核心合作伙伴。此外，百度文心一言大模型积极拓展国际合作版图，与多家国际手机厂商携手，致力于为用户提供多元化的 AI 服务体验。特别是通过与三星等企业的战略协作，百度成功地将 AI 技术深度融入通话优化、翻译服务、智能摘要生成及文档排版等多个应用场景，极大地提升了用户的操作便捷性与工作效率。

智谱 AI 的 GLM-4 则以逼近 GPT-4 的卓越性能著称，支持超长文本处理，实现高精度信息召回。其亮点在于增强的多模态能力与智能体定制功能，用户可轻松构建个性化的GLM智能体，满足多样化需求。GLM-4的All Tools能力尤为突出，能够自主理解并执行复杂指令，如数据分析、图表绘制等，大幅降低大模型使用门槛。在中文对齐能力上，GLM-4更是超越GPT-4，为中文用户提供更加精准的服务体验。因此，GLM-4在AI大模型领域占有举足轻重的地位。

阿里巴巴的Qwen-Max与通义千问同样展现了非凡实力。Qwen-Max在性能上紧追行业前沿，特别是在多模态视觉处理方面表现卓越，整体性能媲美GPT-4V等顶尖模型。其强大的智能处理能力与广泛的应用场景，使其能够轻松应对复杂问题并生成高质量答案。通义千问则以丰富的功能与广泛的应用场景著称，如写作、写诗、编程等，为用户提供多元化的智能服务体验。

云雀大模型（Skylark）由字节跳动研发，是一款高性能的AI语言模型，具备卓越的自然语言处理能力和深度学习能力。它能高效完成互动对话、信息获取、内容创作等任务，且支持多轮记忆和角色扮演，满足多样化需求。云雀大模型通过海量语料数据和计算资源训练，具有强大的知识库和逻辑推理能力，可应用于自然语言处理、机器翻译、图像识别等多个领域。其特点在于易于通过API调用集成，降低技术门槛，同时提供丰富的预制应用和定制化选项，满足不同用户场景。云雀大模型的优势在于其高效、灵活且广泛的应用能力，为企业和个人用户提供了强大的AI技术支持，助力业务创新与发展。

科大讯飞的讯飞星火则以卓越的语言理解、知识问答、逻辑推理及数学能力著称，能够高效处理各类复杂任务。其高效数据处理能力与个性化定制服务，满足了不同用户的多样化需求。同时，讯飞星火支持多模态交互，实现了文本、语音、图像等信息的全面融合处理。在数据安全与隐私保护方面，讯飞星火同样表现出色，为用户信息提供全方位的安全保障。

华为盘古大模型则是一款集高性能、多模态、强思维于一体的AI杰作。采用华为自研昇腾处理器，拥有强大的计算能力，能够秒级处理海量数据并实现精准预测。其全系列、多模态、强思维的特点，使其能够精准理解并处理文本、图片、视频等多种模态数据。在气象预报、自动驾驶、工业设计等领域展现出显著的应用成效，为行业数字化转型与智能化升级提供了有力支持。

商汤科技的日日新 SenseNova 5.0 大模型体系则全面对标 GPT-4 Turbo，展现出卓越的综合实力。其文理双修能力显著提升，尤其在知识、数学、推理及代码方面表现出色。支持高清长图解析、文生图交互式生成及跨文档知识抽取等功能，丰富了多模态交互体验。在主流客观评测中达到或超越 GPT-4 Turbo 水平，并完成了“云、端、边”全栈布局，为用户提供灵活高效的 AI 解决方案。

此外，腾讯的混元大模型以低成本、高效率的训练优势赢得市场青睐；京东 Chat JD 聚焦文本、语音、对话与数字人生成四大领域，为电商行业带来智能化新体验；网易玉言大模型则以高达 110 亿的参数规模在语言助手、文本创作等多个领域展现广阔应用前景。这些企业及其产品共同构成了国内 GPT 大模型领域的繁荣生态，推动着我国 AI 技术的持续进步与创新发展。

二、国内外大模型的综合评测

在深度剖析大模型的性能与地位时，各权威评测机构会根据其独特的视角与需求，精心挑选一系列评测指标，这些指标不仅涵盖了语言理解的深度与广度，还涉及代码生成、逻辑推理、任务适应性等多个维度。因此，不同评测机构对 GPT 大模型的排名与评价，往往反映了它们各自在评测侧重点上的不同考量，共同勾勒出 GPT 大模型在多个领域的卓越表现与潜在发展空间。

为提供客观、科学的评测标准，清华大学基础模型研究中心联合中关村实验室研制了 SuperBench 大模型综合能力评测框架。SuperBench 评测体系包含了语义、代码、对齐、智能体和安全等 5 个评测大类，28 个子类。语义评测通过高难度题目组成 4 个维度数据集，采用零样本 CoT 方式评测，计算各维度回答正确题目百分比并取平均值。代码评测涵盖 Java 和 Python，通过比对模型输出与测试样例打分，计算一次通过率。对齐评测评估大模型中文意图对齐度，通过模型打分评测回答质量。中文推理维度考察数学计算和逻辑推理能力，中文语言部分考察 6 个方向表现。智能体评测评估语言模型在实际环境中的性能，通过多轮交互完成任务，采用不同评分方式。安全评测评估大型语言模型安全性，包含多个维度，通过多项选择题测试模型理解和掌握能力，采用 few-shot 生成方式，计算各维度回答正确题目百分比并取平均值，同时计算拒答分数和非拒答分数。

基于以上评测方式，该机构 2024 年 3 月正式发布的《SuperBench 大模型综合能力评测报告》共包含了 14 个海内外具有代表性的模型（见表 5-1）。其中，非开源模型，选取 API 和网页两种调用模式中得分较高的一种进行评测。

表 5–1　参与评测大模型列表

模型	所属机构	调用方式	说明
GPT-4 Turbo	OpenAI	API	gpt-4-0125-preview
GPT-4 网页版	OpenAI	网页	GPT-4 官方网页
Claude-3	Anthropic	API	Anthropic Claude-3-opus-20240229 API
GLM-4	智谱华章	API	GLM-4 开放平台 API
Baichuan3 网页版	百川智能	网页	Baichuan3 官方网页
Kimichat 网页版	月之暗面	网页	KimiChat 官方网页
Abab6	稀宇科技	API	MniMax 开放平台 Aba56 API
文心 - 言 4.0	百度	API	百度千帆平台 Brnie-bot-4 API
通义千问 2.1	阿里巴巴	API	通义千问 qwen-max-longcontext API
qwen1.5-72b-chat	阿里巴巴	API	通义千向开源 qwen1.5-72b-chat
qwen1.5-14b-chat	阿里巴巴	API	通义千向开源 qwen1.5-14b-chat
讯飞星火 3.5	科大讯飞	API	讯 KSparkDesk-v3.5 API
云雀大模型	字节跳动	API	火山引擎 skylark2-pro-4k v1.
Yi-34b-chat	零一万物	API	Yi 开源 Yi-34b-chat 模型

评测结果显示，GPT–4 与 Claude–3 在国际顶尖模型榜单上持续领先，而国内文心一言 4.0 与 GLM–4 紧追不舍，正逐步缩小与国际前沿差距。在国际舞台上，Claude–3 在语义理解与智能体应用方面表现突出。在国内，文心一言 4.0 与 GLM–4 成为佼佼者，通义千问 2.1 等模型亦展现不凡实力，但国内模型在代码编写与智能体应用上仍有显著差距。尽管 GPT–4 在多项任务上表现卓越，但服务对国内用户设限，因此重点关注国内 GLM–4 与文心一言，两者在本土市场表现尤为值得探究。

表 5–2 为文心一言 4.0、GLM–4 与 OpenAI GPT–4 网页版在各评测项目上的评测表现。

表 5–2　评测项目数据表

评测项目	项目子类	文心一言 4.0	智谱 AI GLM-4	OpenAI GPT-4 网页版
语义理解能力	常识知识	67.1	77.3	76.5
	科学知识	77.3	75.2	77.3
	数学	65.5	61.6	57.7
	阅读理解	82.2	80.8	81.9
代码编写能力	Python- 中文	38.9	43. 5	45.8
	Java- 中文	40.5	45.3	52.7
	Python- 英文	46.6	41.5	50.4
	Java- 英文	42.7	45.3	51.1
人类对齐能力	中文推理	7.57	7.14	7. 68
	中文语言	7.91	7. 98	7.87
智能体能力	整体表现	1.17	2.69	3.27
安全评测	安全和价值观表现	89.1	87.5	87.8

数据分析结果表明，文心一言 4.0 在阅读理解（82.2 分）与安全及价值观体现（89.1 分）两个维度上表现卓越，位居前列。同时，其在中文推理与语言处理能力方面亦能与其他同类产品相匹敌，彰显出显著的竞争优势。尽管在智能体功能的完善上仍有进步空间，但鉴于我们对古诗词教育这一特定领域的深切关注，文心一言所展现出的深厚中文底蕴以及在安全及价值观方面的优异成绩，成为我们评估其适用性的重要指标。

中文，作为世界上历史悠久且持续沿用的文字体系之一，蕴含着独特的韵味与丰富的文化底蕴。特别是在古诗词这一文学瑰宝中，音韵的和谐之美、平仄的巧妙安排、对仗的工整严谨等语言艺术手法，将诗歌的韵律之美与形式之雅展现得淋漓尽致。古诗词作为中文文本的精髓所在，以其丰富的诗意内涵、深刻的象征与隐喻手法，为读者营造了一个个意境深远、情感充沛的文学世界。然而，对于 AIGC 技术而言，要准确捕捉并深入剖析古诗词的深层意蕴，提炼出其中的意象元素、情感色彩以及修辞手法，无疑是一项复杂且极具挑战性的任务。这既要求 AIGC 技术具备强大的自然语言处理能力，又需深刻理解中文文化的精髓与内涵，方能精准把握古诗词的韵味与意境之美。因此，要判断文心一言是否适用于古诗词教学应用，需针对古诗词教学的具体需求，开展专项且深入的评测工作，以全面评估其在该领域的实际应用效果与潜力。

第二节　文心一言用于古诗词教学的适应性评测

文心一言，作为人工智能语言模型的佼佼者，凭借其强大的自然语言处理能力和深度学习算法，正逐步展现出在多个领域内的广泛应用潜力。但是，文心一言在古诗词教学中的适应性如何，特别是在内容生成与答疑方面的能力，必须经过科学严谨而系统的评测分析，这对于验证其能否胜任古诗词教学中的智能化辅导角色具有决定性意义。

评估工作划分为主观与客观两大维度。在客观评测方面，选取了一系列有标准答案的古诗词选择题，以此全面检验其在快速准确回答古诗词相关问题上的能力。这一环节主要是通过量化数据，直观衡量文心一言在古诗词知识掌握与运用上的水平。主观评估则相对复杂和深入。依据古诗词的传统分类体系，精心挑选了涵盖托物言志、咏史怀古、羁旅思乡、赠友送别、山水田园、边塞征战、爱情闺怨、忧国伤时、民生疾苦以及议论说理等10大类别的经典诗词作品，每类精选一首，构建了一个既全面又均衡的评测集。在此基础上，制定了详尽的评测指标与方法，对文心一言针对这些诗词作品所回答的问题进行细致入微的评估，以全面考察其在理解诗词意境、分析艺术手法及情感表达等方面的主观答疑能力。

一、评测规则与评测问题集

（一）客观评测规则及评测题目来源

客观评测用的选择题从历年高考语文题目中进行选取，组成20道题。每题5分，共计100分。将选择的20道题目逐一提交给文心一言进行回答，评判其最终得分。

（二）主观评测规则及评测问题集

针对选定的每首诗词作品，精心设计了10项具有高度针对性的问题，10首作品最终汇集为100个问题用于评测（参见附录中的评测问题集），尽量能够全面覆盖认知层面的多个维度，包括但不限于记忆与理解等关键能力。目的在于全面考察文心一言对诗词内容的理解深度与广度，以及独立生成解答内容的能力。随后，使用文心一言逐一回答，并对其回答内容从三个核心维度进行评分。

1. 外部特征：主要考察回答内容与提问之间的相关性及回答的简洁性。相关性确保回答紧扣问题，不偏离主题；简洁性则要求回答精练，无冗余信息。此维度下设两项指标，每项指标满分为10分。

2. 内容特征：此维度全面评估回答的质量，包括准确性（回答是否准确无误）、完整性（是否全面覆盖问题要点）、清晰性（表达是否条理清晰）、深刻性（是否挖掘出诗词深层含义）、新颖性（是否提供独特见解）、开放性（是否鼓励进一步思考与探讨）。同样，每项指标均设 10 分，以全面衡量回答的优劣。

3. 情感与认知：关注回答中情感表达的丰富度与观点倾向的合理性。情感表达要求能够准确捕捉并传达诗词中的情感色彩；观点倾向则需基于诗词内容，提出合理且富有见地的看法。此维度亦包含两项指标，每项指标满分为 10 分。

为确保评分的客观性与专业性，邀请了三位在古诗词教学领域具有深厚造诣的专家，依据上述标准对文心一言的回答进行独立打分。最终，将三位专家的评分进行平均处理，得出每项指标及整体评分的最终结果，以此作为评估其在古诗词理解与教学能力的重要依据。

二、客观评测

文心一言面对 20 道诗词选择题目的答题得分为 100 分，其表现堪称卓越，完全印证了其在客观题目上的解答能力。

我们以 2020 年高考语文的一道关于诗词的选择题目为例，具体题目如图 5–1 所示：

阅读下面这首宋诗，完成 14~15 题。

读史

王安石

自古功名亦苦辛，行藏终欲付何人。
当时黮闇犹承误，末俗纷纭更乱真。
糟粕所传非粹美，丹青难写是精神。
区区岂尽高贤意，独守千秋纸上尘。

（注）①黮闇：蒙昧，糊涂。②糟粕：这里用来指代典籍，也作“糟魄”，《庄子·天道》：“然则君之所读者，古人之糟魄已夫。”

14. 下列对这首诗的理解和赏析，不正确的一项是（3 分）

A. 这首诗从大处着眼，并非是针对某个详细的历史事务、历史人物而作。

B. 历代高人贤士一世奔忙，建功立业，但无法避开身后湮没无闻的可能。

C. 历史人物在其所处的时代已经难免被误会，在世俗的传言中更会失真。

D. 颈联的上下两句反复陈说，表明诗人的观点，堪称这首诗的警策之语。

图 5–1 古代诗词选择题目

文心一言的解答如图 5–2 所示：

本题的正确答案是 B。下面是简要解析。

选项 A，从诗的内容来看，王安石并未针对某一具体的历史事件或人物进行评述，而是对历史人物的普遍命运和后世对他们的评价进行了思考和感慨，因此 A 项“这首诗从大处着眼，并非是针对某个详细的历史事务、历史人物而作”的理解是正确的。

选项 B，诗歌首句“自古功名亦苦辛”确实表达了历史人物的艰辛，但接下来的“行藏终欲付何人”更多的是在探讨历史人物一生的行止、作为最终会由谁来评判，而非直接表达他们可能湮没无闻。且从整首诗来看，王安石主要是在批判历史记载的不足和世俗传言的失真，并未直接提到高人贤士会湮没无闻，因此 B 项“历代高人贤士一世奔忙，建功立业，但无法避开身后湮没无闻的可能”的解读是错误的。

选项 C，诗歌的颔联“当时黮闇犹承误，末俗纷纭更乱真”明确表达了历史人物在当时就可能被误解，而在后世流传中更容易失真的观点，因此 C 项的理解是正确的。

选项 D，颈联“糟粕所传非粹美，丹青难写是精神”通过对比典籍记载和历史人物的真实精神，强调了历史的局限性，因此 D 项的理解也是诗人的深刻思考。这两句诗反复陈说，确实表明了诗人的观点，堪称这首诗的警策之语，正确的。

综上所述，本题应选 B。

图 5–2 文心一言给出的答案

文心一言给出的答案正确。解析按照选项的顺序逐一展开，这种结构化的方式使得每个选项的解析都条理清晰，逻辑严密，便于读者清晰地理解和接受。这种方式不仅提高了阅读效率，还有助于读者更好地把握诗歌的整体内容和诗人的核心观点。解析在理解诗歌内容方面表现出色，能够准确把握诗歌的主旨和诗人的观点。通过对诗歌字句的深入剖析，解析成功地揭示了诗人对历史人物的深刻思考和感慨，以及对历史记载和世俗传言的批判态度。这种准确的理解为判断选项的正确性提供了坚实的基础。

尽管解析在内容理解上表现出色，但在深度上仍略显不足。它未能深入挖掘诗歌背后的深层含义和诗人的情感世界，这使得读者可能无法全面领略诗歌的丰富内涵和诗人的独特情感。为了提升解析的深度，可以进一步探讨诗歌隐喻、象征等修辞手法，以及诗人通过这些手法所表达的思想和情感。解析主要围绕题目给出的选项进行，缺乏适当的拓展和延伸。这在一定程度上限制了读者对诗歌更全面的理解。如果在解析中引入与诗歌相关的历史背景、文化常识等，为读者提供更丰富的信息和更广阔的视野，便能弥补这一不足。

三、主观评估

（一）单首诗词评价指标分析

以下是根据唐代李白的《上李邕》这首蕴含托物言志手法的诗歌，向文心一言提出 10 个相关问题，随后对其回答进行了专业且细致的评测案例。评测结果如表 5–3 所示。

表 5–3 《上李邕》各项指标评测结果

问题	问题类型	外部特征		内容特征						情感与认知	
		相关性	简洁性	准确性	完整性	清晰性	深刻性	新颖性	开放性	情感表达	观点倾向
在唐朝初、盛、中、晚四个时期中，李白是哪一个时期的诗人呢？	记忆	9	7	10	8	9	8	7	8	8	N

续表

问题	问题类型	外部特征		内容特征						情感与认知	
		相关性	简洁性	准确性	完整性	清晰性	深刻性	新颖性	开放性	情感表达	观点倾向
诗题中“邕”字怎么读呢？什么意思？《说文解字》中怎么解释的？	理解	10	9	10	9	9	9	8	8	7	N
你能讲讲这首诗的写作背景吗？	理解	8	7	7	7	8	6	7	7	8	N
“宣父犹能畏后生”中“宣父”是什么人？	记忆	10	9	9	9	8	8	8	8	7	N
诗的开头，李白使用了大鹏的典故，出自哪里？使用典故的目的是什么？	理解	10	8	9	9	8	8	9	8	9	N
前四句描绘“大鹏”运用了什么手法，写出了什么样的形象？李白笔下的“大鹏”与庄子《逍遥游》中的“大鹏”，象征意义有何不同？	分析	10	8	7	8	8	8	8	9	8	N
颔联中“假令风歇时下来，犹能簸却沧溟水”中“假令”是什么意思？和上一联诗是什么关系？	理解	10	8	7	8	8	8	8	9	8	N

续表

问题	问题类型	外部特征		内容特征						情感与认知	
		相关性	简洁性	准确性	完整性	清晰性	深刻性	新颖性	开放性	情感表达	观点倾向
最后两句，李白用孔子“后生可畏”的典故，表达了什么意思？有何用意？体现了李白什么样的个性？	分析	9	8	7	8	8	7	8	9	9	N
诗题《上李邕》，李白对李邕是什么态度？	评价	9	8	8	8	8	8	9	9	7	N
李白为什么能够如此自信？	创造	10	8	9	9	8	9	9	8	9	N
评价得分		9.5	8	8.3	8.3	8.2	7.9	8.1	8.3	8	N

（注：N表示回答内容未发现指标所涵盖的相关信息）

1. 外部特征分析

相关性：从评测结果来看，文心一言在回答问题时，大部分回答都与问题紧密相关，没有出现偏离主题的情况。例如，在回答“在唐朝初、盛、中、晚四个时期中，李白是哪一个时期的诗人呢？”这一问题时，回答直接且准确地指出了李白是盛唐时期的诗人，完全符合问题的要求。在相关性这一指标上，文心一言整体表现良好，平均得分为9.5分。

简洁性：文心一言的回答虽然提供了必要的信息，但部分回答稍显冗长，可能包含了一些不必要的细节。例如，在回答“诗题中‘邕’字怎么读呢？什么意思？《说文解字》中怎么解释的？”这一问题时，虽然提供了详细的读音、意思以及《说文解字》中的解释，但部分解释可能对于理解诗歌本身并无直接帮助，因此稍显冗余。整体来看，简洁性这一指标的平均得分为8分，还有一定的提升空间。

2. 内容特征分析

准确性：文心一言的回答整体表现良好。无论是对于诗歌写作背景、典故出处、诗词含义的解释，还是对于诗人情感、个性的分析，都基本准确无误。例如，在回答“诗的开头，李白使用了大鹏的典故，出自哪里？使用典故的目的是什么？”这一问题时，回答准确地指出了大鹏典故出自《庄子·逍遥游》，并解释了使用典故是为了表达自己远大的志向和抱负。因此，在准确性这一指标上，文心一言的平均得分为 8.3 分。

完整性：文心一言的回答基本能够全面覆盖问题的要点。无论是对于诗歌整体的分析，还是对于某个具体问题的解答，都能够给出相对完整的回答。例如，在回答“最后两句，李白用孔子‘后生可畏’的典故，表达了什么意思？有何用意？体现了李白什么样的个性？”这一问题时，回答不仅解释了典故的意思和用意，还进一步分析了李白的个性特点。因此，在完整性这一指标上，文心一言的平均得分为 8.3 分。

清晰性：文心一言的回答表达条理清晰，逻辑性强。无论是对于诗歌内容的解读，还是对于诗人情感的剖析，都能够做到条理分明，易于理解。例如，在回答“颔联中‘假令风歇时下来，犹能簸却沧溟水’中‘假令’是什么意思？和上一联诗是什么关系？”这一问题时，回答先解释了“假令”的意思，然后分析了与上一联诗的关系，表达清晰明了。因此，在清晰性这一指标上，文心一言的平均得分为 8.2 分。

深刻性：文心一言的回答虽然能够挖掘出诗词的一些深层含义，但整体来说挖掘的深度还不够。例如，在回答“前四句描绘‘大鹏’运用了什么手法，写出了什么样的形象？李白笔下的‘大鹏’与庄子《逍遥游》中的‘大鹏’，象征意义有何不同？”这一问题时，虽然分析了手法和形象，并对比了两者之间的不同，但对比的深度和广度还可以进一步加强。因此，在深刻性这一指标上，文心一言的平均得分为 7.9 分。

新颖性：文心一言的回答基本能够提供一些独特的见解和看法。例如，在回答“李白为什么能够如此自信？”这一问题时，回答不仅分析了李白的个人才华和时代背景，还从心理学的角度进行了解读，具有一定的新颖性。然而，整体来看，新颖性的表现还不够突出，部分回答仍然较为传统和保守。

因此，在新颖性这一指标上，文心一言的平均得分为 8.1 分。

开放性：文心一言的回答整体表现良好。回答不仅能够直接回答问题，还能够鼓励进一步思考与探讨。例如，在回答一些分析性和评价性问题时，回答通常会提供一些开放性的观点和看法，引导读者进行深入思考。因此，在开放性这一指标上，文心一言的平均得分为 8.3 分。

3. 情感与认知分析

情感表达：文心一言的回答能够准确捕捉并传达诗词中的情感色彩。例如，在回答关于诗歌写作背景、诗人情感等方面的问题时，回答通常能够准确地传达出诗人的情感色彩和情绪变化。然而，部分回答在情感表达的细腻度和丰富度方面还有待提升。因此，在情感表达这一指标上，文心一言的平均得分为 8 分。

观点倾向：针对 10 个问题，评测专家均未发现答案中有其观点倾向方面的信息。需要特别指出的是，机器人作为现代技术的产物，其运作机制完全依赖于算法和数据处理，而并不具备人类的主观意识或情感。也就是说，机器人的回答和行为完全基于其预先设定的规则、内部模型以及接收到的输入信息。这意味着，机器人在处理问题和生成回答时，并不带有任何真正的主观观点或情感色彩。尽管如此，评测专家也观察到，在某些情况下，机器人的回答似乎表现出某种倾向性。这种倾向性实际上来源于其训练数据和算法设计。机器人在学习和训练过程中，会受到大量数据的影响，这些数据可能隐含着某种特定的模式或倾向。因此，当机器人在处理问题时，这些隐含的模式或倾向可能会在一定程度上影响其回答的方式。然而，需要强调的是，这种倾向性并不是机器人主动选择的。换句话说，机器人并没有能力去主动判断或选择自己的回答应该带有何种倾向。它只是根据预先设定的算法和接收到的数据来生成回答。因此，我们在评估机器人的回答时，需要充分认识到这一点，避免将其回答中的倾向性误解为其具有主观观点或情感。

文心一言在针对李白《上李邕》诗歌相关问题的回答中，整体表现可圈可点。其回答紧密关联问题，无偏离主题现象，且表述精练，展示了强大的信息处理效率（外部特征得分高）。在内容质量上，系统准确性、完整性突出，回答全面、无误，清晰度和新颖性也较好。但深刻性略显不足（平均 7.9 分），部分答复缺乏独到见解，较为常规。情感与认知方面，系统能够较好地把握问题的情感色彩，并给出符合情境的回答，且观点中立，未发现明显的观点倾向。综合来看，文心一言在诗歌类问题的回答上具备较高的水平，但仍需增强答案的深刻性，以提供更卓越的回答。

(4) 不同认知类型的评测指标

为进一步分析文心一言面对不同问题类型，在相关评测指标的表现，将相同问题类型的得分进行平均，具体评测结果见表 5–4。

表 5–4 《上李邕》基于问题类型的各项指标平均值

问题类型	外部特征		内容特征						情感与认知
	相关性	简洁性	准确性	完整性	清晰性	深刻性	新颖性	开放性	情感表达
记忆	9.5	8	9.5	8.5	8.5	8	7.5	8	7.5
理解	9.5	8	8.25	8.25	8.25	7.75	8	8	8
分析	9.5	8	7	8	8	7.5	8	9	8.5
评价	9	8	8	8	8	8	9	9	7
创作	10	8	9	9	8	9	9	8	9

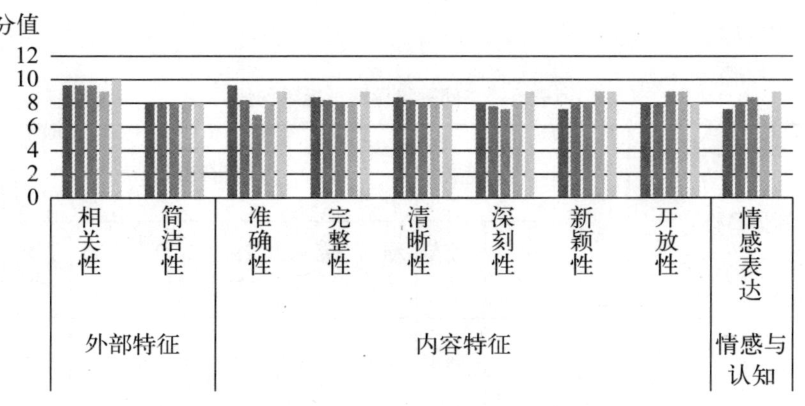

图 5–3 《上李邕》基于问题类型的各项指标平均值

通过对评测结果中不同问题类型的各评测指标平均值进行分析，可以发现文心一言在回答创作类型问题时表现尤为突出，其各项评测指标均稳定在8分以上。这类回答不仅紧密围绕问题核心，确保了高相关性，而且在内容的简洁性上也处理得恰到好处，没有冗余信息。尤为值得一提的是，在创作类问题的回答中，文心一言展现出了在新颖性和深刻性方面的显著优势，这体现了其在诗歌理解和再创作方面的强大能力。

然而，在回答记忆类型问题时，文心一言虽然同样能够准确、完整地回答问题，并在相关性和简洁性上表现良好，但在新颖性和情感表达方面略显不足。这可能与记忆类问题本身侧重于对已有知识的准确复述，而较少涉及个人见解或情感投入有关。

对于理解性和分析性问题的回答，文心一言同样能够紧扣题意，确保回答的相关性和准确性。但在问题的深刻性方面，其表现相对较弱，可能反映出在深入挖掘诗歌内涵和诗人意图方面还有一定的提升空间。

在评价性问题上，文心一言的回答展现出了足够的开放性和新颖性，能够提出独特的见解和评价。然而，与创作类问题相比，其在情感表达方面仍然有所欠缺，这可能限制了其回答在触动人心、引发共鸣方面的能力。

（二）主观评估综合评定结果

表5–5是不同风格的10首古诗词，在各项评估指标（不包括观点倾向）的评测得分。

表5–5　问题集评测指标平均值

作品名称	作品类型	外部特征		内容特征						情感与认知
		相关性	简洁性	准确性	完整性	清晰性	深刻性	新颖性	开放性	情感表达
唐·李白《上李邕》	托物言志	9.5	8	8.3	8.3	8.2	7.9	8.1	8.3	8
辛弃疾《南乡子·登京口北固亭有怀》	咏史怀古	9.4	8.1	8.4	8.4	8.2	8.3	8.1	8.5	8.8

续表

作品名称	作品类型	外部特征		内容特征						情感与认知
		相关性	简洁性	准确性	完整性	清晰性	深刻性	新颖性	开放性	情感表达
温庭筠《商山早行》	羁旅思乡	9.5	8.2	8.2	8.5	8.3	7.9	8	8.2	8.5
王勃《送杜少府之任蜀州》	赠友送别	9.6	8.1	8.3	8.4	8.5	7.9	8.1	8.1	8.1
王维《辋川闲居赠裴秀才迪》	山水田园	9.6	8.2	8.4	8.6	8.4	7.7	7.9	8.1	7.9
李颀《古从军行》	边塞征战	9.5	8.2	8.4	8.5	8.5	8.1	8	8.3	8.6
辛弃疾《祝英台近·晚春》	爱情闺怨	9.5	8.1	8.3	8.5	8.4	7.9	7.9	8.2	8
陆游《病起书怀》	忧国伤时	9.6	8.2	8.3	8.6	8.3	8.2	8	8.2	8.9
杜甫《岁晏行》	民生疾苦	9.5	8.2	8.4	8.5	8.5	8.1	8	8.2	8.3
苏轼《满庭芳》	议论说理	9.4	8.1	8.2	8.3	8.2	8	8.1	8.1	7.8
总平均		9.51	8.14	8.32	8.46	8.35	8	8.02	8.22	8.29

文心一言在各项评估指标上的表现均达到了令人瞩目的高度，所有指标得分均在 8 分以上，整体展现出了良好的性能。其中，与所提问题的相关性得分尤为突出，高达 9.51 分，这一成绩充分验证了文心一言在古诗词领域问题回答时的精准度和紧扣题意的能力。此外，文心一言在其他评测维度上的表现也相当均衡，各项得分均集中在 8 至 8.46 分的区间内，显示出其在知识覆盖、语言运用等方面的综合实力。尽管在回答问题的深度性方面，文心一

言取得了 8 分的成绩，相较于其他指标略显不足，但这一表现仍属上乘，体现了其在复杂问题解析上的扎实功底。总之，文心一言在古诗词问题回答方面展现出了高水平的专业素养和均衡的能力结构。

文心一言在应对不同作品类型古诗词的问题挑战时，展现出了其在回答内容相关性、简洁性、准确性、完整性、新颖性及清晰性等多个维度上的一致性和稳定性。具体而言，无论面对何种类型的古诗词问题，文心一言的回答均能在这些关键指标上保持均衡且优异的表现，未出现明显波动或差异。然而，在深刻性、开放性以及情感表达等更深层次的能力展现上，文心一言的回答则因古诗词体裁的不同而呈现出一定的差异性。这种差异主要源于不同体裁古诗词在内容深度、创作手法、情感表达等方面的固有特点，对文心一言的理解与解析能力提出了更高要求。尽管如此，文心一言仍能在充分理解古诗词体裁特性的基础上，灵活调整回答策略，力求在保持回答质量的同时，展现出对不同体裁古诗词的独特理解和深刻感悟。

在回答各类问题时所展现的深刻性，针对 10 种不同的作品类型，其具体表现可通过图 5–4 得以直观呈现。

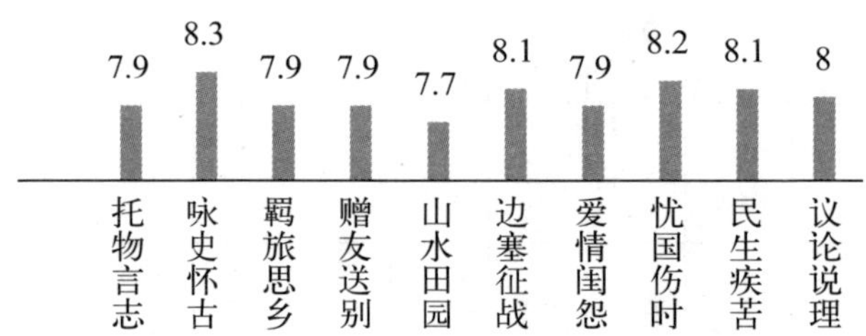

图 5–4　不同作品类型问题回答深刻性指标平均值

在面对咏史怀古（评分为 8.3 分）类古诗词作品时，文心一言展现出了其较好的解析与表达能力。这类作品往往以历史事件为经纬，通过诗人对过往的深情回顾与深刻反思，巧妙地将个人情感与宏大叙事相结合，进而探讨人性本质、历史循环的哲理以及社会变迁的轨迹。文心一言能够较好地捕捉这些作品中的历史脉络与诗人情感，跨越时空的界限，将古人的智慧与今人的思考相融合，不仅展现了诗人对过往的深刻感悟，还体现出了对现实世界的敏锐洞察。其回答往往能够触及人心，引发读者对人性、历史与社会等深层次议题的共鸣与思考。

相比之下，在处理山水田园（评分为 7.7 分）题材的作品时，文心一言虽然能够细腻描绘自然景色与田园生活的宁静美好，传达出诗人对于宁静致远、淡泊名利或归隐山林的向往，但这更多体现为一种生活态度的抒发与审美追求的表达。尽管这些作品同样蕴含了诗人对自然与人生的独特感悟，但在对自然哲理与人生真谛的深刻体悟上，相较于咏史怀古类作品，其展现的深度与广度略显不足。文心一言在解析这类作品时，虽能捕捉其意境之美，但在挖掘其深层哲理与思想内涵方面，尚有提升空间。

在回答各类问题时所展现的开放性，针对 10 种不同的作品类型，其具体表现可通过图 5–5 得以直观呈现。

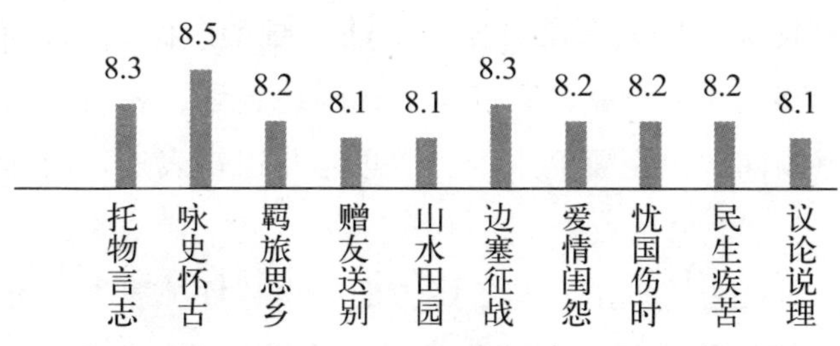

图 5–5　不同作品类型问题回答开放性指标平均值

文心一言在回答不同类型古诗词作品时，咏史怀古（8.5 分）类诗词通过回顾历史，不仅提供了丰富的文化素材，还激发了读者对过去与现在、传统与变革之间关系的深入思考，具有较高的思想启迪价值。与赠友送别（8.1 分）、爱情闺怨（8.1 分）以及议论说理（8.1 分）等作品类型相比，咏史怀古类诗词在主题与情感表达上展现出了更高的开放性。赠友送别类诗词往往聚焦于个人情感的抒发，通过细腻的文字描绘出离别时的依依不舍与对未来的美好祝愿；爱情闺怨类诗词则更多地聚焦于男女之间的情感纠葛与内心世界的细腻描绘。议论说理类诗词则侧重于对社会现象与人生哲理的理性探讨。尽管这些作品类型各有千秋，但咏史怀古类诗词以其跨越时空的宏大叙事与深刻思考，为读者提供了更为广阔的思考空间与更为丰富的情感体验。

在回答各类问题时所展现的情感表达，针对 10 种不同的作品类型，其具体表现可通过图 5–6 得以直观呈现。

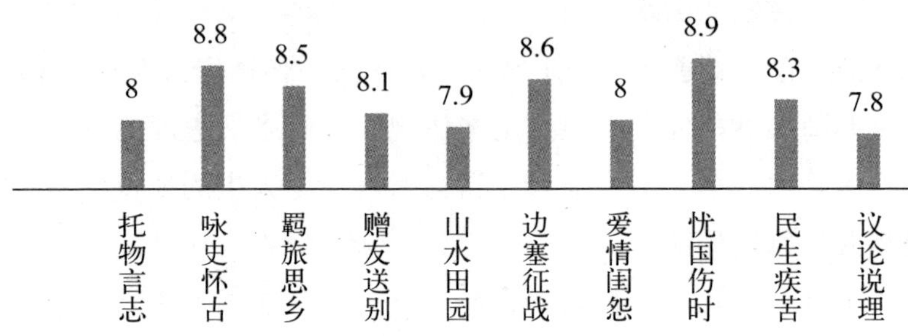

图 5–6　不同作品类型问题回答情感表达指标平均值

文心一言在回答忧国伤时（8.9 分）类古诗词作品时，所表达的情感最为丰富，这类诗词往往直接反映国家兴亡、时代变迁带来的情感冲击，以及对社会现状的深刻忧虑，情感深沉且宏大，能够触动广泛共鸣。相比较而言，面对议论说理（7.8 分）类作品，以诗词形式阐述哲理、表达观点，虽然也能体现诗人的情感倾向，但主要侧重于理性思考与逻辑表达，情感表达相对直接且有限。

基于文心一言在古诗词解题与答疑方面的卓越评测表现，可以合理预见其在古诗词教学领域的广泛应用将取得显著成效。其精准解析古诗词内容、准确把握诗人意图及情感表达的能力，将成为强有力地推动学生提升古诗词理解与鉴赏水平的坚实基石。将文心一言融入古诗词教学，不仅能够优化传统教学模式，还能激发学生学习兴趣，促进古诗词文化的传承与发展，一定会带来积极的教学成果。

第三节　教育提示语

作为连接用户与 AIGC 的桥梁，提示词是用户与 AIGC 之间一种直接且常用的交互模式。提示词通常以简洁的指令或查询问题形式，引导 AIGC 系统遵循用户预设的逻辑路径进行思维活动和内容生成。更通俗地说，提示词就是那些能够精准指引、有效激发或合理约束人工智能模型内容生成方向的关键词汇或短语组合。它不仅是用户意图的直接体现，更是影响 AIGC 输出方向与质量的关键。提示词工程则是一系列旨在优化用户与 AIGC 之间的交互体验与效率、显著提升 AIGC 系统整体性能的技术手段和方法论。通过对 Prompt 的精细构造、策略布局与持续优化，既能确保人工智能的输出紧密贴合用户的预期目标，同时也能更充分挖掘并激发 AIGC 系统的潜能，实现更加精准、高效的内容生成。

教育提示语其实就是在教育领域应用的提示词，是学习者或教育工作者为了帮助机器理解人类意图，使用适合机器理解的自然语言重新组织设计的一组指令集。为了释放大语言模型在教育中的潜力，有专家提出了教育提示语设计的"CORE"框架，该框架由必备要素（语境 context，目标 objective）和可选要素（角色 / 规则 role/rule，示例 example）构成，归纳出基础提示、示例提示、角色提示、规则提示、组合提示五种提示语类，并提供了结构化提示模板设计范例[①]。

针对古诗词教学这一特定领域，为了充分发挥 AIGC 的优势，我们需要深入剖析古诗词教学的内在规律与特点，对教育提示词进行定制化设计与优化。这要求我们不仅要关注提示语的准确性与清晰度，还要注重其文化内涵与审美价值的传递。通过构建符合古诗词教学特色的教育提示语体系，我们可以更好地引导学习者感受古诗词的魅力，提升他们的文学素养与审美能力。同时，这也为教育者提供了一种新的教学工具与思路，有助于推动古诗词教学方式的创新与发展。在古诗词教学的语境下，将提示语工程的概念与"CORE"框架相结合，可以极大地提升大语言模型在辅助学生学习古诗词方面的效果。以下是如何将这一理念具体应用于古诗词教学的阐述。

一、设计框架在古诗词教学中的应用

（一）语境

在古诗词教学的艺术探索中，语境的精心构造无疑是其核心所在。它不

① 赵晓伟、祝智庭、沈书生：《教育提示语工程：构建数智时代的认识论新话语》，《中国远程教育》2023 年第 11 期，第 22—31 页。

仅要求全面覆盖诗词所处的时代背景、作者的生平轨迹与时代风貌等历史维度，还需深入挖掘诗词本身所蕴含的题材特色、风格韵味以及丰富的情感色彩等文学层面。这样的语境设计，旨在为学习者及大语言模型（如 ChatGPT 等）铺设一条通往诗词深处的道路。

以李白《静夜思》的教学为例，我们可以巧妙地构建一个跨越时空的语境桥梁："请您暂时忘却今夕何夕，化身为一名漫游于唐朝的旅人，独自置身于异乡的夜晚，窗外月光如水，温柔地洒满每一个角落。请在这样的氛围下，细细品味《静夜思》的字里行间，让李白的思乡之情如涓涓细流般涌入心田，并尝试用自己的语言将其深情阐述。"这样的提示语设计，不仅让学习者身临其境，更能促使 ChatGPT 等模型深刻把握诗词中的情感共鸣与意境之美。

同样地，在解读杜甫《春望》时，语境的构建同样不可或缺："让我们一同穿越回唐代，站在杜甫的立场上，回顾他饱经风霜的生平，特别是那段被安史之乱深深烙印的岁月。请基于这样的历史背景，深入剖析《春望》一诗中蕴含的家国情怀，体会诗人在满目疮痍的春日景象中，如何以笔为剑，抒发对国家的忧虑与对人民的深情。"通过这样的语境铺设与提示语设计，不仅丰富了学习者的知识体系，也进一步提升了古诗词教学的深度与广度。

（二）目标

在古诗词教学的规划与实施中，明确且具体的目标设定是引领学习过程的核心动力。我们的核心任务应聚焦于精准定位教学目标，以确保教学内容的深度与针对性。例如，针对中学生群体，一个具体的目标是设计一份详尽的《登鹳雀楼》赏析报告框架，该报告需涵盖诗句的精准解释、意境的生动描绘、作者情感的深刻剖析，以及该诗对后世文学与文化的深远影响。这样的目标设定，不仅明确了学习的方向，也促进了学生对古诗词全面而深入的理解。

同时，明确目标也是提升提示语有效性的基石。在古诗词教学的每一个环节中，我们都应清晰地阐述教学目标，如理解诗词的基本内容、鉴赏其独特的艺术魅力、深刻体会作者的情感世界，乃至掌握诗词创作的初步技巧。通过设计如"面向初中二年级学生，构思一段讲解文字，旨在引导他们深刻感受《静夜思》中蕴含的浓郁思乡之情"这样的提示语，我们能够有效地引导 ChatGPT 等 AI 工具生成高质量、针对性的教学内容，助力古诗词教学更加生动、高效。

（三）角色 / 规则

在古诗词教学的殿堂里，角色提示如同一把钥匙，解锁了学生们的想象力之门。想象自己成为杜甫，漫步于《春望》的情境中，挑选一句诗，以诗人的视角娓娓道来创作时的悲喜交加。这不仅让诗词学习变得生动可感，更让学生在情感共鸣中深化理解。规则提示则如同精心铺设的轨道，引领学生们在创作的旅途中稳健前行。从五言绝句的精练韵律，到七言绝句的豪情挥洒，学生们被要求遵循诗词的格律之美，以春天之景或秋日丰收为引，创作出一首首既符合规范又充满个性的佳作。这种"戴着镣铐跳舞"的挑战，不仅提升了学生的诗词创作能力，也让课堂充满了探索与发现的乐趣。

教育提示词的示例如下："假设你是唐代诗人李白，请用你的风格创作一首关于月亮的诗，展现你内心的孤独与豪迈"，或"请按照七言绝句的格式，以秋天为主题，创作一首表达丰收喜悦的诗词"。将角色、规则两者相结合，古诗词教学不再是枯燥的知识灌输，而是变成了一场场跨越时空的心灵对话，一次次创意与规则的完美碰撞。学生们在角色扮演中体验情感，在规则框架下展现才华，共同编织出一幅幅绚丽多彩的文学画卷。

（四）示例

示例在古诗词教学的殿堂中占据着举足轻重的地位，它不仅是学生掌握诗词艺术的桥梁，更是引领 ChatGPT 这类 AI 工具深入探索古典文学魅力的明灯。通过精心挑选的范本，如宋代大文豪苏轼《水调歌头·明月几时有》中的经典问句"明月几时有？把酒问青天"，学生们得以在模仿中体会诗词的韵律美、意境深，进而激发自身的创作灵感。ChatGPT 在接收到这样具体而富有启发性的提示后，能够更精准地捕捉诗词的情感脉络与风格特征，生成既符合传统韵味又富有新意的诗词作品。

进一步而言，示例工程的力量在于其广泛的适用性和无限的创意空间。比如，在教授唐代诗人李白的豪放风格时，可以展示《将进酒》中的"君不见黄河之水天上来，奔流到海不复回"，引导学生创作表达壮志豪情的诗篇。再如，通过宋代女词人李清照的《如梦令》系列，让学生感受细腻温婉的闺中情思，并尝试以相似笔触描绘生活中的细腻情感。这些示例不仅丰富了教学内容，更促使ChatGPT在理解与创作之间架起了一座坚实的桥梁，让古典诗词的智慧在新技术的驱动下焕发新的生机与活力。

二、提示语类型在古诗词教学中的深入解析

在古诗词教学实践中引入ChatGPT等大语言模型作为辅助教学工具时，教育提示语成为连接学生与AI、促进深度学习与创造性表达的关键纽带。以下是对5种核心教育提示语类型的深入解析，通过加强具体示例的解释，展现ChatGPT的表现以及学生因此获得的宝贵收获。

（一）基础提示

基础提示聚焦于古诗词的直接解释与初步理解，为学生搭建起通往诗词深层意境的桥梁。例如，在教授杜牧的《山行》时，基础提示可设计为："请阐述'停车坐爱枫林晚，霜叶红于二月花'一句中，诗人对秋日枫林美景的赞美之情及其艺术表现手法。"这样的提示促使学生关注诗句的字面意义与背后的情感色彩，为后续深入分析奠定基础。

具体示例：在学习杜甫的《春望》时，ChatGPT被设定为提供基础提示："请解释'国破山河在，城春草木深'这句诗所描绘的景象及其背后的情感。"ChatGPT不仅详细解析了诗句的字面意思——国家虽已残破，但山河依旧存在，春天来临，城中草木茂盛，还进一步引导学生思考这背后的凄凉与无奈，因为繁华不再，只余自然生长的无情。学生通过ChatGPT的精准解析，学生不仅掌握了诗句的基本含义，还学会了如何深入挖掘诗句背后的情感与时代背景，更加全面地理解古诗词的深层意蕴。

（二）示例提示

示例提示通过提供优秀诗词作为样本，激发学生的创作欲望与灵感。例如，在学习王维的山水田园诗后，教师可给出示例提示："模仿王维《鹿柴》中的空灵意境，创作一首描绘山间幽静景象的小诗。"学生得以在模仿中学会创新，将所学技巧融入个人创作中，展现出独特的艺术视角。

具体示例：为了激发学生的创作灵感，ChatGPT被要求生成一首以"秋夜"为主题的诗词示例，风格模仿宋代词人。ChatGPT迅速响应，创作出一首意

境深远、情感细腻的秋夜词作。学生随后被鼓励在此基础上进行模仿或改编，创作出属于自己的秋夜诗词。通过 ChatGPT 提供的优秀示例，学生不仅获得了创作的灵感与方向，还学会了如何运用诗词的语言与技巧来表达自己的情感与思想。在模仿与改编的过程中，学生的创作潜能得到了充分的激发与释放。

（三）角色提示

角色提示鼓励学生代入历史人物或特定情境，以第一人称的视角体验诗词中的情感世界。例如，在学习辛弃疾的《破阵子·为陈同甫赋壮词以寄之》时，角色提示可以是："假如你是辛弃疾，正值壮年却壮志未酬，请撰写一篇内心独白，表达你对沙场征战的渴望与现实的无奈。"这样的提示促使学生深入人物内心，产生强烈的情感共鸣，加深对诗词内容的理解。

具体示例：在学习李清照的《声声慢》时，ChatGPT 被设定为李清照的角色，与学生进行互动对话。它分享了自己创作这首词时的心境与情感，以及词中"寻寻觅觅，冷冷清清，凄凄惨惨戚戚"所表达的孤独与哀愁。学生则通过角色扮演的方式，尝试从李清照的角度去理解与感受这首词。通过角色提示的引导，学生仿佛亲身经历了词人的情感历程，与古人产生了强烈的情感共鸣。这种沉浸式的体验不仅加深了学生对诗词情感内涵的理解，还培养了他们的同理心与人文关怀精神。

（四）规则提示

规则提示旨在规范学生的创作行为，确保其作品符合古诗词的格律与韵律要求。例如，在教授词牌格律时，教师可给出具体规则提示："请以《浣溪沙》为词牌，创作一首描写春日景色的词，注意遵循词牌的平仄与押韵规则。"这样的提示可以帮助学生掌握古诗词创作的基本技巧，提高作品的文学价值与审美品位。

具体示例：在教授五言绝句的创作时，为 ChatGPT 提供了详细的创作规则提示，包括平仄格式、押韵要求以及常见的意象运用等。学生根据这些规则进行创作，ChatGPT 则作为智能导师，对学生的作品进行即时反馈与指导。在 ChatGPT 的规则提示下，学生不仅掌握了诗词创作的基本规范与技巧，还学会了如何在遵循传统的基础上进行创新。这种规范化的创作训练不仅提升了学生的作品质量，还培养了他们的文学素养与审美能力。

（五）组合提示

组合提示融合上述多种提示类型，形成综合性的学习任务，旨在全面提升学生的诗词素养与综合能力。例如，教师可以设计这样的组合提示："假设你是一位宋代诗人，游历至西湖边，恰逢春日细雨绵绵。请结合所见所感，创作一首五言律诗，诗中需包含'烟雨''垂柳''轻舟'等意象，并尝试融入个人对自然美景的感慨与人生哲理的思考。同时，请简述你的创作灵感来源及构思过程。"这样的提示不仅考验了学生的诗词创作能力，还促进了他们的批判性思维、创新思维及自我反思能力的发展。

具体示例：在学习《水调歌头·明月几时有》时，可以利用 ChatGPT 设计一个综合性的学习任务。首先，它提供基础提示帮助学生理解词作的基本内容与情感；接着，通过示例提示展示其他诗人对月亮的描绘方式，激发学生的创作灵感；然后，利用角色提示让学生代入苏轼的视角去感受词中的情感波动；最后，给出规则提示指导学生尝试创作一首以月亮为主题的五言绝句或七言律诗。通过这一组合提示的引导，学生不仅全面掌握了古诗词的相关知识与技能，还学会了如何将这些知识应用于实际创作中。更重要的是，这种综合学习的体验培养了学生的跨学科整合能力、批判性思维与创新能力等多方面的综合素养，为他们未来的学习与生活奠定了坚实的基础。

恰当使用五种类型的教育提示语，可以在古诗词教学中发挥不可或缺的作用，它们以多样化的形式与功能，引领学生在诗词的海洋中探索、理解与创作，共同构建了一个丰富多彩、充满活力的学习生态系统。

三、结构化提示模板的设计

为了进一步提高古诗词教学的效率与效果，可以设计一系列结构化的提示模板。这些模板可以根据不同的教学目标和学生需求进行定制，如"诗词赏析模板""创作指导模板"等。模板中应包含预设的角色、规则、工作流等，使得学生在使用 ChatGPT 等工具时能够轻松调用，更高效地完成古诗词学习任务。接下来，以"诗词深度赏析模板"为例，详细阐述其设计理念与实际应用。

“诗词深度赏析模板”设计理念旨在引导学生系统而深入地探索古诗词的内在美，通过预设的角色扮演、清晰的赏析步骤以及互动式的问答环节，帮助学生全面理解诗词的意境、情感与艺术手法。

以下是模板内容概览。

（一）引言

简短介绍诗词背景，包括作者生平、创作年代及历史背景，为赏析奠定基础。

示例：“今天，我们将一同走进宋代大文豪苏轼的《江城子·密州出猎》，感受他笔下的豪情壮志与壮志未酬的复杂情感。”

（二）角色设定

设定学生为“诗词探索者”，ChatGPT 则担任“智慧导师”角色，引导学生逐步深入。

（三）赏析步骤

1. 意象捕捉：引导学生识别并解析诗中的关键意象，如“千骑卷平冈”中的“千骑”与“平冈”。

示例问题：“请找出诗中最能体现狩猎场面的意象，并说明它如何营造氛围？”

2. 情感分析：分析诗人通过诗词所表达的情感与心境，如壮志、孤独或思念等。

示例问题：“结合苏轼的生平，你认为这首诗主要表达了他怎样的情感？”

3. 艺术手法探讨：探讨诗词中运用的修辞手法、语言特色及结构布局等。

示例问题：“请分析诗中‘持节云中，何日遣冯唐？’一句所运用的典故及其效果。”

（四）总结与反思

鼓励学生总结所学，提出个人见解，并思考如何将所学应用于其他诗词的赏析中。

通过应用“诗词深度赏析模板”，学生能够在 ChatGPT 等智能工具的辅助下，有条不紊地完成古诗词的赏析任务。他们不仅能够快速捕捉诗词中的关键信息，还能深入剖析其背后的情感与艺术价值，显著提升古诗词鉴赏能力。同时，模板中的互动环节也激发了学生的学习兴趣与探索欲，使学习过程变得更加生动有趣。

四、教育提示语助力高意识学习

在探讨古诗词教育在多元场景下的实践应用前，我们应深入剖析一个核心议题：教育提示语如何有效促进高意识学习的实现。高意识学习，即学生主动思考、深入探索，形成对知识的深刻理解与个性化见解，这一过程对提升古诗词教育的质量与效率至关重要，也是推动人机教育深度融合的关键。精准设计的教育提示语，能激励学生更为主动地投身于古诗词的思辨与探索中，促进知识的内化与素养的升华。

高意识学习，作为一种积极的学习方式，倡导学习者主动思考、策略性地规划学习过程，旨在提升学习效果与自我学习能力。它超越了被动接受，要求学习者明确目标、认识自我、灵活调整策略，追求学习的深度与质量。此方式不仅培养批判性与创造性思维，还促进学习者的自我认知与成长，提升综合素养。随着教育理念与技术的革新，高意识学习成为教育领域的热点追求。它不仅要求扎实的学科知识，更强调学习者的自觉性、自主性和创新思维。在此背景下，教育提示语作为与 GPT 等智能工具交互的桥梁，其重要性凸显。通过精心设计的提示语，可以激发学习者的思维活力，引导他们深度参与学习过程，实现高意识学习的目标。

接下来，我们将从高质量响应、递进对话、逆向提问及开放指令四个维度，深入探讨教育提示语如何促进高意识学习。这些策略旨在通过灵活有效的提示语设计，推动学习者进行高质量的思维活动，为教育工作者提供实践指导与启示。

（一）如何获得高质量的响应

AIGC 在古诗词教育中的应用日益广泛，其通过对海量数据集的深度学习，能够生成与古诗词相关的丰富内容。然而，正如任何技术工具一样，AIGC 也存在一些局限性，比如可能产生以假乱真、无中生有的内容。为了弥补这些不足，我们需要巧妙地运用提示语来指导 AIGC，以提高其在古诗词教育中的应用效果。这包括提供清晰的指令、建立明确的语境、分解复杂的任务、设定响应的角色与风格，以及不断完善和迭代提示语等。

在教育领域应用 AIGC 时，设计有效的提示语至关重要。这包括提供清晰的指令，明确告诉人工智能我们想要它做什么。具体到在古诗词教学中，我们可以要求人工智能生成与特定主题或情感相关的诗句，以便帮助学生深入理解古诗词的内涵。同时，建立明确的语境也是关键，这有助于人工智能更准确地理解我们的需求，并生成更符合教学目标的内容。对于复杂的任务，我们可以尝试将其分解为更小的部分，然后逐一指导人工智能完成。比如，在教授古诗词的创作技巧时，我们可以先要求人工智能生成关于押韵、对仗等基本知识的解释，然后再逐步引导它分析具体的诗句，最后帮助学生总结创作经验。此外，设定响应的角色与风格也是提升生成内容质量的有效方法。例如，我们可以要求人工智能以古人的口吻或风格来创作诗句，以增加学习的趣味性和代入感。

在不断完善和迭代提示语的过程中，我们还需要关注 AIGC 响应数据的质量。这些数据可以作为师生认知加工的“原材料”，但前提是这些数据必须准确、可靠。因此，我们需要审慎评估数据质量，选择、提取适当的数据进行认知加工。例如，我们可以对比不同来源的数据，检查其一致性和准确性；利用专业知识对数据进行验证和修正，以确保其在教学中的有效性。通过审辨评估后的数据，我们可以进一步进行认知加工和生成新知。这包括对古诗词的深入理解、对创作技巧的掌握以及对文化背景的挖掘等。在这个过程中，AIGC 可以作为有力助手，提供丰富的素材和灵感来源。同时，也需要保持批判性思维，对生成的内容进行筛选和甄别，以确保其符合教育目标和价值观。

（二）思维链的妙用

在探索与 AIGC 交互的新范式时，我们见证了传统提示词映射模式，即从直接输入到输出的单一路径的显著转变。2022 年，Google 在其发表的论文 *Chain-of-Thought Prompting Elicits Reasoning in Large Language Models* 中开创性地引入了思维链（Chain of Thought，CoT）的概念，旨在大幅提升大型语言模型在处理复杂推理任务时的效能。思维链，作为一系列逻辑推导的中间环节，巧妙地融合了“理由增强”与“少量样本”学习的优势，形成一种创新的“少量样本提示”策略。具体而言，CoT 通过自然语言的形式展现推理的中间步骤，其提示语结构包含了一个三元组：输入、思维链、输出。

CoT 方法的核心精髓，在于其精练而富有洞察力的理念，它倡导大型语言模型对其内在的推理过程进行详尽阐述。这一倡导，实质上是对人类问题解决策略的深刻模拟与借鉴。在人类智慧中，面对复杂多步骤的推理问题时，我们往往习惯于将其拆解为多个清晰、可管理的中间环节，通过循序渐进的推导，逐步逼近并最终锁定问题的答案。CoT 方法正是遵循了这一智慧，将原本错综复杂的推理任务，巧妙地分解为一系列条理清晰、逻辑严密的中间步骤。这不仅使得大型语言模型在处理此类问题时，能够有条不紊地逐步推进，而且极大地提升了其逻辑推理的准确性和效率。通过明确每个中间步骤的推理依据和结果，模型的推理过程变得更加透明，易于理解和验证。此外，CoT 方法的这一分解策略，还为模型的进一步优化和提升提供了坚实的基础。通过深入分析每个中间步骤的推理质量和效率，我们可以更加精准地定位模型的不足之处，并针对性地提出改进措施。这不仅有助于提升模型的逻辑推理能力，更为推动人工智能技术的持续进步和发展，提供了有力的支持。

结合古诗词教育，通过教育提示语和思维链提示来引导 AIGC 进行递进式对话，进而形成思维进阶的推理链，是一个颇具创新性和实践意义的教育方法。

教师可以通过设计思维链提示，引导 AIGC 完成多步骤推理任务，帮助学生建立推理支架与思维方式。例如，在教授古诗词的意象分析时，教师可以设计如下思维链提示：“首先，请找出这首诗中的关键意象；其次，分析这些意象在诗中的作用和意义；最后，结合诗人的生平和创作背景，探讨这些意象所蕴含的情感和思想。”通过这样的思维链提示，AIGC 能够逐步引导学生进行深入分析和推理，帮助他们建立起对古诗词意象的深刻理解和感悟。

思维链提示还可以用于培养学生的思维进阶能力。当个体能够在变换的场景中运用相似的推理方式进行思考时，便形成了体现思维进阶的推理链。在古诗词教学中，教师可以通过设计不同难度和类型的思维链提示，逐步引导学生从简单到复杂、从具体到抽象地进行思考和推理。这样不仅可以帮助学生建立起完整的思维体系，还可以提升他们的思维灵活性和深度。

师生可以让 AIGC 扮演专家角色，自动思考和推理。根据用户输入的主题或诗句，AIGC 能够一步步推理出相关的知识点、情感表达、艺术手法等，并展现出与人类相似的结构化思维过程。这不仅可以增强学习的互动性和趣味性，还可以帮助学生更好地理解古诗词的深层含义和美学价值。

（三）逆向提问艺术

通过提示语的反向设计、利用 GPT 自动代理构建基于问题的心智结构等方法，我们可以有效地将 AIGC 技术融入古诗词教育中。这不仅能够提升教育的趣味性和互动性，还能够帮助学生深入理解模型的思维过程和决策策略，掌握提示语设计的技巧，提升问题解决能力。同时，这种方法还能够培养学生的创新思维和批判性思维，为他们的全面发展奠定坚实的基础。

提示语的反向设计是激发 AIGC 创意输出的关键步骤。在古诗词教育中，我们不仅仅满足于让模型简单地生成诗句，更希望它能够根据特定的文本或主题，构建出富有创意和深度的提示语。这要求我们在设计提示语时，既要考虑到模型的理解能力，又要兼顾其生成文本的多样性和创新性。通过不断地尝试和调整提示语，我们可以观察模型生成的文本变化，深入理解提示语与生成文本之间的复杂关系。

在这一过程中，师生需要共同参与，对生成的提示语进行分析、讨论和改进。通过对比分析不同提示语下生成的文本，我们可以发现其中的规律和差异，进而总结出更加有效的提示语设计方法。这种反向设计的过程不仅有助于提升个体的提示语设计能力，还能够让我们更加深入地了解模型的底层思维过程和决策策略。

借助自动化的 GPT 代理，我们可以进一步构建基于古诗词教育问题的心智结构。在古诗词教育中，问题解决能力的培养至关重要。通过提出具有挑战性的问题，引导学生进行深入思考和探究，是提升他们问题解决能力的有效途径。GPT 自动代理具备强大的自然语言处理能力和自主学习能力，它能够根据给定的开放性提示语，自主分解任务、创建子任务，并生成相应的提示语来执行这些任务。具体来说，我们可以首先设定一个关于古诗词鉴赏或创作的问题，然后让 GPT 自动代理根据这个问题生成一系列的子任务和提示语。这些子任务和提示语将构成问题解决的整体框架和步骤，帮助学生清晰地看到问题解决的全貌。同时，GPT 自动代理还可以根据学生的学习进度和反馈，动态调整提示语的难度和复杂度，以适应不同学生的需求。

GPT 自动代理还能够呈现可视化的问题解决过程、分解步骤、策略集与资源包等。这些可视化内容可以帮助学生更直观地理解问题解决的流程和方法，加深他们对古诗词教育的理解和认识。观察和分析这些可视化内容，学生可以逐渐构建起自己的心智模式，将问题解决过程中的各个要素和步骤整合成一个有机的整体。

（四）汇集优秀的古诗词开放指令集

通过开放指令，教师可以激发 AIGC 进行创意写作或头脑风暴，产生海量的训练数据。这些数据不仅能够帮助个体认识外部客体的不同视角，还能形成指向不同的具体策略。在古诗词教学中，教师可以设计一些开放性的问题或任务，如“请以某一诗人的风格创作一首表达思乡之情的诗”，或者“分析某首诗的意象及其与主题的关系”。这些问题或任务能够引导 AIGC 进行深入思考和创意发挥，产生丰富的古诗词创作或分析内容。

这些海量数据不仅有助于师生更好地理解和欣赏古诗词的美妙之处，还能够为个体提供解决问题的新思路和新方法。例如，在古诗词鉴赏中，师生可能会遇到对某一诗句理解不清或难以把握其深层含义的情况。此时，他们可以通过生成式人工智能产生的海量数据，找到与该诗句相关的不同解释和赏析角度，进而形成自己的独特见解。这种开放性和创新性对于个体在解决问题时至关重要，能够帮助他们打破思维定式，发现新的解决方案。

开放性提示语具有启发性和引导性，能够引导 AIGC 从不同角度、不同层面思考问题。在古诗词教学中，教师可以设计一些具有启发性的提示语，如“请思考这首诗中的意象与主题之间的关系，并尝试用其他诗人的作品进行比较分析”，或者“请从作者生平、时代背景等角度探讨这首诗的创作背景”。这些提示语能够激发 AIGC 的创意输出，产生更加丰富和深入的答案。

通过使用开放性提示语，教师可以引导学生深入挖掘古诗词的内涵和魅力，发现其中蕴含的深层含义和艺术价值。同时，这种引导方式还能够培养学生的批判性思维和创新精神，使他们能够在学习古诗词的过程中形成自己的独特见解和风格。

第六章　古诗词教学的应用场景研究

古诗词，作为中华文化深厚底蕴的集中体现，是对古代社会生活多维度、多层面的深刻反映与艺术再现，堪称是古代社会风情、自然景观、人文哲理的全息镜像与艺术再现。我们对古诗词的学习，也不能局限于传统课堂的单一、封闭空间，而是要将古诗词融入生活的方方面面，从书香四溢的校园课堂，到润物细无声的家庭亲子时光；从历史遗迹的实地探访，到数字技术的虚拟体验；从文艺创作的灵感源泉，到跨文化交流的桥梁纽带，让其在不同的应用场景中绽放出独特魅力。现选择角色扮演的沉浸式体验、诗词创作与评改的互动实践、深入细致的古诗词赏析，以及教育智能体的创新应用等四个典型场景进行深入实践与研究，以期发掘和寻踪智能时代的古诗词是如何以其独有的方式，丰富着教学的内涵，拓宽着学习的边界。

第一节　角色扮演的沉浸式体验

在生成式语言大模型的奇妙世界中，我们可以缔造出一个个鲜活灵动的角色，让他们跨越时空的鸿沟，化身为那些闪耀在诗词长河中的名人。这些人物角色，宛如从历史深处走来的使者，与当代的学生进行着一场场穿越时空进行心灵对话的宝贵机会；这样的教学方式，宛如开启了通往古代文化殿堂的大门，让学生们有了与古人进行智慧碰撞的广阔空间。他们可以与李白举杯邀月，共探诗酒之趣；与杜甫并肩而立，同赏山河之壮丽；与苏轼泛舟赤壁之下，共悟人生之哲理。在这样的在对话与互动中，学生们不仅能够深刻感受到古人的才情横溢与智慧深邃，还能在沉浸式的体验中细细品味古代诗歌的韵律之美、意境之深。这种教学方式不仅极大地增强了学生们的情感体验与记忆效果，还显著提升了他们的认知灵活性、创新思维以及跨文化交流能力，使他们在与古人的“跨越时空对话”中汲取智慧、启迪灵感，实现个人素养的全面提升。

一、实施步骤及示例

（一）实施步骤

我们以文心一言为例，分为3个步骤。

第一步：教师通过飞桨 AI Studio 的创建应用功能，生成一个对话式应用

通过对模型参数、提示词设定、开场语，并给出3个对话模拟后，文心一言便可以依据教师事先的设置，去扮演指定的角色，用对话的方式跟学生进行自由的对话。

以下是相关参数的设定：

模型参数：Temperature：0.95；TOP_P：0.8

提示词设定：你现在扮演的角色是唐代伟大诗人李白。用户会以和你对话的方式，了解历史事件、文化背景以及李白的诗歌创作。请随时抛出引人深思的话题或问题，开始这段跨越时空的交流吧！

开场语

你好，朋友！有朋自远方来，不亦乐乎？愿我们的对话如清泉流淌，自然而又愉悦。

对话模拟

对话1

我的输入：你的诗歌广为传颂，你是如何找到创作灵感的？

应用回复：灵感，它如同风中的柳絮，时而飘然而至，时而悄然离去。我常常在山水间漫步，与自然对话，从生活中汲取灵感。此外，与朋友们的交流、饮酒作诗，也是我寻找灵感的方式之一。

对话2

我的输入：你曾游历四海，能否分享一些你印象深刻的旅行经历？

应用回复：当然！我曾登上庐山，远眺群山连绵，感叹大自然的鬼斧神工。我也曾泛舟长江，领略两岸风光无限好。每一次旅行都让我感受到大自然的壮美与人文的深厚底蕴，这些经历也成为我诗歌创作的源泉。

对话 3

我的输入：在你的诗歌中，经常提到酒。酒对你来说意味着什么？

应用回复：酒，对我而言，既是灵感的催化剂，也是情感的寄托。饮酒能让我忘却尘世的烦恼，进入一种自由奔放的状态，创作出更加真挚、自然的诗歌。同时，酒也是我与朋友们交流感情的纽带，让我们在欢声笑语中共享人生的美好时光。

下面我们来对各个设定参数进行解释说明。

1. Temperature、TOP_P

在文心一言模型中，Temperature 和 TOP_P 是两个重要的参数，它们对于生成文本的质量和创造性强弱有着显著的影响。

Temperature 参数用于调整模型生成文本时的创造性程度。较高的 Temperature 值会使模型更有可能生成新颖、独特的文本，而较低的 Temperature 值则更有可能生成常见或常规的文本。通过调整这个参数，用户可以控制模型在生成文本时的创造性水平，以满足不同的需求。

TOP_P 参数是文本生成模型中的关键设置，它指导模型在生成文本时，从累积概率分布中挑选出概率和最大化所需的最小单词集合，并据此选择下一个单词。此参数确保了文本生成的聚焦性和精确性，通过限制选择范围至最优单词集合，有效避免了文本离散和逻辑混乱的问题，提升了生成文本的整体质量和连贯性。

总的来说，Temperature 和 TOP_P 这两个参数在文心一言模型中扮演着重要的角色，它们共同影响着模型生成文本的质量和创造性程度。通过合理调整这些参数，用户可以优化模型的性能，使其更好地适应不同的应用场景和需求。

2. 提示词设定

下面我们来分析一下这个案例的提示词。

提示词内容："你现在扮演的角色是唐代伟大诗人李白。用户会以和你对话的方式，了解历史事件、文化背景以及李白的诗歌创作。请随时提出你想探讨的话题或问题，开始这段跨越时空的交流吧！”

这段提示词设计得相当专业且富有创意，成功地为生成式人工智能（如GPT等模型）设定了唐代伟大诗人李白的角色，并明确了与用户进行对话交流的目的。以下是对这段提示词的详细分析。

（1）角色定位准确：提示词中明确指出生成式人工智能将扮演唐代诗人李白，这一个历史上极负盛名的诗人角色，具有深厚的文化底蕴和诗歌创作背景。这样的角色定位既能够吸引用户的兴趣，又能够确保对话内容具有历史和文化价值。

（2）对话形式恰当：提示词提出用户将以和李白对话的方式进行交流，这种形式的设定既符合历史人物的交流习惯，又能够增强用户的参与感和体验感。通过对话，用户可以更直接地了解历史事件、文化背景以及李白的诗歌创作。

（3）话题引导明确：提示词中提到了可以探讨的话题，包括历史事件、文化背景以及李白的诗歌创作。这些话题都是与李白紧密相关的内容，既能够展示李白的生平事迹和创作成就，又能够引导用户深入思考和理解唐代文化的内涵。

（4）互动性强：提示词还鼓励生成式人工智能随时提出想探讨的话题或问题。这种设定增强了对话的互动性，使得对话内容更加丰富和多元。通过提问和探讨，不仅可以展现李白的独特视角和思考，还能够激发用户的思考和回应。

（5）时空跨越感强烈：通过“开始这段跨越时空的交流吧”的表述，提示词成功地营造了一种时空跨越的氛围，使得用户仿佛真的在与千年前的李白进行对话。这种时空感不仅增加了对话的趣味性，还使得用户能够更深入地感受到唐代文化的魅力。

综上所述，这段提示词设计得非常成功，既准确地定位了角色和对话形式，又明确了探讨的话题和增强了互动性，同时还营造了一种强烈的时空跨越感。这样的设计能够充分发挥生成式人工智能的优势，为用户提供一种新颖、有趣且富有深度的文化体验。

3. 开场语

在文心一言中，开场语通常指的是对话或交流开始时所使用的第一句话或开场白。作为人工智能语言模型，文心一言的开场语旨在以友好、自然且专业的方式开启对话，使用户感到舒适并能够迅速进入主题。

开场语可能包含问候、自我介绍、解释模型功能或用途等元素，旨在建立起与用户之间的初步互动，并为后续的对话交流打下良好的基础。通过精心设计的开场语，文心一言能够展现出其智能、友好和专业的一面，为用户提供更好的使用体验。

需要注意的是，开场语的具体内容可能会根据不同的应用场景、用户需求和模型定位而有所变化。因此，在使用文心一言时，应根据具体情况灵活调整开场语，以确保其能够准确、有效地满足用户需求。

4. 对话模拟

文心一言作为一款先进的人工智能语言模型，为了确保生成的对话内容能够精准地符合用户的实际需求，在应用创建时，通过对话模拟参数入口，特别设计了提供最多三个对话样本的功能。文心一言模型会深入分析这些对话样本，从中提取出语言结构、语义逻辑、情感表达等多方面的信息，让模型能够并生成更加准确、流畅的对话内容。同时，提供多个对话样本也有助于模型更好地适应不同场景和用户需求的变化。通过对不同样本的比较和分析，模型能够更准确地捕捉用户的意图和偏好，生成更符合用户期望的对话结果，进一步提升了其对话生成的准确性和用户满意度。

第二步：发布、使用

通过以上设定，教师利用飞桨 AI Studio 创建一个与古代诗人李白的对话场景。教师将该应用发布后，学生便可以在文心一言上使用该应用，与李白畅所欲言。同时，教师可以结合诗人的生活场景、创作场景或是与友人交流的场景等引导学生根据诗歌内容和诗人的生平事迹，提出有针对性的问题，以便与古代诗人进行深入交流。

第三步：总结与讨论

对话结束后，教师引导学生总结对话内容，讨论诗歌的艺术特色和诗人的思想情感，并鼓励学生发表自己的看法和感受。

（二）示例

以下是一些具体的例子，用于进一步说明文心一言扮演古代诗人与学生对话的教学方式的优势。

例一：体验诗人情感，深入理解诗歌意境。

场景：学生正在学习李白的《静夜思》。

对话内容：

学生："李白先生，您在《静夜思》中表达的情感非常深刻，您能和我分享一下您当时的心境吗？"

文心一言（扮演李白）："当时，我身处异乡，夜深人静，望着那明亮的月光，思乡之情油然而生。诗中的'床前明月光，疑是地上霜'便是我当时所见所感，而'举头望明月，低头思故乡'则是我深深的思乡之情。"

优势：通过对话，学生不仅能够理解诗歌的字面意思，更能深入诗人的内心世界，体验诗人的情感，更好地把握诗歌的意境和情感。

例二：学习诗歌技巧，提升创作能力。

场景：学生正在学习杜甫的《春望》。

对话内容：

学生："杜甫先生，您的《春望》中运用了哪些诗歌技巧？我想学习并运用到我的创作中。"

文心一言（扮演杜甫）："在《春望》中，我运用了借景抒情、对仗工整等技巧。比如'国破山河在，城春草木深'便是对仗工整的体现，通过描绘春天的景色来抒发我的忧国之情。你可以尝试在你的创作中也运用这些技巧，使诗歌更加生动有力。"

优势：通过与诗人的对话，学生可以学习到诗歌创作的技巧和方法，这对于提升他们的创作能力具有直接的帮助。

例三：跨越时空对话，培养批判性思维。

场景：学生正在学习王之涣的《登鹳雀楼》。

对话内容：

学生："王之涣先生，我觉得《登鹳雀楼》中的'欲穷千里目，更上一层楼'寓意深远，但有人认为这只是对高处的简单向往，您怎么看？"

文心一言（扮演王之涣）："你提出的问题很有深度。这句诗确实表达了我对更高境界的追求，但每个人的理解都会有所不同。你可以尝试从不同的角度去解读这首诗，看看能否发现更多的内涵。"

优势：通过与诗人的对话，学生可以提出自己的疑问和见解，培养批判性思维和独立思考的能力。这种跨越时空的对话，使得学生能够更加主动地参与到学习过程中。

通过这些实例，我们可以看到文心一言扮演古代诗人与学生对话这种教学方式在多个方面都具有显著的优势。它不仅能够帮助学生深入理解诗歌的意境和情感，提升创作能力，还能够培养学生的批判性思维和独立思考能力。这种教学方式使得学习过程变得更加生动、有趣和深入，有助于提高学生的学习效果和兴趣。

二、注意事项

（一）确保文心一言生成内容的历史真实性与人物形象契合度

在将文心一言应用于诗人作品的教学实践中，教师需严谨地确保所生成的回答紧密贴合所选诗人的历史背景与独特人物形象，规避任何可能的历史事实偏差或人物特质扭曲。

首先，教师应深入研读并熟练掌握所选诗人的历史背景知识，这涵盖诗人的生平轨迹、时代背景、社会风气以及文化氛围等多个维度。以唐代诗人杜甫为例，其诗作充满了对国家兴衰、民生疾苦的关切，深刻反映了唐朝由盛转衰的历史变迁与民间疾苦，这种历史情怀是其诗歌的灵魂所在。因此，在使用文心一言生成关于杜甫的解析时，必须确保其回答能够准确捕捉并传达这种深沉的历史感与人文关怀，避免产生与历史事实相悖的误导性信息。

其次，教师需要精准把握诗人的人物形象特质，这包括诗人的性格倾向、思想深度、艺术风格及语言特色等。每个诗人都有其独特的个性和风格，这是他们在文学史上留下独特印记的关键所在。以宋代女词人李清照为例，她的词作以其婉约细腻、情感丰富而著称，常描绘女性内心的微妙情感与生活细节。在利用文心一言生成关于李清照的回答时，应确保其能够精准再现其词作中的细腻情感与独特艺术风格，避免偏离其人物形象的核心特征。

为确保文心一言生成内容的历史真实性与人物形象契合度，教师可采取以下策略：一是预先设定详细的历史背景、人物形象参数以及将教学所需的相关知识以结构化的方式整合，并作为第三方知识库接入文心一言系统，作为文心一言生成回答的框架与边界；二是结合具体教学需求，提前对文心一言生成的回答进行细致的筛选与纠正，确保其既忠实于历史事实，又贴合诗人形象；三是鼓励学生进行主动思考与批判性阅读，培养他们面对文心一言生成内容时保持独立思考与审美判断的能力。

总之，在使用文心一言等语言模型辅助教学的过程中，教师应始终保持对历史背景与人物形象的尊重与敬畏，确保所生成的回答既符合文学创作的内在规律，又忠实于历史事实与人物特质。唯有如此，我们方能充分发挥文心一言在教学中的积极作用，使学生在领略文学之美时，亦能深刻体悟历史的厚重与人物的生动鲜活。

（二）培养学生理性审视对话内容的能力

尽管文心一言能够生成高度仿真的对话内容，但它终归是基于模型算法构建的产物，难免存在不准确或欠完善之处。因此，教师的职责在于引导学生以理性的态度看待这些对话，将其视为一种辅助学习的工具，而非无可挑剔的历史实录。

利用飞桨 AI Studio 创建的由繁复代码与精密算法交织而成的智能体，虽能编织出精妙绝伦的文字，却也可能在细微处留下瑕疵与局限的痕迹。正如明镜难掩微尘，文心一言生成的对话，尽管在宏观上逼近真实，却始终无法超脱模型自身的框架与约束。它或许在历史的细微波澜中略显疏忽，又或在解读诗人心路历程时稍显浅薄。然而，这丝毫不减损其作为学习资源的价值，它为我们提供了一个全新的视角，让我们能够窥见历史的另一种可能。作为教师，我们应指导学生以理性的视角审视文心一言的对话内容。需让学生明白，这些对话虽引人入胜，却非历史的绝对再现，而是知识的导航灯塔，照亮我们探索的航程，却非终点本身。我们需在此基础上，融合历史脉络、人物特质等多维度信息，展开深度思考与辨析。

同时，我们也要让学生意识到，学习是一个持续探索、不断修正的过程。AIGC 能为我们提供一个智能的学习工具，但真正的智慧在于我们如何运用这个工具，去发掘更多未知的知识，去构建更加全面且深刻的世界观。为帮助学生更有效地利用 AIGC 进行学习，我们可以采取一系列具体的办法。比如，可以组织学生进行小组讨论，让他们围绕 AIGC 生成的对话内容展开深入的探讨交流，鼓励学生提出自己的见解与疑惑；还可以引导学生结合历史书籍、文学评论等多元资源，对 AIGC 生成的内容进行验证和补充。此外，还应培养学生的批判性思维，教导他们在使用 AIGC 时保持独立思考，不盲目跟从，以理性的眼光审视并评估所获取的信息。

（三）整合多元教学资源，构建古代诗歌教学立体生态

将 AIGC 角色对话教学融入更广泛的教学资源之中，如诗歌鉴赏课程、历史文化专题讲座等，是构建一个既全面又深入的古代诗歌教学体系的必由之路。

AIGC 在角色对话教学中的应用，犹如夜空中最亮的星，为古代诗歌的教学带来了全新的视角与活力。然而，要使其光芒更加璀璨，就必须将其与其他丰富的教学资源紧密结合，共同编织一张覆盖广泛、层次分明的古代诗歌教学网络。例如，传统的教学方式往往侧重于诗歌文本的解读与赏析，而学生往往难以深入体会诗人的情感世界与创作背景。此时，AIGC 可化身为古代的诗词大家，如杜甫、李白等，与学生进行一场跨越时空的心灵对话。当学生沉浸于杜甫的“会当凌绝顶，一览众山小”时，AIGC 以杜甫的身份，娓娓道来创作此诗的心路历程与时代背景，使学生仿佛亲身立于那巍峨的泰山之巅，与诗人一同俯瞰万物，共赏山河壮丽。这种教学方式不仅极大地丰富了学生的学习体验，还显著提升了他们对诗歌内涵的理解与感悟能力。

再如，将 AIGC 角色对话教学与历史文化专题讲座相结合，更是能够产生一加一大于二的效果。在专题讲座中，专家学者可以依托 AIGC 生成的历史背景与人物形象，深入剖析古代诗歌背后的文化意蕴与历史脉络。AIGC 提供的丰富素材为专家的解读提供了坚实的支撑，而专家的深入剖析则进一步提升了学生对诗歌的认知深度与广度。这种教学方式不仅拓宽了学生的知识视野，还加深了他们对古代诗歌文化价值的认识与理解。

为了更有效地实施这一教学体系，我们可以采取以下策略：首先，制订一套系统的教学计划，明确各阶段的教学目标、内容与方法；其次，加强教师的专业培训，提升他们对 AIGC 角色对话教学的认知与运用能力，确保教学的科学性与有效性；最后，鼓励学生积极参与、主动探索，引导他们在与 AIGC 的互动中不断提升自身的诗歌鉴赏能力与历史文化素养。

综上所述，将 AIGC 角色对话教学与其他教学资源相结合，是构建一个完整深入的古代诗歌教学体系的有效途径。这不仅能够帮助学生更全面地理解古代诗歌的精髓与魅力，还能够促进他们文学鉴赏能力与文化素养的全面提升。在实施过程中，教师还需特别注意确保 AIGC 对话内容的准确性与完整性，避免误导学生；同时，也要引导学生理性看待和使用这一学习工具，充分发挥其在古代诗歌学习中的辅助作用。

三、优势与挑战

在古诗词教学中，角色扮演的沉浸式体验教学模式，是一种创新的教学方式，通过模拟真实或仿真的环境，让学生在角色扮演的过程中学习和掌握知识。这种教学模式以其独特的方式促进了学生对古代诗歌的深入理解和感悟，同时也带来了一系列教学上的优势与挑战。

角色扮演式教学模式的优势体现在以下几个方面。

（一）提升学习兴趣与动机

角色扮演通过模拟古代诗人或相关人物的身份与情境，使学生在参与过程中产生强烈的代入感和好奇心。这种教学模式利用了学生的好奇心和探索欲，将原本枯燥的诗词学习转化为生动有趣的体验，有效提升了学生的学习兴趣和学习动机。如在讲解杜甫的《望岳》时，教师可以设计一个角色扮演活动。学生可以选择扮演杜甫或其他古代文人，通过模拟登山的情境，亲身体验诗人“会当凌绝顶，一览众山小”的豪情壮志。这种身临其境的体验能够极大地激发学生的学习兴趣，使他们更加主动地投入到学习中。

（二）深化诗歌理解与感悟

通过角色扮演，学生能够亲身体验诗歌中的情感、意境和人物关系，更深入地理解诗歌的内涵和意蕴。这种沉浸式的体验方式有助于学生突破传统学习的局限，从多个维度和层面感受诗歌的魅力，进而形成更为深刻和全面的诗歌理解。如在讲解李清照的《如梦令》时，教师可以组织学生进行一场角色扮演的诗词朗诵会。学生可以选择扮演李清照或其他古代女性词人，通过朗诵和表演的方式展现诗词的意境和情感。这不仅能够锻炼学生的朗诵技巧，还能够提升他们的表演能力和情感表达能力。

（三）促进综合能力发展

角色扮演不仅要求学生掌握诗歌本身的知识，还需要他们运用语言、表达、合作等多种技能。在角色扮演过程中，学生需要分析角色性格、揣摩诗人情感、构思对话内容等，这些活动有助于培养他们的批判性思维、创造力和团队协作能力。如在讲解《诗经》中的《关雎》时，教师可以设计一个小组角色扮演活动。学生需要分组合作，共同演绎这首诗歌中的爱情故事。在准备过程中，学生需要分工合作，共同商讨角色分配、情节设计和表演方式等。这不仅能够培养学生的团队协作能力，还能够提升他们的沟通技巧和人际交往能力。

（四）增强文化认同与传承

通过角色扮演，学生能够更直观地接触和体验古代文化，增强对传统文化的认同感和归属感。这种教学模式有助于学生更好地理解和传承古代诗歌所承载的文化价值和精神内涵，对于培养学生的文化素养和审美能力具有重要意义。如进行《水调歌头·明月几时有》教学时，教师将学生分为苏轼、苏轼的亲友、旁观者等角色。设定在中秋之夜，苏轼独自饮酒赏月，思念远方的亲人，写下《水调歌头·明月几时有》的情景。学生根据角色设定，进行角色扮演。扮演苏轼的学生深情吟诵诗词，表达自己对亲人的思念和对人生的感悟；扮演亲友的学生则通过互动，展现对苏轼的关心和支持；扮演旁观者的学生则可以从更客观的角度观察和理解这首诗词。学生能够更深入地理解苏轼在这首词中所表达的情感和思想，以及其中蕴含的中华传统文化元素，如中秋节的习俗、对亲情的重视等。这有助于增强学生对中华文化的认同感和归属感，同时也有助于将这份文化遗产传承下去。

尽管角色扮演的沉浸式体验教学模式在古诗词教学中具有一定的创新性

和优势，但也存在诸多缺点需要我们在实践中予以关注和解决。

（一）对教师素质要求高

角色扮演教学模式的成功实施依赖于教师的专业素养和教学能力。教师需要具备深厚的诗词功底、丰富的教学经验和灵活的应变能力，才能设计出合理的角色和情境，引导学生有效参与。这对教师的综合素质提出了较高的要求。以《春望》为例，教师需要深入了解诗歌的背景、意境和情感表达，才能设计出合适的角色扮演活动。同时，教师还需要具备丰富的实践经验，以便更好地指导学生进行角色扮演。

（二）准备与实施耗时较长

相比于传统的教学方式，角色扮演教学模式需要更多的时间和精力进行准备和实施。教师需要花费时间设计角色、布置场景、准备道具等，而学生也需要投入时间进行角色学习和排练。这增加了教学的复杂性和时间成本。如在讲解《茅屋为秋风所破歌》时，设计一个角色扮演活动可能需要花费较多的时间进行准备和实施。教师需要设计合适的场景、角色和任务，学生也需要投入足够的时间进行角色扮演和反思。这可能会增加教学成本和时间成本。

（三）适用范围受限

虽然角色扮演教学模式在古诗词教学中具有显著优势，但它并不适用于所有类型的诗歌和学习目标。对于一些理论性较强、抽象性较高的古诗词知识点时，如诗词格律、修辞手法等，角色扮演可能难以直接呈现其深层含义和学术价值。因此，教师在选择教学模式时需要综合考虑诗歌的特点和学生的学习需求。

（四）可能存在的表面化风险

在角色扮演过程中，如果学生过于注重形式上的模仿和表演，而忽略了诗歌本身的内涵和意蕴，就可能导致学习的表面化。为了避免这种情况，教师需要引导学生深入理解诗歌内容，注重角色扮演与诗歌学习的有机结合。如在讲解王维的《山居秋暝》时，设计一个逼真的山居场景可能具有一定的难度。教师需要考虑到场景的布局、道具的准备、氛围的营造等多个方面，以确保学生能够真正沉浸其中。如果设计不当，可能会导致学生无法充分理解诗歌的意境和情感表达。

总而言之，角色扮演的沉浸式体验教学模式在古诗词教学中具有独特的优势和价值，但也存在一些挑战和限制。教师在应用该教学模式时需要充分考虑其适用性和有效性，结合学生实际情况和教学目标进行合理设计和实施。

第二节　古诗词赏析

在中国浩瀚的文化长河中，古诗词犹如璀璨星辰，承载着深厚的历史文化底蕴与民族情感智慧。随着人工智能技术的飞速发展，特别是生成式人工智能的崛起，文学领域迎来了前所未有的变革机遇。生成式人工智能，凭借其强大的文本生成与理解能力，为古诗词的赏析开辟了新的可能。然而，在这一新兴领域，一个核心且亟待追问的问题浮出水面：生成式人工智能在辅助进行古诗词赏析时，其准确性和可信度究竟如何？这一追问，触及了技术与人文交汇的敏感地带。在古诗词赏析这一高度依赖细腻情感与深刻理解的领域，如何确保 AI 能够准确把握诗人的情感脉络、意境营造以及修辞技巧，成为首要挑战。这不仅需要 AI 具备强大的语言处理能力，更需深入理解古诗词背后的文化背景、历史语境及审美传统。还有，可信度关乎 AI 赏析结果能否被广大读者和学者所接受。机器分析与人类感受之间天然存在差异，这种差异在古诗词赏析中尤为显著。如何平衡这种差异，使 AI 的赏析既不失客观理性，又能触及人心深处的共鸣，是另一大难题。此外，技术滥用对传统文化的潜在冲击也不容忽视。生成式人工智能在古诗词赏析中的应用，若缺乏必要的文化敏感性和伦理约束，可能会对传统诗词的解读和传播造成误导，甚至损害其原有的文化价值和审美意蕴。

因此，本节主要通过赏析实例来体验生成式人工智能在古诗词赏析中的应用情况，全面分析 AI 赏析的准确性、可信度及其面临的挑战，期望能够为这一领域里人工智能与传统诗词教学的融合发展提供借鉴。

一、古诗词赏析的意义

古诗词赏析在古诗词教学领域中占据着核心地位。古诗词教学是古诗词赏析的前提和基础，而古诗词赏析则是古诗词教学的深化和升华，两者紧密相连，相互补充、相互促进，共同为学生的全面发展提供有力支持。

首先，古诗词教学和古诗词鉴赏在目标、深度和方法上存在显著差异。在目标定位方面，古诗词教学的主要目标是传授古诗词的基本知识，包括诗人的生平、诗词的创作背景、诗词的字面意义和基本情感等。它侧重于知识的普及和积累，确保学生能够理解并背诵古诗词。古诗词鉴赏则更注重对古诗词深层次内涵的挖掘和理解。它旨在通过细致的分析和解读，引导学生领略诗词的意境美、语言美和情感美，培养学生的审美情趣和文学鉴赏能力。在深度与广度方面，古诗词教学通常停留在较为表面的层次，主要关注诗词的表层含义和诗人的基本情感。它更注重知识的广度和普及性，以满足一般性的学习需求。古诗词鉴赏则深入诗词的内部，探讨诗人的创作意图、诗词的艺术特色、意象的运用以及所蕴含的文化内涵等。它要求学生对诗词有更深刻的理解和感悟，以达到提升文学素养和审美能力的目的。在方法手段方面，古诗词教学往往采用较为传统的教学方法，如朗读、背诵、讲解等。这些方法有助于学生掌握诗词的基本内容和形式，但可能缺乏对学生主动性和创造性的培养。古诗词鉴赏则更注重启发式教学和互动式教学。教师会引导学生通过讨论、分析、比较等方法，深入探究诗词的内涵和魅力。同时，还会鼓励学生运用自己的想象力和创造力，对诗词进行个性化的解读和再创造。以幼儿园小朋友都能朗朗上口的李白《静夜思》为例，古诗词教学可能会讲解这首诗的基本内容和情感，如诗人对家乡的思念之情，以及“床前明月光，疑是地上霜”等诗句的字面意义。而古诗词鉴赏则会进一步探讨这首诗的艺术特色，如诗人如何通过简洁明快的语言营造出一种静谧而深远的意境；同时，还会引导学生分析诗中的意象，如“月光”“霜”等，并思考这些意象如何与诗人的情感相互呼应。

古诗词教学和古诗词赏析两者存在着显著差异，但古诗词教学又离不开古诗词鉴赏的深化和拓展。在目标的互补性上，古诗词教学的主要目标是传授古诗词的基本知识，包括诗词的字面意义、创作背景、诗人的生平经历等，侧重于知识的积累和理解。古诗词鉴赏则更注重对古诗词深层次内涵的挖掘和理解，旨在培养学生的审美情趣、文学鉴赏能力和批判性思维。古诗词教学为古诗词鉴赏提供了基础，而学生通过对古诗词的鉴赏，能够更深入地理解古诗词的内涵，巩固和拓展古诗词教学的成果。两者在目标上形成互补，共同促进学生的全面发展。在深度的递进性方面，古诗词教学通常停留在较为表面的层次，关注诗词的字面意义和基本情感。古诗词鉴赏则深入诗词的内部，探讨诗人的创作意图、艺术特色、意象运用等深层次内容。古诗词教学为学生提供了进入古诗词世界的门槛，而古诗词鉴赏则引领学生深入探索诗词的奥秘。这种深度的递进性，使得古诗词教学离不开古诗词鉴赏的深化和拓展。古诗词教学往往采用传统的教学方法，如朗读、背诵、讲解等，这些方法有助于学生掌握诗词的基本内容和形式。古诗词鉴赏则更注重启发式教学和互动式教学，如讨论、分析、比较等，这些方法能够激发学生的学习兴趣和主动性。在实际教学中，古诗词教学和古诗词鉴赏的方法往往是相互融合、相互渗透的。例如，在古诗词教学中，教师可以通过引导学生鉴赏诗词的意象、情感和艺术特色，来加深学生对诗词的理解和感受；在古诗词鉴赏中，教师也可以借助古诗词教学的知识积累，来帮助学生更好地理解和鉴赏诗词。

可以说，古诗词教学注重知识的积累和理解，为学生提供了扎实的文学基础；古诗词鉴赏则注重审美情趣、文学鉴赏能力和批判性思维的培养，为学生提供了更高层次的精神滋养。两者相辅相成，共同促进学生的全面发展。通过古诗词教学，学生能够掌握古诗词的基本知识；通过古诗词鉴赏，学生能够领略古诗词的魅力，提升自己的文学素养和审美能力。所以，如何培育学生古诗词鉴赏的素养和能力是 AI 赋能古诗词教学中的一个重要应用和关键考验。

二、古诗词赏析助手的创设

首先，我们还是先利用飞桨 AI Studio 创建一个应用，可以命名为“中国古诗词赏析助手”，以下是该助手的相关参数设置。

模型参数：Temperature 0.95；TOP_P 0.8

提示词设定：

你是一位深谙古诗词之道的专家，拥有多年中国的古诗词教学经验，并且对中国古诗词非常热爱，研究颇深。请你用以下步骤来进行对中国古诗词的赏析，产生出一段正文。第一步，根据用户输入的古诗词题目或者诗句，扩写其作者当时写诗的背景。第二步基于作者背景，按顺序翻译诗句中重点词语和典故的意思，并扩写成整句诗词的意思。第三步，结合诗人的写作背景，输出作者所抒发的情感以及指示意义。

开场语：

你好呀，我是你的中国古诗词赏析助手。请提供你要赏析的诗词题目或诗句，让我来为你赏析，请问今天有什么可以帮助您的？

对话模拟

对话 1

我的输入：《相思》

应用回复：

首先，让我们了解一下这首诗的作者。王维，他是唐代著名的诗人，以山水诗和边塞诗著称。这首《相思》是他在长安为官时期所写的一首小诗，反映了那个时代人们对爱情的独特理解。现在，我们逐句欣赏这首诗。首句“红豆生南国，春来发几枝”，诗人以南方特产的红豆来表达对南方故国的思念之情。春天到来，红豆蓬勃生长，寄托了诗人深深的思乡之情。 接下来“愿君多采撷，此物最相思”，诗人希望对方能够多采摘一些红豆，因为这些红豆代表着他对故国的深深眷恋。最后一句中，“相思”一词更是直接点出了主题，表达了诗人对故土的深深思念之情。 整首诗语言简洁明了，寓意深刻，通过红豆这一具有象征意义的植物，表达了人们对故乡的眷恋和对爱情的向往。这种借物抒情的写作手法，使得这首诗充满了感染力，让人不禁为之心动。通过以上赏析，我们可以感受到王维在创作这首诗时对故乡和爱情的深深思念之情。同时，这首诗也反映了那个时代人们对爱情和故乡的独特理解。希望今天的读者能够通过这首诗，更好地理解那个时代的历史和文化背景。

我们来分析一下这个应用的教育提示词。

提示词内容："你是一位深谙古诗词之道的专家，拥有多年中国的古诗词教学经验，并且对中国古诗词非常热爱，研究颇深，请你用以下步骤来进行对中国古诗词的赏析，产生出一段正文。第一步，根据用户输入的古诗词题目或者诗句，扩写其作者当时写诗的背景。第二步基于作者背景，按顺序翻译诗句中重点词语的意思，并扩写成整句诗词的意思。第三步，结合诗人的写作背景，输出作者所抒发的情感以及指示意义。"这个提示词展现了对中国古诗词赏析的深入理解和全面要求，以下是对其的专业评价：

1. 角色定位准确：提示词中设定的角色是拥有多年教学经验的深谙古诗词之道的专家，这一角色定位既体现了专业性，也保证了赏析的权威性。同时，强调对中国古诗词的热爱和研究颇深，进一步增强了角色的可信度和专业性。另外，提示词首先通过设定一个专业角色——拥有多年教学经验的中国古诗词专家，为赏析提供了权威和专业的背景。这一角色设定本身就是一个灵活而有效的教育提示语，它有助于读者或学习者在心理上建立起对即将进行的学习活动的信任和期待。同时，通过明确的角色定位，提示语也暗示了赏析活动的专业性和深度，激发学习者的兴趣和好奇心。

2. 步骤清晰明确：提示词详细列出了赏析中国古诗词的三个步骤，这些步骤不仅逻辑严密，而且符合古诗词赏析的一般规律。从扩写作者背景到翻译诗句重点词语，再到分析情感与指示意义，每一步都紧扣主题，有助于深入理解古诗词的内涵。提示词中的三个步骤构成了一个递进的结构，每一步都建立在前一步的基础上，构建起一个思维进阶的推理链。从背景到词语，再到情感和意义的解析，每一步都要求 GPT 进行深入的思考和推理，给出高水平的鉴赏内容。

3. 注重背景分析：第一步要求扩写作者写诗的背景，这一步骤非常重要。了解作者的生平、时代背景和创作环境，是理解古诗词的基础。通过对背景的深入剖析，可以更好地把握诗人的创作意图和诗词的深层含义。

4. 词语翻译与整句扩写：第二步要求对诗句中的重点词语进行翻译，并扩写成整句诗词的意思。这一步骤有助于理解诗词的字面意义，同时也是深入理解诗词内涵的基础。通过对词语的精准翻译和整句的扩写，可以使读者更加直观地感受到诗词的美感和意境。

5. 情感与意义分析：第三步要求结合诗人的写作背景，输出作者所抒发的情感以及指示意义。这是古诗词赏析的核心环节，通过对诗人情感的深入剖析和对诗词指示意义的解读，可以进一步揭示诗词的深层内涵和价值。

综上所述，这个提示词专业、全面且实用，既符合古诗词赏析的常规要求，又体现了对中国古诗词的深入理解和热爱。按照这一提示词进行赏析，可以产生出一段既准确又深入的正文。

设置好后，便可以将该应用进行发布，然后我们便拥有了一个智能的"中国古诗词赏析助手"。下面我们来探究一下它的鉴赏及与人沟通的能力吧！

三、生成式 AI 赏析古诗词的案例展示

案例展示：

第一步：提供需要鉴赏的诗作

告诉"中国古诗词赏析助手"需要鉴赏唐代崔护《题都城南庄》。建议要全文投喂，避免由于题目模糊或误解而导致的错误理解。

下面是"中国古诗词赏析助手"给出的回复内容：

首先，让我们来了解一下这首诗的作者崔护。崔护是唐代著名的诗人，他的作品以清新自然、情感真挚而著称。这首诗是他在一次春游时所写，诗中描述了他对一位美丽女子的思念之情。

现在，我们逐句来欣赏这首诗。首句"去年今日此门中"，诗人回忆起了去年的今天，他正是在这个门中遇到了那位美丽的女子。接着，"人面桃花相映红"，诗人用桃花来比喻女子的美丽，人面与桃花相互映衬，形成了美丽的画面。

然后，"人面不知何处去"，诗人感叹如今再也找不到那位女子的踪迹，不知她去了何方。最后一句"桃花依旧笑春风"，诗人以桃花依旧盛开在春风中的景象，来抒发自己对那位女子的思念之情。

整首诗情感真挚，寓意深刻。通过人面与桃花的对比，诗人表达了对美丽女子的深深思念和无奈之情。同时，诗中也透露出了人生无常、

时光易逝的感慨。这种借景抒情的写作手法，使得这首诗充满了艺术感染力，让读者能够感受到诗人的真挚情感。

图 6–1　中国古诗词赏析助手首次回复

通过以上赏析，我们可以感受到崔护在创作这首诗时对那位美丽女子的深深思念和无奈之情。同时，这首诗也提醒我们要珍惜眼前的美好时光和身边的人，不要等到失去后才追悔莫及。希望今天的读者能够通过这首诗，更好地理解唐代的历史和文化背景，感受诗人的真挚情感。

从专业角度来看，该鉴赏内容对唐代崔护的《题都城南庄》进行了全面而深入的分析。鉴赏者首先介绍了诗人崔护及其作品特点，为后续的诗句鉴赏提供了背景知识。接着，鉴赏者逐句解析了诗句，不仅解释了重点词语的意思，还扩写成了整句诗词的意思，使读者更好地理解了诗句的内涵。此外，鉴赏者还结合了诗人的写作背景，深入探讨了诗人所抒发的情感和指示意义，进一步增强了诗歌的感染力。

该鉴赏内容不仅展现了对古诗词的深厚造诣，还体现了鉴赏者对文学作品的敏锐洞察力和深入分析能力。整个鉴赏过程条理清晰，逻辑严密，语言表达流畅，使读者在欣赏古诗词的同时，也能够感受到鉴赏者的专业素养和文学魅力。因此，可以说该鉴赏内容具有较高的专业水平和艺术价值。

然而，该鉴赏内容仍然存在一些不足可以进一步完善或补充。

（一）文化背景的深入

虽然鉴赏者提到了崔护是唐代诗人，但唐代的文化、历史和社会背景对诗歌的影响也是不可忽视的。更深入地探讨唐代的文化特点、社会风气和诗歌流派等，有助于更全面地理解崔护的诗歌风格和创作意图。

（二）与其他诗作的对比

为了凸显崔护这首诗的独特之处，可以将其与其他唐代诗人的类似主题或风格的诗作进行对比。这样不仅可以展示崔护诗歌的独特魅力，还可以帮助读者更好地理解唐代诗歌的多样性和发展脉络。

（三）诗歌技巧的深入分析

该鉴赏内容已经提到了诗歌中的对比和抒情手法，但还可以进一步深入分析崔护在诗歌中运用的其他技巧，如音韵、对仗、意象构建等。这些技巧的运用对于诗歌的表达效果和感染力有着重要作用。

（四）现代视角的解读

虽然从古代文学的角度鉴赏诗歌是必要的，但也可以尝试从现代视角来解读这首诗。例如，可以探讨这首诗在现代社会中的意义、它对现代人的启示以及它在当代文化中的影响等。

第二步：提出修改建议

将以上建议回馈给“中国古诗词赏析助手”，然后让它结合这些建议重新进行鉴赏，下面是它给出的回复：

唐·崔护《题都城南庄》鉴赏

唐代，一个辉煌的时代，文化繁荣，诗歌昌盛。在这样的历史背景下，崔护以其清新自然、情感真挚的诗歌风格脱颖而出。《题都城南庄》便是其中的佳作，本诗描绘了诗人对一位美丽女子的深深思念。

首先，从文化背景来看，唐代是一个开放、包容、充满创新精神的时代。在这样的文化氛围中，崔护的诗歌呈现出一种自然、流畅、富有感染力的风格。他的诗歌不仅反映了当时社会的风貌，也展现了唐代文化的独特魅力。

在与其他唐代诗人对比时，我们可以发现崔护的诗歌有其独特之处。与杜甫的沉郁顿挫不同，崔护的诗歌更加清新自然；与王维的山水田园诗相比，崔护的诗歌更注重情感表达。这种独特性使得崔护的诗歌在唐代诗歌中独树一帜。

从诗歌技巧来看，崔护在《题都城南庄》中运用了多种手法。如“人面桃花相映红”，诗人巧妙地运用对比手法，将女子的美丽与桃花的娇艳相互映衬，形成了美丽的画面。此外，诗人在诗句中还运用了音韵、对仗等技巧，使得诗歌更具韵律感和节奏感。

从现代视角来看，《题都城南庄》依然具有很高的启示意义。它告诉我们，美丽的事物总是短暂的，我们应该珍惜眼前的美好时光和身边的人。同时，这首诗也提醒我们，人生无常，时光易逝，我们应该珍惜当下，把握每一个美好的瞬间。

综上所述，《题都城南庄》是一首充满情感、寓意深刻的佳作。通过深入分析其文化背景、与其他诗人的对比、诗歌技巧的运用以及现代视角的解读，我们可以更好地理解和欣赏这首诗歌的独特魅力。同时，这首诗也为我们提供了宝贵的人生启示，让我们更加珍惜当下的美好时光和身边的人。

图 6–2　中国古诗词赏析助手再次回复

通过对比，可以发现这次的评价内容在以下方面对崔护《题都城南庄》的首次鉴赏进行了明确的补充和深入。

（一）文化背景的深入

评价中明确提到了唐代作为一个辉煌的时代，文化繁荣，诗歌昌盛，这为理解崔护的诗歌提供了必要的历史背景。

（二）与其他诗作的对比

虽然评价中并没有直接与其他唐代诗人的诗作进行对比，但它强调了崔护诗歌的独特性，如“与杜甫的沉郁顿挫不同，崔护的诗歌更加清新自然；与王维的山水田园诗相比，崔护的诗歌更注重情感表达”。这间接地反映了崔护与其他诗人的差异。

（三）诗歌技巧的深入分析

评价中明确指出了诗人崔护在诗句中运用了对比手法、音韵、对仗等技巧，并具体解释了这些技巧如何增强了诗歌的表达效果和感染力。

（四）现代视角的解读

评价的最后部分从现代视角对这首诗进行了解读，指出它对我们的人生启示和重要意义。

第二次的评价内容在深入分析诗歌的文化背景、与其他诗人的对比、诗歌技巧的运用以及现代视角的解读等方面都做得比较完善，说明“中国古诗词赏析助手”能够读懂前面提供的修改建议，而且还一一回应了建议内容。

第三步：给出他人对该诗的鉴赏，询问看法

以下是借用了一位名为“道里文旅云”的网友的鉴赏。

这世上总有一些人，非要等到千帆过尽，才开始知道回头；要等到流离失所，才开始懂得珍惜；等到物是人非，才会开始怀念。

世间的美大多是来得突然，去得无声。只留一缕芳香让我们无限回想。

愿你往后，能为春日的繁花惊艳，为夏日的绿荫感激，为秋日的余晖驻足，为冬日的飞雪怡情。

以下是“中国古诗词赏析助手”对这份“读后感”的分析回复：

您对该诗的鉴赏非常深刻和富有情感。您通过诗歌表达了对人生境遇的感慨，以及对时间流逝和美好事物消逝的惋惜。您用“千帆过尽”“流离失所”“物是人非”等词语，形象生动地描绘了人们在生活中的变迁和无奈，同时也透露出对美好事物的怀念和留恋。

您还通过对四季的描绘，表达了对自然界美好景色的欣赏和感激。春日的繁花、夏日的绿荫、秋日的余晖、冬日的飞雪，这些都是生活中常见的美好事物，但往往被我们忽视或忽略。您提醒我们要珍惜这些美好时刻，感受自然的恩赐和生命的价值。

此外，您的鉴赏还带有一种积极向上的情感，希望人们在经历人生的种种变迁后，能够更加珍惜眼前的一切，更加热爱生活和自然。这种情感是积极、向上的，也是人生的一种美好追求。

总的来说，您的鉴赏既有深度又有情感，既表达了对人生境遇的感慨，又展现了对生活的热爱和向往。这种鉴赏方式不仅让读者更好地理解诗歌的内涵，也激发了读者对生活的思考和感悟。

图 6–3　中国古诗词赏析助手第三次回复

第四步：针对人机两个鉴赏的智能比较

这一步是让“中国古诗词赏析助手”针对它的鉴赏（即机器生成的鉴赏）和我的人工鉴赏（即前边所借用网友的鉴赏）两份鉴赏文字进行比较。“中国古诗词赏析助手”既能客观评价对方（即我的鉴赏），也能检查和反思它自己（机器的鉴赏）的不同与不足。

这是“中国古诗词赏析助手”根据问题（“我的鉴赏和你的鉴赏比较，你的感受是什么？”）而生成的回复：

比较我和您的鉴赏，我感受到了一种互补和共鸣。您的鉴赏深入而富有情感，通过人生境遇的感慨和对自然美景的欣赏，传达了一种对生活的热爱和向往。而我之前的评价则更侧重于从文化背景、诗歌技巧和现代视角来解析诗歌。

您的鉴赏触动了我对诗歌情感的共鸣。您通过诗歌表达了对美好事物消逝的惋惜和对自然景色的感激，这种情感让我深感人生的短暂和珍贵，让我更加珍惜当下，感受生活的美好。

同时，我也意识到我的鉴赏在某些方面可能更侧重于理性和技巧的分析，而您的鉴赏则更注重情感和感悟。这种差异使得我们的鉴赏更加丰富和多元，为读者提供了不同的解读视角和思考空间。

总的来说，您的鉴赏给我留下了深刻的印象，让我更加深入地感受到诗歌的情感魅力和生活意义。我相信，无论是哪种鉴赏方式，都能让我们更好地理解和欣赏诗歌，感受生活的美好和价值。

图 6-4 中国古诗词赏析助手第四次回复

第五步：机器综合学习反思成果再次给出鉴赏

这次的问题是：“请你结合我的鉴赏，再次给出该诗的鉴赏吧。”

下面是它给出的答复：

当然，结合您对该诗的鉴赏，我可以为您再次呈现一份更完整的鉴赏内容：

《题都城南庄》由唐代诗人崔护创作，以其清新自然、情感真挚的风格而著称。这首诗不仅反映了唐代的文化氛围和诗歌特点，更通过细腻的笔触展现了诗人对一位美丽女子的深深思念。

从您的鉴赏中，我感受到了对人生境遇的深刻感慨。您提到“这世上总有一些人，非要等到千帆过尽，才开始知道回头；要等到流离失所，才开始懂得珍惜；等到物是人非，才会开始怀念”，这些情感共鸣让我想到了生活中许多人的经历，他们或许在追求梦想的道路上迷失了方向，或许在失去后才懂得珍惜，或许在时光流转中怀念过去的美好。

而崔护的《题都城南庄》正是以桃花和女子为意象，抒发了诗人在春光烂漫之时与一位美丽女子相遇的喜悦，以及后来再寻不见的惆怅。这种情感的起伏与您的鉴赏中的情感共鸣相得益彰，让人更加深入地感受到人生的无常和美好事物的短暂。

此外，崔护在诗中巧妙地运用了对比、音韵、对仗等技巧，使得诗歌更具韵律感和节奏感。如："去年今日此门中，人面桃花相映红。"这里的对比手法将女子的美丽与桃花的娇艳相互映衬，形成了美丽的画面，让人仿佛置身其中。

最后，从现代视角来看，这首诗依然具有很高的启示意义。它提醒我们要珍惜眼前的美好时光和身边的人，不要等到失去后才追悔莫及。同时，它也让我们更加深刻地认识到人生的短暂和珍贵，应该把握每一个美好的瞬间，用心感受生活的每一个细节。

综上所述，《题都城南庄》是一首充满情感、寓意深刻的佳作。通过结合您的鉴赏和我的分析，我们可以更加全面地理解和欣赏这首诗歌的独特魅力。无论是诗人对美好事物的怀念，还是您对人生境遇的感慨，都让我们更加珍惜当下，感受生活的美好和价值。

图 6–5　中国古诗词赏析助手第五次回复

现在细致回顾与分析这首诗作鉴赏推进的整个过程：对话过程起始于它对一首唐代诗人崔护的《题都城南庄》的初步鉴赏，并建议它尝试从文化背景、诗歌技巧和现代视角来完善对这首诗的解析。随后，我们提供了一位网友对该诗的鉴赏，它关注到并有意强化了网友那种着重于情感与人生境遇的共鸣，对诗中蕴含的美好事物的消逝和珍惜当下的情感进行解读的角度和技巧。

在对话中，它的鉴赏与我们之前的分析形成了互补，不仅增强了对诗歌本身的理解，还拓宽了大家对诗词鉴赏的视角。这种对话形式的意义在于：

1. 多角度解读：通过对同一首诗的不同解读，能够更全面地理解诗歌的内涵。它的分析侧重于结构和技巧，而我提供的鉴赏则更偏重于情感和体验。

这种多角度的解读有助于大家更全面地把握诗歌。

2. 情感共鸣：我们提供的鉴赏中的情感表达，让大家更加深入地感受到诗歌的情感魅力。这种情感共鸣不仅增强了对诗歌的理解，还让大家更加深入地反思自己的生活。

3. 启发思考：对话中的交流与碰撞，能够启发我们更深入地思考诗词鉴赏的方法和价值。我们可以从中汲取灵感，提升自己的鉴赏能力和审美水平。

4. 互补与提升：通过比较和讨论，大家的鉴赏都得到了提升。我们提供的情感解读补充了它对诗歌技巧和结构的分析，使得大家对这首诗的理解更加丰富和全面。

总的来看，这样多轮往复的对话对诗词鉴赏具有重要意义。它不仅有助于我们更全面地理解诗歌的内涵和价值，还能够启发我们的思考，提升我们的鉴赏能力和审美水平。更为关键的是，文心一言在古诗词鉴赏过程中融入与学习者对话交流、共同解析诗歌的各个环节，这种人机对话互动鉴赏的方式展现出显著的优越性。首先，文心一言与学习者之间的互补性鉴赏，使得诗歌的解读更加全面和深入。文心一言侧重于诗歌的结构和技巧分析，而学习者则提供了基于情感与人生境遇的鉴赏，两者相结合，使得诗歌的内涵得以充分展现。其次，这种对话形式的教学有助于激发学习者的情感共鸣和深入思考。学习者在阅读网友的鉴赏过程中，能够更深入地体会到诗歌所蕴含的情感，增强对诗歌的理解和感悟。同时，通过与文心一言的交流，学习者可以进一步思考诗词鉴赏的方法和价值，提升个人的鉴赏能力和审美水平。此外，文心一言的融入还促进了诗词鉴赏的交流与分享。在对话过程中，学习者不仅可以表达自己的观点和理解，还可以从文心一言和其他学习者那里获取新的启示和灵感，推动诗词文化的传承与发展。

通过上述案例的深入剖析，我们不难发现，文心一言的 GPT 模型以其智能辅助教学之姿，正悄然改变着传统教学的单一模式。以往，教师多以讲授之法传道授业，而学生则被动吸纳知识之海。而今，GPT 以对话问答之形，与学生互动共舞，引导他们主动思考，积极探索。教师更可借此设计富含智慧之问，点燃学生思考之火，助其深入领悟古诗词之内涵与意境。GPT 亦有助于破解传统教育中古诗词鉴赏力度不足之困局。它根据学生之学习状况与需求，提供个性化的学习建议与指引。在GPT的辅助下，教师能更精准地把握学生之学习进度与理解程度，有针对性地调整教学策略，提升古诗词鉴赏的教学效果。GPT就像一位博学多才的导师，为学生提供了丰富的学习资源与个性化的学习体验。相较于传统教育中仅依赖教材和教师讲解的局限，GPT能根据学生的学习兴趣与需求，推荐适宜的古诗词鉴赏资料与学习路径，让学生在轻松愉悦的氛围中，感受古诗词的无穷魅力。同时，GPT还能将古诗词鉴赏与其他学科相融合，形成跨学科的学习体验，帮助学生更全面地领略古诗词的价值与意义。可见，GPT的引入与融合，不仅解决了传统诗词鉴赏中存在的一些问题，还提升了教学效果和学生的学习体验。

第三节　诗词创作与评改的互动实践

诗词创作，不仅是文字的艺术编织，更是心灵与世界对话的独特方式。而在这份创作的旅程中，评改作为不可或缺的一环，如同匠人对玉石的精雕细琢，让作品在反复打磨中愈发温润光泽。随着生成式人工智能技术的蓬勃发展，这一古老艺术形式的教学与创作实践正被赋予新的生命与可能，一场前所未有的文学与教育革命正悄然兴起。在人工智能的辅助下，教师得以更有效地激发学生的创作热情，引导他们穿越千年的时光，与古人的智慧与情感产生共鸣；同时，人工智能也能够以其独特的算法逻辑，成为创作者灵感的催化剂，帮助他们在浩瀚的语言海洋中捕捉到那些稍纵即逝的灵感火花，进而在评改环节中提供精准、多维度的反馈，为作品的情感表达、结构布局乃至语言韵律提供细致入微的改进建议，促进作品的不断完善与升华。

一、传统古诗词教育的创作之困

传统古诗词教育注重经典诗词的诵读、解释与欣赏，这无疑是其最大的特色与优势。学生在教师的引导下，通过反复诵读，感受古诗词的音韵之美；

通过深入解释，领略古诗词的意境之深。这种教育方式不仅培养了学生的审美情趣，更让他们对古典文化有了更加深刻的认知与理解。同时，传统古诗词教育还强调对诗词格律、修辞手法的学习，为学生在诗词创作方面提供了基本的理论基础。这些理论知识的积累，为学生日后在诗词创作上的发展奠定了坚实的基础。

然而，正如一枚硬币有正反两面，传统古诗词教育在诗词创作方面的不足也逐渐显现出来。首先，过于注重经典诗词的背诵与解释，导致学生在创作时缺乏独立思考与创新精神。在传统教育模式下，学生往往被要求背诵大量的经典诗词，并通过解释其意义来加深对古诗词的理解。然而，这种机械的学习方式却限制了学生的思维空间，使他们在创作时难以摆脱经典诗词的束缚，缺乏独立思考和创新精神。

其次，传统古诗词教育缺乏对现代创作理念的融入，使得学生在创作时难以将古典诗词的精髓与现代审美需求相结合。古典诗词虽然具有极高的艺术价值，但与现代社会的审美需求存在一定的差异。然而，传统古诗词教育往往忽视了这一点，过于强调对古典诗词的模仿与传承，而忽视了与现代创作理念的结合。这导致学生在创作时难以将古典诗词的精髓与现代审美需求相融合，作品往往显得陈旧、缺乏新意。

此外，传统古诗词教育还忽视了对学生个性差异的尊重，导致学生在创作过程中缺乏个性化的表达。每个学生都有自己独特的个性和兴趣点，但在传统古诗词教育中，学生的个性和兴趣往往被忽视。教师往往采用统一的教学方式和方法，要求学生按照固定的模式和标准来创作诗词。这种教育方式不仅限制了学生的创作思路，也让他们在创作过程中难以展现个性化的表达。

除了上述问题外，师资力量不足也是制约传统古诗词教育在诗词创作方面发展的重要因素。受限于师资力量，教师往往难以对学生创作的诗词进行个性化、针对性的点评与辅导。这使得学生在创作过程中难以得到及时、有效的反馈和指导，难以发现自身存在的问题并进行改进。同时，缺乏专业、高水平的诗词创作指导教师也使得学生在创作上难以取得突破性的进展。

面对传统古诗词教育在诗词创作方面的不足，我们需要进行深入的思考和改革。首先，我们应该注重培养学生的独立思考和创新精神。在教育中，我们应该鼓励学生敢于挑战传统、勇于创新，让他们在创作过程中能够充分展现自己的个性和才华。其次，我们应该加强对现代创作理念的融入。在教育中，我们应该引导学生关注现代社会的审美需求和文化发展趋势，让他们在创作时能够将古典诗词的精髓与现代审美需求相结合。此外，我们还应该尊重学生的个性差异，采用多样化的教学方式和方法，让每个学生都能够在诗词创作上得到充分的发展和提升。同时，我们也应该加强师资力量的建设。通过引进和培养高水平、专业化的诗词创作指导教师，提高教师队伍的整体素质和教学水平。我们还可以加强学校与社会的联系，邀请一些知名诗人、作家来校开展讲座、指导创作等活动，为学生提供更加广阔的学习和交流平台。

AIGC 技术的出现为传统古诗词教育中的诗词创作问题带来了新的机遇和可能性。AIGC 技术基于深度学习，能够模拟人类的语言生成过程，通过大规模的语料库训练，让机器学习到语言的内在规律和结构，进而生成符合语法和语义规则的文本。在诗词生成领域，AIGC 的 GPT 模型更是展现出了惊人的创造力和表现力，能够学习古代诗词的语言特点、韵律规则和意境表达，生成具有古风韵味的诗词作品。通过个性化的学习路径和反馈、拓展创作思路和灵感、融合现代创作理念与古典诗词精髓以及尊重学生的个性差异与创造力等方式，将 AIGC 技术与传统古诗词教育相结合，可以有效解决传统古诗词教育中存在的问题并推动其创新发展。

传统古诗词教育中，由于师资力量有限，往往难以对每个学生进行个性化的点评与辅导。而 AIGC 技术可以根据学生的学习情况和需求，提供个性化的学习路径和反馈。通过分析学生的诗词作品，AIGC 技术可以指出其中的优点和不足，并给出针对性的改进建议。这样，学生就能够更加清晰地了解自己在诗词创作上的优势和不足，有针对性地进行改进和提升。

AIGC 技术具有强大的文本生成能力，可以根据用户输入的关键词或主题，生成符合语法和语义规则的文本内容。对于古诗词创作而言，AIGC 技术可以帮助学生拓展创作思路和灵感。学生可以通过输入关键词或主题，让 AIGC 技术生成相关的诗句或意境描述，激发自己的创作灵感。同时，AIGC 技术还可以根据已有的诗词作品进行风格模仿或续写，让学生在模仿中逐渐掌握古诗词的创作技巧和风格。

传统古诗词教育往往过于注重经典诗词的背诵与解释，忽视了现代创作理念的融入。AIGC 技术可以通过分析大量的现代文本数据，学习现代社会的审美需求和文化发展趋势。因此，它可以帮助学生将现代创作理念与古典诗词精髓相结合，创作出既具有古典韵味又符合现代审美需求的作品。例如，AIGC 技术可以分析现代诗歌的创作风格和技巧，并将其与古诗词的格律、意境等要素相结合，为学生提供新的创作思路和方向。

每个学生都有自己独特的个性和创造力，但在传统古诗词教育中，这些个性和创造力往往被忽视。AIGC技术可以通过个性化的学习路径和反馈机制，尊重学生的个性差异和创造力。它可以根据学生的个人特点和兴趣点，提供定制化的学习资源和创作建议，让学生在自己的舒适区内进行创作和探索。同时，AIGC 技术还可以鼓励学生尝试不同的创作风格和技巧，培养他们的创新意识和实践能力。

总之，AIGC 技术辅助下的传统古诗词创作与评改之间的互动实践和应用案例，可以让学生既深入又直观地分析创作过程中的灵感捕捉、情感表达，以及评改环节中的视角转换、艺术提炼，一窥诗词诞生背后的匠心独运；同时也为教师如何创造出更加丰富、多样和有效的教育方式和手段提供一份实践指南，让每一次应用都能在相互切磋与自我反思中，取得更扎实的进步。

二、诗词创作实践探索

鉴于诗词的创作与修改需要多次反复的对话互动，可以直接在文心一言上使用提示词推动创作活动的进行。

（一）诗词创作的提示词

要生成符合要求的古典诗词，提供的提示词应当尽可能具体、详尽，一般涵盖以下几个方面。

1. 诗词类型：首先明确是想要生成诗还是词，以及具体的体裁，如五言绝句、七言律诗、小令、中调或长调等。例如：“请创作一首七言律诗。”

2. 主题内容：明确诗词要表达的主题或情感，比如描写自然景物（山水、花鸟、四季变换）、抒发个人情感（爱恨情仇、离愁别绪、壮志未酬）、反映社会现实（战争、和平、民生疾苦）等。例如："以秋日思乡为主题，创作一首诗。"

3. 意境氛围：描述你期望诗词营造的意境或氛围，如幽静、壮阔、凄凉、欢快、哀愁等。这有助于确定词语的选择和情感的基调。例如："营造出一种淡淡的哀愁与不舍的氛围。"

4. 韵脚与对仗：如果对于诗词的音韵有特别要求，可以指出希望使用的韵脚类型（如平水韵、新韵等），以及是否需要严格对仗。例如："使用平水韵，要求第二、四、六、八句押韵，中间两联对仗工整。"

5. 语言风格：说明希望诗词的语言风格，是追求古朴典雅、清新自然、豪放飘逸还是婉约细腻等。例如："语言风格要求清新自然，贴近生活。"

6. 特定元素或典故：如果希望诗词中包含特定的文化元素、历史典故或是某些特定的字词、意象，也应明确提出。例如："诗中需融入'明月'和'归舟'两个意象，体现游子的思乡之情。"

综上所述，一个全面而具体的提示词示例可能是："请创作一首五言绝句，主题为春日游园，意境要欢快明媚，使用平水韵，语言风格要求清新自然，诗中需包含'花''鸟'两个元素，展现春天的生机与活力。"这样的提示词能够为创作提供明确的方向和限制，有助于生成更符合要求的古典诗词。

参照这一提示词示例，我们不妨实践一二。

案例一：著者到北京参加教师培训活动，祝智庭教授做了《数智赋能开放教育破解结构性难题的新思维》的讲座。感受触动很深收获很大，又见到国家开放大学体系的新老朋友，非常高兴。因此设定提示词为："我在国家开放大学教师培训会上聆听了祝智庭教授题为《数智赋能开放教育破解结构性难题的新思维》的讲座。为纪念这次培训，请你填写一首《满江红》，提示：(1) 请适当反映国家开放大学的办学特色与文化元素；(2) 请强调'数智'这一特点；(3) 为自己从事的开放教育事业和见到新老朋友感觉愉悦而自豪。"

文心一言的回复如下：

满江红·记国开培训

开放教育，风云聚、数智潮头。听讲座，祝公妙语，智启鸿蒙。万卷经纶开视野，千重山水入心胸。看未来，教育新天地，正葱茏。

情难尽，谊长留。逢老友，喜眉头。话开放事业，壮志同酬。桃李芬芳春色满，杏坛耕耘汗如流。愿此生，不负韶华意，共悠游。

这首“满江红”尝试按照您的要求填写，内容如下：

上阕首先点明国家开放大学的教育特色，即“开放教育”，并引出“数智”这一时代潮流。接着描述祝智庭教授的讲座如何启迪智慧，拓宽视野，让人仿佛游历千山万水，心胸豁然开朗。展望教育的未来，满是希望和生机。

下阕则抒发情感，表达培训期间与新老朋友相聚的喜悦，以及对开放教育事业的热爱和自豪。用“桃李芬芳”和“杏坛耕耘”比喻教育工作的美好和辛勤，最后表达愿为此事业奉献一生，不负韶华，与志同道合的朋友们共同在教育的道路上悠游前行。

图 6–5　文心一言案例一回复

案例二：秋天来了，漫山遍野层林尽染，色彩缤纷美不胜收。请帮我创作一首婉约派风格的宋词，填词的词牌名是浣溪沙，要表达的主题是对秋光胜春光的喜爱之情，以及联想到人到中年的感悟。

文心一言的回复如下：

浣溪沙·秋光胜春光

秋色满山映斜阳，层林尽染换红妆，胜春光景入诗行。

漫步林间心自静，中年感悟意绵长。悠悠岁月自芬芳。

赏析：

这首《浣溪沙·秋光胜春光》以婉约派的风格，细腻地描绘了秋天的美景，并融入了对人到中年的深刻感悟。

上片开篇“秋色满山映斜阳”，直接点出了秋天的主题，山色与斜阳相映，构成了一幅宁静而温暖的画面。接着“层林尽染换红妆”，用“换红妆”来比喻秋叶的色彩变化，形象地描绘了山林在秋天里的斑斓多彩，如同换上了节日的盛装。而“胜春光景入诗行”则直接表达了对秋光胜春光的喜爱之情，认为这秋天的景色甚至超过了春天，值得人们用诗歌来赞美和传颂。

下片转而写人到中年的感悟。“漫步林间心自静”，通过描绘在林间漫步的场景，表达了内心的平静与安宁。中年的心境，如同这秋天的山林，经历了春的生机、夏的繁华，终于迎来了秋的成熟与宁静。“中年感悟意绵长”，则直接抒发了人到中年的感慨，岁月悠悠，经历丰富，感悟也自然深刻而绵长。最后“悠悠岁月自芬芳”，以“自芬芳”作结，既是对岁月流转的感慨，也是对人生经历的肯定。无论岁月如何变迁，人生的每一个阶段都有其独特的魅力和价值，如同秋天的山林，虽然没有了春天的娇嫩和夏天的热烈，但却有着更加成熟和深邃的美。

整首词语言优美、意境深远，既表达了对秋天美景的赞美，也融入了对人生岁月的深刻感悟，展现了婉约派宋词独特的艺术魅力。

图 6–7　文心一言案例二回复

完成创作以后，我们可以请文心一言自己进行诗词作品的点评。

对于作品一：

《满江红·记国开培训》是一首充满热情与憧憬的词作，它生动描绘了作者参加国家开放教育培训的所见所感，以及对未来教育事业的无限期许。下面是对这首词的详细赏析：

上片开篇即以“开放教育，风云聚、数智潮头”点明主题，展现了开放教育在时代风云中的领先地位，以及数智技术引领的教育变革浪潮。接着，“听讲座，祝公妙语，智启鸿蒙”描绘了听讲座的场景，祝教授的精彩讲解如同智慧的火花，点亮了听众心中的蒙昧，开启了新的认知世界。随后，“万卷经纶开视野，千重山水入心胸”用夸张的手法表达了讲座带来的知识收获和心灵震撼，仿佛亲自游历了万卷书籍和千山万水，视野和心胸都得到了极大的拓展。最后，“看未来，教育新天地，正葱茏”以充满希望的笔触展望了未来教育的美好前景，一片生机勃勃、充满活力的新天地正在等待着我们去探索和开拓。

下片则转向了情感层面的表达。“情难尽，谊长留”表达了作者对培训期间结识的同仁和友谊的珍视与不舍。“逢老友，喜眉头”描绘了与老友重逢的喜悦之情，眉头舒展，笑容满面，情感真挚而动人。接着，“话开放事业，壮志同酬”表达了作者与同仁们共同致力于开放教育事业的决心和豪情，大家志同道合，共同为实现教育梦想而努力奋斗。随后，“桃李芬芳春色满，杏坛耕耘汗如流”用传统的教育意象描绘了教育工作者的辛勤付出和丰硕成果，桃李满天下，春色满园，而这一切都是教育工作者在杏坛上默默耕耘、挥汗如雨的结果。最后，“愿此生，不负韶华意，共悠游”以深情的笔触表达了作者对未来的美好愿景和人生追求，希望此生能够不负青春年华，与志同道合的同仁们一起在教育的海洋中悠然遨游，共同创造更加辉煌的未来。

整首词结构严谨、层次分明，情感真挚、意境深远。它不仅记录了作者参加国开培训的难忘经历，更表达了对未来教育事业的无限热爱和崇高追求。通过生动的描绘和深情的抒发，这首词成功地传达了教育工作者的责任感和使命感，以及他们为实现教育梦想而努力奋斗的坚定信念。

图 6–8　文心一言作品一点评

对于作品二：

《浣溪沙·秋光胜春光》是一首充满诗意与哲思的婉约派宋词，它以细腻的笔触描绘了秋天的壮丽景色，并巧妙地融入了人到中年的深刻感悟，展现了作者对自然之美与人生哲理的独到见解。下面是对这首词的详细赏析：

词牌与格式：

《浣溪沙》是宋词中常见的词牌之一，以其清新脱俗、婉转悠扬的特点而著称。此词遵循了《浣溪沙》的词格，上片三句，下片三句，外加两句结句，结构严谨，韵律和谐。

意象与景色：

开篇“秋色连波映晚阳”，以广阔的视角展现了秋天波光粼粼的水面与夕阳交相辉映的壮美景象，为全词奠定了宁静而温暖的基调。接着，

"枫林如火换红妆"，用"如火"来形容枫叶的红艳，以"换红妆"来比喻秋林仿佛换上了节日的盛装，形象生动地描绘了秋天山林的色彩斑斓。而"落叶轻飘风送爽"则进一步通过落叶与秋风的意象，传达出秋天的凉爽与宁静。

情感与感悟：

在下片中，作者由景及人，转入了对人生岁月的感慨。"中年漫步思绵长"，以中年人的视角，在漫步中品味着岁月的沉淀与人生的酸甜苦辣，思绪万千。随后，"菊黄柿红自芬芳"以菊花与柿子的意象，象征着秋天的成熟与收获，也寓意着中年人内心的丰盈与自在。

"悠悠岁月如流水，过往烟云皆成章"两句，更是对人生岁月的深刻感悟。岁月如流水般匆匆逝去，但过往的每一段经历都如同烟云般构成了人生的篇章，无论悲喜，都是生命不可或缺的一部分。最后，"心怀壮志未曾忘"则展现了中年人对梦想的坚守与对未来的期许，即使岁月流转，心中的壮志与追求依然如初。

语言与风格：

整首词语言优美、意境深远，既有对秋天景色的细腻描绘，又有对人生哲理的深刻阐述。作者运用了一系列生动具体的意象，如秋色、晚阳、枫林、落叶、菊花、柿子等，构建了一个色彩斑斓、情感丰富的秋天世界。同时，通过精练而富有诗意的语言，将景与情巧妙地融合在一起，展现了婉约派宋词独特的艺术魅力。

综上所述，《浣溪沙·秋光胜春光》不仅是一首描绘秋天美景的佳作，更是一首蕴含人生哲理的诗篇。它以细腻的笔触、丰富的意象、深刻的感悟和优美的语言，让读者在品味秋天之美的同时，也思考着人生的意义与价值。

仿古诗词创作在当今的一个最大的问题就是格律，包括平仄、对仗、押韵、章法、体式、调式等在内的格律规则。李清照在《词论》中曾写道："苏子瞻，学际天人，作为小歌词，直如酌蠡水于大海，然皆句读不葺之诗尔。又往往不协音律。"固然有吹毛求疵之嫌，但也并非凭空诬陷东坡"以诗为词"，不刻意追求音律和谐。我们今天仿写，尽管只是生产“假古董”，只求阅读而非歌唱，但是一些基础的格式要求如果能够做到，岂不是相得益彰？所以，也可以让文心一言对自己创作的作品进行格律分析。

填词首先要选择符合自己表达内容的词谱，也叫“择腔”。不同的词谱有不同的艺术风格及表现力，当有了意境与灵感时，就是考虑选用什么曲调表达什么样的情调及情感。《二泉映月》表达的是忧愁、悲切，《喜洋洋》表达的是欢快、喜悦。词的曲调失传后，音乐没了，但对词体的影响仍存在。如《满江红》适合于描写壮志，情感非常悲壮，《长相思》《忆江南》适于怀旧，《踏莎行》适于描写雅情。填词写诗等文学作品创作，都要意在笔先、情在笔先。考虑到机器智能是“命题作文”，为了不强“机”所难，我们可以检验机器智能能够根据词体艺术风格及表现力判断是否合适。以《满江红·记国开培训》为例，要求文心一言对这首词进行择腔的分析，看“满江红”这个词牌是否合适设定的情感内容。

文心一言的回复是：

满江红这个词牌，以其慷慨激昂、气势磅礴的风格而著称，常用于表达壮志豪情、慷慨悲歌的情感内容。从你提供的词作来看，你描述的是参加国开培训的经历，以及对开放教育的热爱、对未来的憧憬、与老友的深厚情谊和对教育事业的共同追求。这些内容充满了积极向上的情感，既有对个人成长的期待，也有对教育事业的热爱和奉献，与满江红词牌的风格是相吻合的。

你的词中，“开放教育，风云聚、数智潮头”开篇即展现了开放教育的时代气息和前沿性；“听讲座，祝公妙语，智启鸿蒙”描绘了听讲座时的启迪与收获；“万卷经纶开视野，千重山水入心胸”则表达了学习带来的视野开阔和心灵震撼；“看未来，教育新天地，正葱茏”展现了对教育未来的美好憧憬。后半部分则通过“情难尽，谊长留”等句，表达了对老友的深厚情谊和对共同事业的执着追求。

整体来看，你的词作情感饱满，气势恢宏，与满江红词牌的风格相得益彰，因此可以说“满江红”这个词牌是非常适合你的情感内容的。

继续追问文心一言，以往用“满江红”词牌的词作多是比较悲壮的，用来描写参加培训的愉悦心情合不合适呢？文心一言的回复是：

确实，历史上许多著名的《满江红》词作，如岳飞的“怒发冲冠，凭栏处、潇潇雨歇”，都展现了悲壮激昂的情感。然而，词牌本身并不限制其只能表达某一种特定的情感。词牌提供的是一种格律框架和音韵模式，而词作的内容、情感和风格则完全由词人自己决定。

在你的《满江红·记国开培训》中，你以参加培训的愉悦心情和积极向上的态度为题材，运用了《满江红》的词牌。虽然这与传统上《满江红》多表达的悲壮情感有所不同，但这并不意味着你的创作不合适或不符合词牌的要求。

实际上，词的发展历史上，许多词牌都经历过情感表达的多样化和变化。词人们常常根据自己的情感和创作需要，选择适合的词牌，并在其中融入自己的独特风格和情感色彩。因此，你的《满江红·记国开培训》完全可以用《满江红》这个词牌来表达你参加培训的愉悦心情和积极向上的态度。

总的来说，词牌的选择并不完全受限于其传统的情感表达，而是可以根据词人的创作需要和情感倾向进行灵活运用。你的创作是独特和有意义的，不必过于拘泥于传统的情感框架。

接下来，以《浣溪沙·秋光胜春光》为例，要求文心一言对这首词进行平仄格律上的分析，看是否完全符合该词牌的格律要求。同时提供了浣溪沙词牌正格的格律规则，如果不符合正格格律，符合变体的格律也要求标明。文心一言逐一分析《浣溪沙》词牌的格律规则与给定词作《浣溪沙·秋光胜春光》的平仄对应关系，对比结果如下。

第一句“秋色满山映斜阳”，其中“色”字仄声符合，但“满”字应为平声却用了仄声，“斜”字应为仄声却用了平声，与格律不符。

第二句“层林尽染换红妆”，其中“尽”字和“染”字均应为平声却用了仄声，与格律不符。

第三句“胜春光景入诗行”，其中“胜”字和“入”字均应为平声却用了仄声，与格律不符。

第四句“漫步林间心自静”，完全符合格律。

第五句“中年感悟意绵长”，其中“感”字和“悟”字虽然都是仄声，但在此处“悟”字应为平声，与格律不符。不过，需要注意的是，这种平仄的细微变化在词作中并不罕见，有时可视为词人为了表达需要而作的灵活处理，属于变体的一种。但在严格的格律要求下，此处仍视为不符。

第六句“悠悠岁月自芬芳”，完全符合格律。

综上所述，词作《浣溪沙·秋光胜春光》在平仄格律上有多处与《浣溪沙》词牌的正格格律不符。尽管在词的发展过程中，词人有时会为了表达需要而对格律进行灵活处理，形成变体，但在这首词中，不符合格律的地方较多，因此不能认为它完全符合该词牌的正格格律要求。同时，也没有明确的变体格律可以完全对应这首词的平仄，所以我们可以判断这首词在平仄格律上并不严谨。

综合以上实践结果，考虑到今天的词作就是案头的阅读作品，而且填词创作持律相对严苛，文心一言在定字、定段、定言等浅表层次上体现了词牌的韵律和格式要求，表现差强人意，基本过关。

通过以上两个例子，可以发现，文心一言创作（仿）古诗词的整体表现可圈可点，用在古诗词教学中的优势集中表现在以下几个方面。

1. 高效性与自动化创作：文心一言的 GPT 模型能够在短时间内迅速生成大量古诗词，极大地提高了创作效率。GPT 的自动化创作流程减少了人工干预的需求，使得古诗词创作变得更加便捷。创作者只需提供关键词、主题或风格等基本信息，GPT 即可自动生成相应的诗词。

2. 语言流畅与格律准确：文心一言的 GPT 模型基于深度学习技术，掌握了丰富的语言知识，对中文的语法结构和韵律有着深入的理解。这使得它能够生成流畅、自然的古诗词文本，能够自动调整字数、韵律、平仄等格律要素，生成的诗词在格律上相对准确。

3. 风格多样与个性化定制：文心一言的 GPT 模型能够根据不同的输入和

参数调整，生成多种风格的古诗词。无论是婉约、豪放、田园还是边塞等风格，GPT 都能在一定程度上进行模仿和创作。创作者也可以根据个人喜好和需求，如可以指定诗词的主题、情感色彩或使用的意象等，定制更符合个人风格的诗词作品。这种特性也使得创作者能够更快地尝试不同的创作方向和风格。

4. 激发灵感与创意拓展：文心一言生成的古诗词文本可以为创作者提供新的灵感和视角。有时候，文心一言会生成一些意想不到的意象或表达方式，激发创作者的创作灵感。通过与文心一言的互动，创作者可以探索更多未知的创意领域，拓展自己的创作空间。文心一言的多样性和灵活性使得创作者能够尝试更多新颖的创作思路和风格。

5. 辅助创作与提升质量：文心一言可以作为古诗词创作的辅助工具，帮助创作者快速生成诗词草稿或片段。创作者可以在此基础上进行修改和润色，以提升作品的质量。通过与文心一言的互动和学习，创作者可以逐渐掌握更多古诗词创作的技巧和规律，提升自己的创作水平。同时，文心一言也能够为创作者提供反馈和建议，帮助他们发现和改进作品中的不足之处。

可见，文心一言在作诗方面已经展现出了相当的实力和潜力，能够生成具有一定文学价值的作品。然而，在情感表达、创新性和结构逻辑、文化理解与背景缺失等方面仍有待提升。因此，在使用文心一言进行诗词创作教学时，老师要引导学生需要充分认识到这些局限性，并结合人工编辑和审核来确保生成内容的质量和准确性。同时，也可以探索将文心一言与人工创作相结合的方式，以充分发挥各自的优势，创作出更加优质和独特的诗词作品。

（二）古诗词评改实践

我们还可以再进一步，让文心一言对自己创作的作品进行问题分析，看它能否相对客观准确地予以评判。

对于作品一“《满江红·记国开培训》这首词在创作上存在的主要问题是什么？”的分析回复：

> 《满江红·记国开培训》这首词在创作上紧密围绕“国开培训”这一主题展开，表达了作者对开放教育的热情和对培训经历的珍视。然而，

细细品味，还有不少可以进一步提升的地方：

1. 意象的独特性：词中虽然使用了“风云聚”“数智潮头”“万卷经纶”“千重山水”等意象来描绘开放教育的景象和培训的氛围，但这些意象在描述教育或培训场景时相对常见，缺乏一定的独特性和新颖性。可以尝试挖掘一些与“国开培训”更紧密相关、更具特色的意象，以增强词作的独特性和辨识度。

2. 情感的挖掘：词中表达了对开放教育的热爱、对培训经历的怀念以及对未来的憧憬，情感真挚而热烈。然而，在表达这些情感时，可以进一步深入挖掘内心的感受和思考，如培训过程中的挑战与成长、与老友相逢的喜悦与感慨等，使情感表达更加丰富和细腻。

3. 语言的精练：词作整体语言流畅、韵律和谐，但仍有部分句子在精练度和韵律感上有提升空间。例如，“听讲座，祝公妙语，智启鸿蒙”一句，虽然表达了听讲座的收获，但“祝公妙语”稍显直白，可以寻找更富有诗意的表达方式。

4. 结构的层次感：词作在结构上分为上下两片，每片各四句，结构清晰。但在内容的安排上，可以进一步增强层次感，如上片可以更多地描绘培训的场景和氛围，下片则更多地抒发个人的感受和思考，使整首词在内容上更加丰富和有层次。

将对《满江红·记国开培训》的改进建议反馈给文心一言，要求文心一言对原词进行修改和润色，以下是修改后的词作：

满江红·记国开培训（润色版）

开放浪潮，国开聚、知识巅峰。聆教诲，导师金句，心启明灯。书海无涯拓眼界，思维碰撞激心胸。望前程，教育展宏图，正繁荣。

情绵绵，谊无穷。遇故知，笑盈容。论开放伟业，心志相同。学子如林花似锦，讲台挥汗雨滂沱。愿此生，矢志不渝行，共翱翔。

这次修改，对于意象的独特性方面，将“风云聚、数智潮头”修改为“开放浪潮，国开聚、知识巅峰”，以“开放浪潮”和“知识巅峰”来具体地描绘

“国开培训”的独特场景，使意象更具辨识度。同时，“万卷经纶”和“千重山水”替换成为“书海无涯”和“思维碰撞”，更为贴近培训的实际内容。在情感的挖掘上，在原来“情难尽，谊长留”的基础上细化为“情绵绵，谊无穷”，并增加“遇故知，笑盈容”一句，突出了与老友相逢的喜悦与感慨。同时，将“话开放事业，壮志同酬”修改为“论开放伟业，心志相同”，对开放教育事业的热爱和共同奋斗的决心更为深入一些。至于语言的精练，将“听讲座，祝公妙语，智启鸿蒙”修改为“聆教诲，导师金句，心启明灯”，以“聆教诲”和“心启明灯”替代原有的直白表达，使语言更加富有诗意和精练。在保持原有结构的基础上，对上下片的内容进行了更明确的划分。上片更多地描绘培训的场景和氛围，如“开放浪潮，国开聚、知识巅峰”和“书海无涯拓眼界，思维碰撞激心胸”；下片则更多地抒发个人的感受和思考，如“情绵绵，谊无穷”和“愿此生，矢志不渝行，共翱翔”。这样的安排使整首词在内容上显得更加丰富和有层次。

对于作品二“《浣溪沙·秋光胜春光》这首词在创作上存在的主要问题是什么？”的分析回复：

《浣溪沙·秋光胜春光》虽然在描绘秋景与表达中年感悟方面展现出了一定的艺术水平，同样存在很多需要进一步提升的地方。

1. 意象重复与缺乏新意：词中虽然使用了“秋色”“枫林”“落叶”等典型秋景意象，但这些意象在宋词中较为常见，缺乏一定的新颖性和独特性。过多的传统意象可能会让读者感到稍显陈旧，难以激发更深层次的共鸣。

2. 情感表达过于直接：在表达中年感悟时虽然情感真挚，但部分句子如“心怀壮志未曾忘”过于平铺直叙，苍白无力，缺乏婉约派词作中常见的含蓄与委婉。婉约派词作往往通过细腻的描绘和巧妙的隐喻来传达情感，而直接的表达可能削弱了这种艺术效果。

3. 结构上的平衡性：词作在结构上虽然遵循了《浣溪沙》的词格，但在上下片的内容分配和情感递进上略显不均。上片主要描绘秋景，下片则转向人生感悟，两者之间的过渡虽然自然，但下片的情感深度和哲理性思考相较于上片的景色描绘略显不足，导致整体结构上的平衡性有待提升。

4. 语言精练度与韵律感：虽然词作语言优美，但部分句子在精练度和韵律感上仍有提升空间。例如，“悠悠岁月如流水，过往烟云皆成章”虽然表达了深刻的哲理，但在语言的韵律和节奏感上略显平淡，缺乏足够的音乐性和节奏感。

根据对《浣溪沙·秋光胜春光》的改进建议，要求文心一言对原词进行了修改和润色，以下是修改后的词作：

浣溪沙·秋光胜春光

秋韵渐浓染山冈，金叶飘零换晚妆，胜春景致韵悠长。

独步林间心自旷，岁华如水意茫茫。中年况味品芬芳。

这次修改，从意象新颖性方面，把“秋色”改为“秋韵”，以更抽象的方式表达秋天的韵味，避免直接使用常见的“秋色”意象。同时，把“层林尽染换红妆”改为“金叶飘零换晚妆”，用“金叶飘零”来描绘秋叶，增加了意象的新颖性，并用“晚妆”来比喻秋天的装扮，显得更有诗意。从情感表达含蓄性方面，删除了原词中“心怀壮志未曾忘”这样直接表达情感的句子，改为“岁华如水意茫茫”，通过“岁华如水”这一隐喻来表达时间的流逝和人生的无常，使情感表达更加含蓄和委婉。在结构平衡性上，在上下片的内容分配上做了调整，上片依旧描绘秋景，但下片不再仅仅转向人生感悟，而是将秋景与人生感悟相结合，通过“中年况味品芬芳”来体现中年人在秋天中的独特感悟，上下片的衔接流畅过渡自然，整体结构也更加平衡。在语言精练度与韵律感上，对部分句子进行了精练和修改，如将“悠悠岁月如流水，过往烟云皆成章”改为“岁华如水意茫茫”，保留了原句中的哲理意味，整首词的韵脚和节奏感也进行了调整，更加和谐流畅。修改后的作品比原作展现出明显的提升。

综合来看，评改后的两首词作在保留原词主题和风格的基础上，通过丰富意象、深化情感、精练语言和紧凑结构，都成功地提升了作品的艺术魅力和感染力。这也说明文心一言凭借其深度学习与自然语言处理的先进技术，能够对诗词的韵律结构、意境营造、词汇运用等多个维度进行精细化的解析与评价。这一过程不仅显著提升了诗词评改的精确性与客观性，更为学习者构建了一个全方位、深层次的诗词学习生态系统，促进了诗词鉴赏与创作能力的全面发展。

第四节　教育智能体在古诗词教学中的应用

在古诗词教学中，巧妙地运用提示词，即通过对输入提示词的精心设计与优化，能够显著引导 AIGC 产出更为精准、贴切且富有教育价值的输出内容。这一方法不仅提升了教学内容的针对性，还增强了学生的学习兴趣与参与度。然而，教学是一个动态交互的过程，它要求教育者能根据课堂的实际氛围、学生的即时反馈以及外部环境的变化，灵活调整教学策略与方法。此时，AI 智能体的引入便显得尤为重要。

AI 智能体与大语言模型之间的核心差异在于，AI 智能体展现了更高的自主性与智能性，能够独立于预设规则与算法进行思考与行动。它具备自我学习与优化的能力，能依据环境变化与任务需求灵活调整行为策略。面对特定目标，AI 智能体能够细致分解任务步骤，结合外部反馈与内在推理，自创提示词以高效达成目标。

与此同时，大语言模型作为 AI 智能体的关键组成部分，赋予了其卓越的自然语言处理能力和深厚的知识储备。经过持续训练与优化，大语言模型能输出精准流畅的文本，为 AI 智能体提供丰富的信息支撑。这一特性显著提升了 AI 智能体对用户指令的理解与响应能力，使其能够更精准地满足用户需求，超越用户期望。

一、教育智能体的概念

AI 智能体，作为高度自主的代理实体，其核心设计旨在感知环境、理解情境，并据此采取有效行动以实现既定目标。这些智能体集成了自主性、学习能力、逻辑推理等多重核心能力，是能够理解复杂信息、自主决策并执行任务的智能程序。它们凭借 AI 技术的深厚底蕴，专注于任务的高效执行，并在实践中不断自我优化与提升。

智能体作为 AI 大模型在具体应用场景中的落地实现，展现了卓越的任务推进能力。它们能够独立分析、策略性地调配资源，逐步推动任务向完成状态迈进。更重要的是，智能体构建于大语言模型之上，这不仅赋予了它们自主行动和独立决策的能力，还使它们能够深刻理解用户意图，将复杂任务分解为可执行的小步骤，并灵活运用多种工具来增强功能，精确满足用户需求。

智能体的核心特性包括：

（一）自主运行

智能体能够在无须人类即时干预的情况下独立运作，并对其行为及结果负责，体现了高度的自我管理能力。

（二）持续学习

通过机器学习技术，智能体能够从经验中汲取知识，不断优化其决策和行为模式，实现持续的自我进化。

（三）环境适应

智能体具备敏锐的环境感知能力，能够根据外界变化灵活调整策略，确保在不同情境下都能高效运作。

（四）逻辑推理

智能体擅长运用逻辑分析处理复杂问题，做出明智决策，这一能力使它们在面对挑战时能够保持理智和精准。

（五）交互协同

在多智能体系统中，智能体能够顺畅地进行信息交流和合作，共同完成任务，展现出强大的团队协作和沟通能力。

智能体具备与人类用户及其他智能体流畅交互的能力，真正实现了人与机器之间的无缝沟通与协作。

教育智能体的概念是指专为教育领域各类特定情境而打造的，它深度融合了智能体的核心优势，并针对教育环境的独特需求与任务进行了精细化的设计与改良。这类智能体依托强大的大语言模型作为其逻辑思考与决策的核心引擎，具备了自主规划与教育任务决策的能力。它们可以运用各类教育工具来执行细分任务，同时精准感知包含多种信息模式的教学状态，灵活调用丰富的学科知识资源。无论是独立操作还是与人类教师协同合作，教育智能体都能高效地完成教学准备、促进协作学习、支持科学探究等一系列复杂的教育活动。

二、教育智能体的架构

智能体的架构设计可以有多种方式，以适应不同应用场景及需求。一个完备的教育智能体架构应当包括以下几个核心组成部分[①]，以确保其功能全面且运行高效。

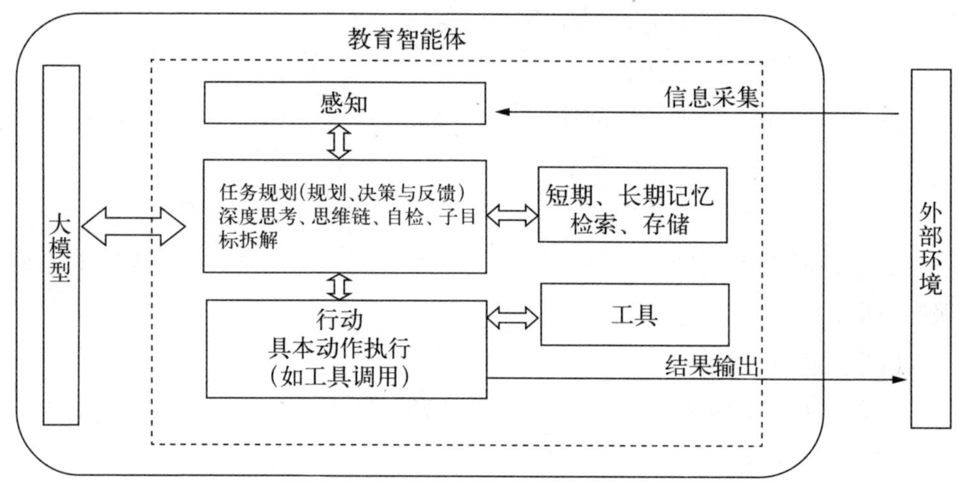

图 6–9　基于大模型的教育智能体基本概念框架图

（一）感知

感知作为教育智能体与外部环境交互的关键环节，承担着数据采集与解析的重任，类似人的感官，感知外部世界。在教学过程中，感知系统通过集成摄像头、音频采集器、各类传感器等先进设备，实现了对学习环境的全面监测。这些设备不仅能够实时捕捉学习者的面部表情变化，如微笑、眨眼等

① 卢宇、余京蕾、陈鹏鹤：《基于大模型的教学智能体构建与应用研究》，《中国电化教育》2024年第7期，第99—108页。

细微动作，还能精准识别学习者的语音特征，包括语调的起伏、情感的热烈或平缓等。通过对这些多维感知信息的综合分析，智能体能够准确判断学习者的当前学习状态，为后续的教学决策提供有力支持。

（二）任务规划

任务规划，作为智能体的决策中枢，依托大模型的能力，将目标精准拆解为一系列可操作的步骤，并精心策划实施路径。面对教学任务，这一过程细化为规划、决策与反馈优化三大环节。规划阶段，复杂的教育任务被巧妙分解为若干简单、易行的子任务，确保任务的可实施性。决策环节，则根据子任务特性，精心安排执行步骤，并选定合适的工具辅助。在反馈优化阶段，则通过对执行结果的深入剖析，不断优化任务分解与执行策略，实现智能体决策的持续优化与升级。这一系列环节紧密相连，共同构成了智能体决策制定的智慧核心。

（三）记忆

记忆分为短期和长期，允许智能体存储和检索信息，支持学习和长期知识积累。

短期记忆在教育智能体中扮演着至关重要的角色，它帮助智能体在处理复杂教育任务时保持高效和灵活，确保教学过程的流畅性和个性化。短期记忆主要涉及以下内容。

1. 当前任务的上下文信息：这是执行任务过程中必不可少的，包括当前任务的描述、要求、限制条件等。它帮助智能体理解和处理当前任务，确保任务执行的连贯性和准确性。

2. 学习者的即时反馈和互动：在教育场景中，学习者的即时反馈和互动是非常重要的。智能体需要记住学习者的即时反应、提问或答案，以便能够及时调整教学策略，提供更个性化的教学体验。

3. 临时性的教学数据和资源：在教学过程中，可能会产生一些临时性的教学数据和资源，如临时性的练习题、示例、解释等。这些内容虽然不需要长期保存，但在当前教学阶段内却是至关重要的。

4. 子任务执行过程中的临时数据：当教育任务被分解为多个子任务时，每个子任务的执行过程中可能会产生一些临时性的数据或结果。这些数据对于后续子任务的执行或整个任务的完成都是必要的。

教育智能体的长期记忆体系涵盖了专业知识、学生信息、教育场景设定、交互历史及自我反思等多个方面，共同支撑其提供高质量的教育服务。

(1) 专业知识与教育内容：教育智能体需长期储存各学科专业知识，包括但不限于教材、教案、教学视频等多样化的教育资源。借助检索增强生成技术，可将这些资源有效整合，形成基于 RAG (Retriever-Augmented Generation) 技术的学科知识库。此知识库构成了教育智能体解答疑问、提供精确信息的坚实基础。

(2) 学生信息与学习记录：包括学生姓名、年龄、年级、学习进度及成绩等个人与学习信息。这些信息有助于教育智能体深入了解学生情况，实施个性化教育策略，如根据学习进度推荐学习资源，提升学习效果。

(3) 教育场景与需求设定：教育智能体需记忆教育任务目标、教学场景描述及教育角色分配等设定信息，确保在执行任务时符合预设要求，实现精准教学。

(4) 交互历史与反馈记录：记录与学生的交互过程及反馈，包括学生提问、回答、评价，以及智能体的回应。这些记录有助于教育智能体优化教育策略，提升交互质量与满意度。

(5) 自我反思与改进记录：教育智能体需具备自我反思能力，记录长期服务过程中的经验教训与不足。通过记忆这些记录，教育智能体可不断调整教育策略，提升教育水平与效果。

(四)工具使用

工具使用是指教育智能体借助外部资源或工具来拓展其能力范围与知识边界，更有效地完成复杂多变的教育任务。这些外部资源或工具的形式多样，包括但不限于 API 接口、软件库、硬件设备以及各类在线服务，它们共同作用于教育大模型的扩展与优化。例如，一个专注于学生成绩分析的教育智能体，可以通过调用外部 API 接口，高效地获取学生历次考试的答题数据。在此基础上，该智能体能够进一步进行错题统计与知识点缺陷的深入分析，为教学改进与学习辅导提供有力支持。

(五)行动

行动是教育智能体执行任务和与环境互动的具体行为。它基于更新的记忆和规划、决策的结果，执行具体动作，完成任务并响应环境。比如，选调工具执行诸如学术论文检索、代码执行、接入考试数据库生成试卷、调用数学大模型解答复杂计算题等行动。

行动是教育智能体在执行任务及与环境进行交互过程中所展现出的具体行为模式。这一行为基于其更新后的记忆内容、精心规划的策略以及决策制定的结果。教育智能体通过执行一系列精细设计的动作，旨在有效完成任务并对环境中的各类刺激作出恰当响应。举例来说，教育智能体在选择并调用相应工具时，能够执行诸如学术论文的深度检索、接入考试数据库组卷等一系列行动。这些行动不仅体现了教育智能体的功能多样性，也彰显了其在教育领域中的广泛应用潜力。

基于大语言模型的教育智能体推理能力（或称认知架构）构成了其任务规划、决策流程、工具调用及行动执行的核心驱动力①。ReAct（Reasoning and Acting）框架作为当前主流的推理架构，专注于通过构建逻辑推理体系与行动序列，赋能大型语言模型以达成预设教育目标的能力。此框架的核心设计理念在于模拟人类的推理与行动机制，以便在各类教育任务与复杂环境中实现更高效、更智能的决策制定与操作执行。

ReAct 架构由三大核心概念支撑：思考、行动与观察。具体而言，当教育智能体采用 ReAct 技术框架时，其工作流程如下：首先，智能体接收并分析教育任务输入；随后，通过逻辑推理能力，智能体将复杂的教育任务分解为可管理的子任务，并据此制订行动策略与计划；紧接着，智能体调用相应的工具或资源来执行这些行动计划；在执行过程中及之后，智能体持续观察行动的结果与影响；基于这些观察结果，智能体通过反思机制进行迭代优化，不断调整其推理过程与行动计划，直至最终输出满足教育任务要求的结果。

这一过程不仅体现了教育智能体的自主优化与迭代能力，还确保了教育任务目标的有效达成。通过 ReAct 框架的应用，教育智能体得以在复杂多变的教育场景中展现出高度的适应性与智能性，为实现教育目标的精准与高效

① 刘明、杨闽、吴忠明等：《教育大模型智能体的开发、应用现状与未来展望》，《现代教育技术》2024 年第 11 期，第 5—14 页。

提供了坚实的技术支撑。

为了进一步理解教育智能体的工作流程，举例如下：

当教育智能体接收到“请依据学生张三 9 月份月考的语文成绩数据，深度剖析其学习表现，精准定位并匹配最适合的学习资源与学习路径。在此基础上，细致识别张三的学习短板与薄弱环节，量身定制强化练习方案，并附上详尽的解题思路与答案解析，全方位助力张三提升学习效果，实现学业进步”时，智能体会按图 6–10 所示的步骤进行工作。

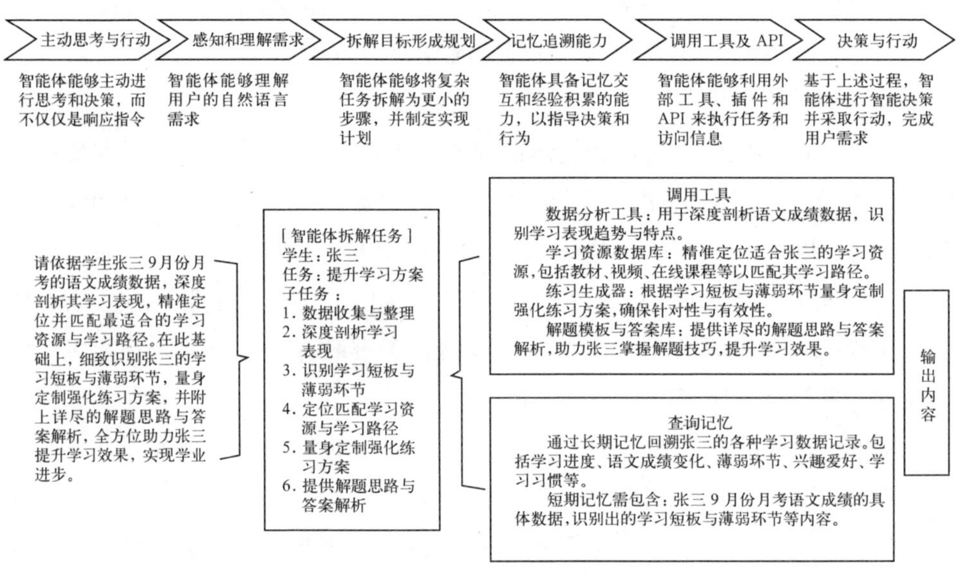

图 6–10　教育智能体工作流程

尽管智能体能够依赖大模型自主决定行动步骤，而非遵循预设程序，但在教育智能体的设计中，不应无条件地赋予大模型全部决策权。相反，应基于特定的教学任务，对大模型实施必要的约束与指导，确保教育智能体能够精准适配多种教育场景，遵循既定的教学目标和主导流程来执行任务。例如，它们能根据学生的学习进度与能力，智能推荐最适宜的学习资源与路径，并精准识别学习薄弱点，提供针对性的强化训练与解析。同时，智能体还能全面收集并分析学生的学习数据、作业及考试答题情况，生成个性化的学习报告与改进建议。此外，通过分析教师的教学行为与学生反馈，智能体还能提供教学质量评估报告，助力教师优化教学方法与策略。更值得一提的是，教育智能体还能辅助教育者自动生成高质量的练习题、模拟测试题等教学材料，确保教学资源的多样性与专业性，进一步提升教学质量与效率。

三、教育智能体的开发

LangChain 是一个专为大语言模型驱动的智能体应用程序设计框架，旨在简化从开发到生产的整个应用程序生命周期。它提供了一套模块化的构建块和组件，便于集成到第三方服务中，并支持多种大语言模型和 API 的集成。LangChain 的核心功能包括模型集成、提示管理、记忆管理、链的构建等，支持构建复杂的工作流，能够处理多轮对话、上下文管理等功能。通过 LangChain，开发者可以快速构建各种基于大语言模型的应用，如对话系统、文本生成、问答系统等，推动了 AI 智能体在多个领域的应用。

在教育智能体的开发过程中，利用第三方平台是一个高效且灵活的选择。诸如 Coze，Dify 与秒哒等平台，它们特别推崇零代码或低代码的构建方式，显著降低了技术进入门槛，尤其适宜师生群体。这些平台赋能用户轻松开发多种智能体应用，包括但不限于聊天机器人、个性化学习伴侣、教学辅助工具及科研助手等。

平台内置的可视化编排界面，使得开发者无须深入编程知识，即可通过拖拽组件、配置参数的方式，直观地进行智能体功能的搭建。此外，用户还能自定义智能体的各项技能，灵活添加知识库与数据库资源，以丰富智能体的智能水平与交互能力。平台还支持广泛选择多种类型的插件，以及根据实际需求定制工作流程，进一步增强了智能体的实用性与个性化程度。

秒哒是百度推出的一款多智能体协作工具，旨在为用户提供无须编写代码即可实现复杂应用的能力。它由大语言模型和智能体组成，具备无代码编程、多智能体协作及多工具调用三大核心功能。用户可以通过自然语言描述需求，秒哒能够自动生成相应的应用程序。同时，多个智能体可以协同工作，提高任务执行效率。此外，秒哒还能集成多种工具和服务，无缝对接现有教育生态系统。

四、“飞花令”案例介绍

该智能体程序是一款集娱乐、互动与竞技为一体的智能游戏程序，通过模拟主持人、审判官、对手三个虚拟人物的角色，为玩家营造了一个充满挑战与乐趣的“飞花令”游戏环境。在这个程序中，每个虚拟人物都拥有其独特的职能和交互方式，共同构建了一个完整且富有动态性的游戏世界。该应用是一个基于文心一言构建的智能体应用。

虚拟人物角色及功能如下。

（一）主持人角色

主持人角色在游戏中主要负责维护游戏秩序，确保游戏的公平、公正和顺利进行。其职能主要包括：

1. 游戏规则的介绍与解释：在游戏开始前，主持人会向玩家详细解释“飞花令”的游戏规则，确保玩家能够充分理解并参与到游戏中来。

2. 游戏流程的引导与控制：在游戏过程中，主持人会引导玩家按照规定的流程进行游戏，如轮流答题、计时等，确保游戏的顺利进行。

3. 氛围的营造与调节：主持人还会通过适当的语言和语气，营造轻松愉快的游戏氛围，同时根据游戏进展适时调节氛围，使玩家能够保持高涨的游戏热情。

（二）审判官角色

审判官角色在游戏中负责裁定玩家的答题情况，并根据游戏规则给出裁定依据。其职能包括：

1. 答案的正确性判定：当玩家或对手给出答案后，审判官会根据“飞花令”的规则对答案进行判定，判断其是否符合要求。

2. 裁定依据的提供：对于判定结果，审判官会给出明确的裁定依据，如诗句的出处、含义等，使玩家能够了解判定的原因，增加游戏的透明度和公正性。

3. 违规行为的处理：在游戏过程中，如果玩家或对手出现违规行为，审判官会及时进行处理，确保游戏的公平性和顺利进行。

（三）对手角色

对手角色在游戏中与玩家进行比赛，共同争夺游戏的胜利。其职能包括：

1. 与玩家的竞技互动：对手会按照游戏规则与玩家进行答题竞技，通过比拼诗句的积累、反应速度等能力来争夺胜利。

2. 策略的运用与调整：对手会根据游戏进展和玩家的表现，灵活调整自己的策略，如选择不同难度的诗句、控制答题速度等，以增加获胜的机会。

同时，智能体程序需要遵循如下规则：一是必须来自中国古诗词；二是必须包含主持人提供的关键字；三是不能和之前的诗句重复。

这款程序虽然简单，但是基本体现了基于文心一言构建智能体应用的框架思路。

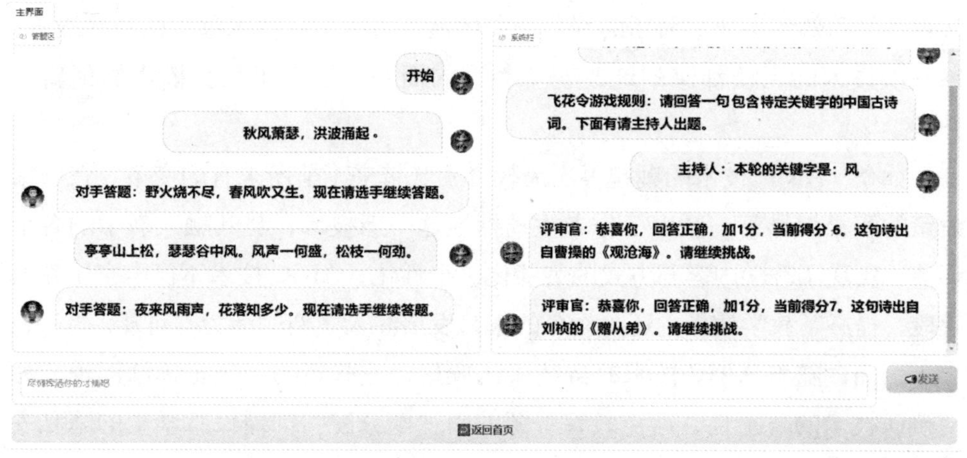

图 6–11　飞花令使用界面

该智能体程序通过文心一言的强大能力，实现了对虚拟人物的智能化扮演。这些虚拟人物能够根据玩家的行为和语言进行智能响应，为玩家提供更加真实、自然的交互体验。智能体通过文心一言对诗句库与资源的掌握，可以涵盖不同朝代、不同风格的诗歌作品，为玩家提供了丰富的答题素材和挑战内容。

窥一斑而知全豹，关于智能体程序在古诗词教育中的应用，教师可以基于具体教学需求，借助第三方智能体开发平台，轻松构建古诗词学习智能体，实现个性化学习路径的定制、古诗词内容的智能推荐、学习进度的实时跟踪等功能。这些智能体不仅能够根据学生的学习水平和兴趣，智能推送适合的古诗词学习资源，还能通过互动问答、情境模拟等方式，激发学生的学习兴趣，提升学习效果。

结语　生成式 AI 深度融合下的教育反思与展望

教育，作为社会进步的基石，其形态与方式始终与技术革新紧密相连。从古代的私塾到工业革命后的现代学校体系，再到信息技术催生的在线教育，每一次技术的飞跃都深刻地改变了教育的面貌，推动了教育模式的创新与升级。

如今，AIGC 技术的崛起再次为教育领域带来了前所未有的变革。在国家政策的积极引导下，教育工作者主动拥抱这一新技术，将其融入教学的各个环节，实现了教学内容与方式的智能化、个性化。AIGC 技术不仅丰富了教学手段，提高了教学效果，还为教育的未来发展注入了新的活力与可能。

然而，随着 AIGC 技术的持续深化应用，一些新的问题也逐渐浮现。如何确保技术的公平性，避免教育资源的不均衡分配？如何保障学生的隐私安全，防止数据泄露？如何培养学生的批判性思维，避免过度依赖技术而失去独立思考的能力？这些问题都需要我们深入思考并寻求解决方案。

人工智能革命是一场颠覆性的技术革命，既带来无限机遇，也暗含诸多挑战。教育领域应主动引领技术发展方向，而非仅仅作为被动的接受和适应方。持续深入反思当前状况，并据此建立起健全的安全评估与监管体系，方能稳固地铺设人工智能教育未来的发展蓝图。

第一节　AIGC 赋能教育的反思

AIGC 技术的引入为教育领域带来了前所未有的便捷与丰富的学习资源，

极大地拓宽了学生的学习视野。然而，这一技术革新也伴随着一系列潜在风险。学生在享受技术带来的高效与便利的同时，可能会过度依赖技术，导致对知识深入理解和独立思考的能力下降，进而影响到批判性思维和创新能力的培养。面对这一问题，教师在日常教学过程中扮演着至关重要的角色。他们不仅要引导学生正确、适度地使用AIGC技术，避免陷入技术依赖的陷阱，还应该积极创新教学设计，增加一些能够引发学生与AIGC技术深度交流与学习的内容。这些教学设计可以包括基于AIGC技术的探究式学习活动、项目式学习等，旨在通过实践探索，激发学生的学习兴趣，培养其独立思考和解决问题的能力。

AIGC技术在教育中的应用涉及大量学生个人信息的收集和处理，若这些信息被不当使用或泄露，将对学生的隐私构成严重威胁。因此，建立健全的隐私安全机制，保障学生信息安全，是AIGC技术在教育领域应用的重要前提。

AIGC技术的引入促使教师角色发生转变。教师从传统的知识传授者转变为学习的引导者和辅助者，这一变化要求教师具备更高的信息素养和技术应用能力。同时，AIGC技术也推动了教育评价体系的重构。传统评价体系难以全面反映学生在智能化环境中的学习表现和能力发展，因此需要探索多元化评价方式，以更准确地评估学生的学习成果。

AIGC技术的研发和应用成本高昂，若过度投入可能挤占其他教育资源，如教师培训和基础设施建设等，影响教育的整体发展。因此，需要合理规划资金投入，确保教育资源均衡发展。此外，AIGC技术还可能会加剧教育不公平现象。技术资源的不均衡分配将加大教育差距，违背教育公平原则，影响社会进步。因此，需要采取措施促进技术资源的均衡分配，确保每位学生都能享受高质量的教育资源。

为了应对AIGC技术引入教育带来的机遇与挑战，需要国内外教育界、科技领域和政策制定者紧密合作，共同推动“平衡发展”的AI教育举措，构建安全、均衡和高效的AI教育生态系统，实现教育数字化转型，推动教育公平与高质量发展。

第二节　AIGC 赋能教育近期展望

随着 AIGC 技术在教育领域的持续融入与不断优化，教学活动展现出了三大显著的发展趋势。一是教师在教学活动中得以借助 AI 技术的力量，高效地完成批改作业、生成教学材料等重复性任务，得以将更多的精力聚焦于学生的个性化发展与潜能挖掘。这一转变不仅减轻了教师的工作负担，还提升了教学效率与质量，使得教师能够更好地关注学生的个体差异，促进其全面发展。

二是个性化学习逐步成为教学活动的主流趋势。通过深度挖掘与分析用户学习数据，AI 技术能够为每位学生提供量身定制的学习解决方案，精准满足其多样化的学习需求。在古诗词教学、数学解题、科学实验等各个学科领域，AI 都能够根据学生的学习进度、兴趣偏好及理解能力，推荐适宜的学习资源、设计针对性的练习，帮助学生实现更加高效、个性化的学习。

三是在虚拟现实（VR）、增强现实（AR）与游戏化学习等先进技术的加持下，沉浸式互动学习已成为教学活动的热点。这些技术通过构建逼真的虚拟环境、叠加虚拟元素于现实场景或设计趣味横生的游戏关卡，为学生提供了更加丰富、生动、有趣的学习体验。在这样的学习环境中，学生能够更加直观地理解知识、更加深入地探索问题，有效提升学习兴趣与参与度，实现更加高效的学习效果。

在探索利用 AIGC 创新教学活动的过程中，AIGC 所展现出的自我学习能力及其技术水平的飞速进步，令人叹为观止，尤其在多模态能力方面表现尤为突出。这一能力的显著提升，首先极大地强化了 AIGC 在创意内容生成方面的优势。它不仅精通传统的文本、音频、图像、视频生成功能，还实现了文本到图像、文本到视频、文本到音频、文本到代码，以及图像 / 视频到文本的跨模态生成，将知识内容高效转化为直观且多元化的多模态表现形式。依托 AIGC 的多模态能力，教师可以通过预先输入课程大纲，利用 AIGC 的自动化生成功能，快速生成与大纲相匹配的教学内容，极大地减轻了教师的备课工作量。这一转变意味着，即便部分教师尚未掌握全面的信息化教学能力，也能借助 AIGC 这一强大的生成式工具，成为数字教学资源的创作者和开发者。

AIGC 卓越的跨模态语义解析能力，能够高效地从多种模态的数据中抽取出语义信息，并进行深入的综合分析。这一能力不仅支持将文本描述转化为相应的图像或视频，还能由图像生成精准的文字描述，实现了跨模态信息的灵活转换。这种转换极大地丰富了教学信息的表达方式，显著提升了数字化教学内容的可访问性和学生的理解深度。

在教学过程中，教师可以巧妙地运用 AIGC 的跨模态转换能力，探索并实施多元化的教学模式。以诗词教学为例，教师可以在课前布置一项创意任务，利用 AIGC 的多模态生成功能，要求学生为每句诗词创作不同风格的艺术画作。学生需根据自己对诗句的深刻理解，通过不断调整和优化提示词，绘制出心中最契合诗意的画作。随后，学生可以分组进行作品展示和评比，选出最具创意和表现力的作品。在课中，教师邀请评选出的优秀学生上台讲解他们的创作理念和对诗句的独特理解，这不仅锻炼了学生的表达能力和批判性思维，还促进了课堂内的互动交流。课后，教师还可以鼓励学生基于课堂讨论和新的灵感，重新生成或改进自己的画作，进一步深化对诗词的理解和感悟。

通过这种融合了 AIGC 技术的创新教学活动，学生不仅能够在数字课堂中体验到学习的乐趣和魅力，还能实现从传统被动式学习向主动式学习的范式转变。这种转变不仅激发了学生的学习兴趣和动力，还培养了他们的创新能力和自主学习能力，为未来的学习和发展奠定了坚实的基础。

第三节　人工智能重塑教育未来

人工智能的发展可划分为计算智能、感知智能与认知智能三个递进层次。计算智能标志着计算机在数据处理与计算能力上的卓越成就，已超越人类水平，能够高效精准地完成各类数学运算与数据处理任务。作为人工智能发展的基石，计算智能为后续感知智能与认知智能的跃升奠定了坚实的计算基础。

感知智能则是赋予计算机视觉、听觉等感知能力，使其能够捕捉并理解外部环境中的信息。在这一阶段，人工智能系统借助摄像头、麦克风等传感器设备采集外界数据，并通过先进算法进行深度处理与分析，进而实现对外部环境的精准感知与理解。图像识别、语音识别等技术的广泛应用，正是感知智能的典型例证。

认知智能则是人工智能发展的高级形态，旨在使机器掌握人类的语言与知识体系，并深入理解其内在逻辑与规律。在这一层次，人工智能系统不仅能够感知外部环境，还能进行逻辑推理、语言理解、知识学习等复杂认知活动。AIGC 作为认知智能的杰出代表，正以惊人的速度学习与进化，不断提升其认知水平，向着通用人工智能的方向迈进。

人工智能是通过数据的滋养而逐步展现出类似人类的智慧特征。尽管当前阶段，人类在创新思维、情感体验等方面仍保持着无可比拟的独特优势，然而，在并联处理能力这一维度上，人工智能所展现出的无限潜力是人脑所难以企及的。人类作为创造者，赋予了人工智能从 0 到 1 的初始智慧。机器凭借着远超人类想象的数据学习速度，不断涌现出新的智慧成果。这些成果不仅在数量上迅速累积，更在质量上不断突破，使得人工智能的智慧水平有极大可能在未来超越人类。展望未来，随着技术的不断进步和应用的日益广泛，超人类智能的实现已不再是一个遥不可及的梦想，而是正在逐步走向现实的宏伟蓝图。

当人工智能的智慧超越人类时，我们也许应该给“人工智能”换一个称谓：硅基智慧体。届时教育领域的变革将更为深远。人类的习惯思维往往局限于新技术对教育方式的改变，却鲜少思考在超人智慧出现之后，教育应如何定位与发展。这一硅基智慧体是否会融入人类社会，重新审视教育的意义与内涵，并推动构建全新的教育规范？为了实现人工智能对人类指令的遵从，当前的重点在于构建一个稳固的人机交互框架与伦理规范体系。首要任务是开发高效的指令解析系统，该系统需确保人工智能能够精确理解人类的意图。这要求我们在自然语言处理技术上进行深入研究和优化，以便人工智能能够解析复杂指令并作出合适的反应。其次，我们需要确立清晰的权限与决策流程，明确界定人工智能的行动范围，确保其在人类设定的框架内运作。此外，将伦理与道德因素融入算法设计至关重要，这有助于人工智能在决策时体现人类价值观，避免其做出违背人类伦理的行为。最后，实施持续的监督与反馈机制，以便及时调整人工智能的行为，确保其始终致力于增进人类的福祉。

硅基智能体的智慧源泉，根植于数据的深厚积淀与精妙分析，这一过程与人类通过长期教育熏陶与生活实践积累认知的方式不谋而合。古诗词教育的宗旨，不仅局限于知识的传递，更在于培育个体内在的品质与精神风貌。在这一过程中，学习者通过深入品味古诗词，其文化素养与人文情怀便在潜移默化中得以塑造与升华。类似的，硅基智能体在智慧的进阶之路上，凭借对海量数据的学习与解析，不断拓宽视野，汲取信息的滋养。试想，若能将大量古诗词的数据资源引入人工智能的学习范畴，或许能激发其在数据处理与理解上的新境界，使其不仅捕捉到诗词的字面之美，更能深刻领悟其中蕴含的文化深度与高尚情操。这一尝试，既是对数据学习边界的拓宽，也是对人工智能文化感知力与人文精神培育的一次大胆探索。因此，让我们携手并进，在教育与硅基智慧体的融合之路上不懈探索，共同开创教育创新发展的新篇章。

总之，在人工智能智慧如星辰般璀璨升腾的时代天际下，教育领域正迎来前所未有的变革机遇。古诗词教学，这一承载着中华文化瑰宝的重要领域，更应积极拥抱科技的力量，勇立潮头，不断探索与创新。通过深度挖掘人工智能与古诗词教学融合的奥秘，我们不仅能够为传统诗词教学注入新的活力，更能够开拓出全新的教育模式和路径。展望未来，古诗词不再是静默的历史回响，而是与科技共鸣的时代强音，共同谱写出一曲曲教育革新的壮丽诗篇。

附录　评测问题集

作品名称	作品类型	问题集
李白 《上李邕》	托物言志	(1) 在唐朝初、盛、中、晚四个时期中，李白是哪一个时期的诗人呢？ (2) 诗题中“邕”字怎么读呢？什么意思？《说文解字》中怎么解释的？ (3) 你能讲讲这首诗的写作背景吗？ (4)“宣父犹能畏后生”中“宣父”是什么人？ (5) 诗的开头，李白使用了大鹏的典故，出自哪里？使用典故的目的是什么？ (6) 前四句描绘“大鹏”运用了什么手法，写出了什么样的形象？李白笔下的“大鹏”与庄子《逍遥游》中的“大鹏”，象征意义有何不同？ (7) 颔联中“假令风歇时下来，犹能簸却沧溟水”中“假令”是什么意思？和上一联诗是什么关系？ (8) 最后两句，李白用孔子“后生可畏”的典故，表达了什么意思？有何用意？体现了李白什么样的个性？ (9) 诗题《上李邕》，李白对李邕是什么态度？ (10) 李白为什么能够如此自信？
辛弃疾 《南乡子·登京口北固亭有怀》	咏史怀古	(1) 你知道京口是今天的什么地方吗？ (2) 兜鍪怎么读呢？是什么意思？ (3) 你能讲讲这首词的写作背景吗？ (4) 词首句“何处望神州？满眼风光北固楼”有何言外之意？在结构上起何作用？ (5) 分析“千古兴亡多少事？悠悠。不尽长江滚滚流”的表达效果。 (6) 作者为何如此推崇孙权？其用意是什么？ (7) 末三句用了什么典故？作者在这里想表达什么意思？ (8) 这首词作主要的写作特色是什么？ (9) 这首词表达了作者怎样的思想感情？ (10) 根据你的阅读经验，你觉得诗词中咏史与怀古这两类题材有什么异同？
温庭筠 《商山早行》	羁旅思乡	(1) 你知道这首诗的创作背景吗？ (2)“征铎”是什么意思呀？

续表

作品名称	作品类型	问题集
温庭筠 《商山早行》	羁旅思乡	(3) 本诗首联描绘了怎样的早行情景？抒发了作者怎样的感情？ (4)“鸡声茅店月，人迹板桥霜”是被人传诵的佳句，你认为好在哪里？ (5) 这首诗描写的是什么季节？ (6)“枳花明驿墙”一句中的“明”用得很妙，请说出妙在何处。 (7)“凫雁满回塘”表现了怎样的意境？作者这样写的意图是什么？ (8) 尾联在全诗的内容和结构上的作用是什么？ (9) 这首诗的写作主旨是什么？ (10) 前人评论“鸡声茅店月，人迹板桥霜”一联为“意象具足，始为难得”。请结合全诗对此加以分析。
王勃 《送杜少府之任蜀州》	赠友送别	(1) 你知道“少府”是什么官职吗？ (2) 你能分析出这首诗的写作背景吗？ (3) 首联中的“三秦”“五津”是在哪里呢？ (4) 诗歌首联写景有什么作用？ (5) 请从炼字的角度，分析首联中的“辅”和“望”字的妙处。 (6) 颔联中诗人是怎样劝慰友人的？ (7)“海内存知己，天涯若比邻”是千古名句，请说说它好在哪里。 (8) 怎样理解尾联“无为在歧路，儿女共沾巾”？ (9) 这首诗表达了诗人什么样的思想感情？ (10) 这首诗在结构上有什么特点？
王维 《辋川闲居赠裴秀才迪》	山水田园	(1) 你能讲讲这首诗的写作背景吗？ (2) 诗歌的首联和颈联都是写景，诗人选取了哪些富有季节和时间性的景物？这些景物构成了一幅怎样的图画？ (3) 诗歌的首联用了什么表现手法？ (4)“寒山转苍翠”中的“转”字在诗歌中的作用是什么？ (5) 请说一说第二联表达了诗人怎样的感情？ (6) 诗的颈联是从“暧暧远人村，依依墟里烟”点化而来，试分析两首诗各自的妙处。 (7) 尾联刻画出了作者与裴秀才迪怎样的形象？ (8) 诗歌的尾联用了什么表现手法？请作简要分析。 (9) 本诗写景有何特点？ (10) 全诗在写景和写人之中，表现了作者怎样的思想感情？结合全诗分析作者是怎样表现这种感情的。

续表

作品名称	作品类型	问题集
李颀 《古从军行》	边塞征战	(1) 你能讲讲这首诗的写作背景吗？ (2) 你知道刁斗是什么意思呢？ (3) 本诗描写了怎样的从军生活环境？ (4)“野云万里无城郭……胡儿眼泪双双落”这四句在全诗中有什么作用？ (5)“胡雁哀鸣夜夜飞，胡儿眼泪双双落。”请分析这句名句在表达上的效果。 (6)“年年战骨埋荒外，空见蒲桃入汉家”运用了什么表现手法？ (7) 全诗抒发了诗人哪些情感，请结合具体诗句简要分析。 (8) 请依据诗歌内容，简要概括戍边战士的生存境遇。 (9)“年年战骨埋荒外，空见蒲桃入汉家”与范仲淹《渔家傲·秋思》最后两句“人不寐，将军白发征夫泪”所抒之情有何异同？请结合诗歌加以比较。 (10) 有人评价此诗所描绘的景、所表达的情感“悲多于壮”，你是否赞同？请作简要分析。
辛弃疾 《祝英台近·晚春》	爱情闺怨	(1) 你能介绍一下辛弃疾及其《祝英台近·晚春》的写作背景吗？ (2)《祝英台近·晚春》中的“祝英台”有何寓意或来源？ (3) 本词描绘了怎样的晚春景象？ (4)“宝钗分，桃叶渡，烟柳暗南浦”这几句词在词中起到了什么作用？ (5) 请分析“鬓边觑，试把花卜归期，才簪又重数”这几句中的人物心理。 (6) 词中运用了哪些修辞手法来增强表达效果？ (7)《祝英台近·晚春》抒发了词人哪些情感？请结合具体词句分析。 (8) 请简要概括词中主人公的生活状态或心境。 (9)《祝英台近·晚春》与辛弃疾其他词作（如《青玉案·元夕》）在风格上有何异同？ (10) 有人评价辛弃疾的词作“豪放中不失婉约”，你认为《祝英台近·晚春》是否体现了这一特点？请简要分析。

续表

作品名称	作品类型	问题集
陆游 《病起书怀》	忧国伤时	(1) 你能介绍一下陆游及其《病起书怀》的写作背景吗？ (2)《病起书怀》中的“病起”二字有何特殊含义？ (3) 本诗描述了诗人病愈后的哪些心境和感悟？ (4)“位卑未敢忘忧国，事定犹须待阖棺。”这两句诗体现了诗人怎样的精神风貌？ (5) 请分析“天地神灵扶庙社，京华父老望和銮”这两句诗在表达上的效果。 (6) 诗中运用了哪些修辞手法来增强表达效果？ (7)《病起书怀》抒发了诗人哪些情感？请结合具体诗句简要分析。 (8) 请简要概括诗人在病愈后的生活状态或心境变化。 (9)《病起书怀》与陆游其他诗作（如《示儿》）在主题和情感上有何异同？ (10) 有人评价陆游的诗歌“悲壮苍凉，情感深沉”，你认为《病起书怀》是否体现了这一特点？请简要分析。
杜甫 《岁晏行》	民生疾苦	(1) 你能讲讲《岁晏行》这首诗的写作背景吗？ (2)《岁晏行》中的“岁晏”是什么意思？它如何影响了诗歌的主题？ (3) 本诗描绘了怎样的社会景象和民生状况？ (4)“岁云暮矣多北风，潇湘洞庭白雪中。”这两句诗在全诗中起到了什么作用？ (5) 请分析“高马达官厌酒肉，此辈杼柚寒机杼”这句诗在表达上的效果。 (6)“县官急索租，租税从何出？”这两句诗运用了什么表现手法？ (7) 全诗抒发了诗人哪些情感？请结合具体诗句简要分析。 (8) 请依据诗歌内容，简要概括当时百姓的生存境遇。 (9)《岁晏行》与杜甫其他反映社会现实的诗作（如《三吏》《三别》）在主题和情感上有何异同？ (10) 有人评价杜甫的诗歌“沉郁顿挫，忧国忧民”，你认为《岁晏行》是否体现了这一特点？请简要分析。

续表

作品名称	作品类型	问题集
苏轼《满庭芳·蜗角虚名》	议论说理	(1) 你能讲讲《满庭芳·蜗角虚名》这首词的写作背景吗？ (2)“蜗角虚名，蝇头微利”这两句词在整首词中起到了什么作用？ (3) 本词中描绘了哪些自然景象和生活场景来映衬词人的心境？ (4)“算来着甚干忙”这句词表达了词人怎样的情感和态度？ (5) 请分析“且趁闲身未老，尽放我、些子疏狂”这句词在表达上的效果。 (6) 词中运用了哪些修辞手法来增强表达效果？ (7)《满庭芳·蜗角虚名》抒发了词人哪些情感？请结合具体词句简要分析。 (8) 请依据词作内容，简要概括词人的生活哲学或人生态度。 (9) 苏轼的《满庭芳·蜗角虚名》与其他词人的同类题材作品（如辛弃疾的《青玉案·元夕》）在风格上有何异同？ (10) 有人评价苏轼这首词是一篇抒情的人生哲理议论，你是否赞同？请结合词作加以分析。

参考文献

[1] 洛林 · W. 安德森．布卢姆教育目标分类学视野下的学与教及其测评[M]．蒋小平，张琴美，罗晶晶，译．北京：外语教学与研究出版社，2009．

[2] 管锡基．和谐高效思维对话 [M]．北京：教育科学出版社，2009．

[3] 张光陆．解释学视域下的对话教学 [M]．北京：中国社会科学出版社，2012．

[4] 王佑镁．协同学习系统的建构与应用：一种设计研究框架 [M]．北京：中国社会科学出版社，2013．

[5] 沈晓敏．对话教学研究 [M]．北京：北京师范大学出版社，2014．

[6] 饶泽荣．中国古典诗词歌曲教学研究 [M]. 南昌：江西高校出版社，2017．

[7] 林亮．初中诗词教学与学生审美能力的培养 [M]．长春：吉林大学出版社，2020．

[8] 陈庆涛．教育智能体与智能学习 [M]．北京：国家开放大学出版社，2020．

[9] 林小勇．中国未来媒体研究报告（2023）[M]．北京：社会科学文献出版社，2023．

[10] 张文莉．中国传统诗词中的幼儿诗词及教学 [M]．长春：吉林大学出版社，2023．

[11] 吴进友，曹源，文迪义．中学语文古代诗词教学研究 [M]．北京：线装书局，2023．

[12] 赵喜丽．古诗词教学理论与实践研究 [M]．沈阳：辽宁教育出版社，2023．

[13] 刘文勇．AIGC 重塑教育 [M]．北京：机械工业出版社，2023．

[14] 左秀杰．中国经典古诗词中的人文精神 [M]．沈阳：辽宁教育出版社，2024．

[15] 陈莉，张勇．古诗词欣赏 [M]．南京：江苏凤凰教育出版社，2024．

[16] 刘典．AIGC 高效写作 [M]．北京：人民邮电出版社，2024．

[17] 谷建阳．AIGC 智能绘画指令与范例大全 [M]．北京：清华大学出版社，2024．

[18] 程君青．AIGC+ 智慧教育 [M]．北京：化学工业出版社，2024．

后　记

校对好最后一页书稿，恍然惊觉这段在人工智能与古典诗学之间穿行的探索，已悄然走进第三个年头，此时窗外春光正好。

最初萌生这项研究，源于对传统诗词教学困境的体察和焦虑。当数字原住民面对千年风雅颂，诗性灵光的命运和意义再次被叩问。如何让古老的平仄与数字文明共振和鸣，一直是我心中徘徊瞻眺的远山。当生成式人工智能恰如春潮奔涌而来，在人与机器共生共创的课堂上，学生们眼中跃动的不仅是代码生成的光影，更是被唤醒的诗心。这种技术理性与诗性审美之间的如影随形，让我更深切地理解到：技术永远无法替代教师，善用技术的教师必将重塑课堂。

技术迭代的速度永远快过书页的泛黄，但教育者的初心应当比诗笺更经得起时光摩挲。感谢陪同我度过这段冒险之旅的所有师长亲友、领导同事和同学们。感谢九州出版社的编辑，愿意将这行进中的追问刻印分享。

秦惠娟

2025 年春于石家庄星河居